वह लड़की

'वह लड़की' उपन्यास की कथा और सभी पात्र यथार्थ जीवन पर आधारित होकर भी काल्पनिक हैं। यदि कोई नाम या कोई घटना किसी के जीवन से मिलती है, तो यह मात्र संयोग है।

वह लड़की

सुशीला टाकभौरे

वाणी प्रकाशन

वाणी प्रकाशन

4695, 21-ए, दरियागंज, नयी दिल्ली 110 002

फ़ोन : +91 11 23273167 फ़ैक्स : +91 11 23275710

शाखाएँ

अशोक राजपथ, पटना 800 004, बिहार

कॉफ़ी हाउस कैम्पस, महात्मा गांधी मार्ग, इलाहाबाद 211 001, उत्तर प्रदेश

महात्मा गांधी अन्तरराष्ट्रीय हिन्दी विश्वविद्यालय, वर्धा 442 001, महाराष्ट्र

सुल्तानिया रोड, मोतिया पार्क, भोपाल 462 001, मध्य प्रदेश

www.vaniprakashan.com
marketing@vaniprakashan.in
sales@vaniprakashan.in

WAH LADKI
by Sushila Takbhore

ISBN : 978-93-87648-14-2
Novel

प्रथम संस्करण 2017
द्वितीय संस्करण 2020

मूल्य : ₹ 450

सिटी प्रेस, दिल्ली-110 095 में मुद्रित

वाणी प्रकाशन का लोगो मक़बूल फ़िदा हुसेन की कूची से

मेरी बड़ी बहन रज्जो जीजी को
उनकी पावन स्मृति में!

भूमिका

'वह लड़की' में नारी का जीवन संघर्ष है, उनके जीवन की व्यथा और समस्याएं हैं। ये नारी पात्र, इनके नाम भले ही अलग हों, पर ये सत्य हैं, इनकी कथाएँ सत्य हैं। ये हमारी समाज व्यवस्था और सामाजिक, सांस्कृतिक मूल्यों का कड़वा यथार्थ हैं। स्त्रियाँ अन्याय के विरुद्ध संघर्ष करते हुए लड़ रही हैं, फिर भी समाज में स्त्रियों पर अन्याय अत्याचार लगातार हो रहे हैं। उन पर अभी भी अनेक प्रकार के बन्धन लगाये जा रहे हैं, जिसके फलस्वरूप अभी भी स्त्रियों के अस्तित्व और व्यक्तित्व का विकास पूर्ण रूप से नहीं हो रहा है। समय बदलना चाहिए, प्रत्येक नारी को अपना जीवन अपने ढंग से जीने का अधिकार मिलना चाहिए।

दलित नारी अपने अधिकारों के नाम पर मुक्तता और स्वच्छन्दता की माँग नहीं करती, वे पुरुषों के साथ अपनी बराबरी के अधिकार की बात करती हैं। 'दलित स्त्री आन्दोलन' का आधार यही है और यही उसका उद्देश्य है। सदियों पहले स्त्रियों के लिए निश्चित किये गये सामाजिक मूल्य, मनुवादी विचार और मान्यताओं पर आधारित हैं। वे स्त्रियों के लिए अन्यायपूर्ण हैं। समय के साथ उनके प्रति समाज की धारणाएँ भी बदली हैं। फिर भी भारतीय मानसिकता में नारी के प्रति ये सामाजिक मूल्य अभी भी मौजूद हैं। इसका परिणाम यह हुआ है कि प्रगतिशील सवर्ण सम्पन्न उन्नत समाज की स्त्रियाँ तो अपने प्रयत्न और व्यवहार से इनसे मुक्त हो रही हैं, मगर पिछड़े और दलित समाज में ये विचार अभी भी व्याप्त हैं, जिनके विरुद्ध संघर्ष करते हुए दलित स्त्रियों को दोहरा संताप सहना पड़ता है–1) स्त्री होने का, 2) दलित स्त्री होने का।

ग़ैरदलित लेखन और दलित लेखन में यह अन्तर स्पष्ट दिखायी देता है कि ग़ैरदलित लेखक और लेखिकाएँ जिस बेबाकी के साथ साठोत्तर काल से ही, अपने लेखन में स्त्रियों का चित्रण आधुनिक और प्रगतिशील

रूप में कर रहे हैं, उस रूप में दलित लेखन में दलित स्त्रियों का चित्रण नहीं हो पाया है। इसका सत्य कारण यही है, दलित स्त्रियाँ अभी तक इक्का दुक्का को छोड़कर, उस सामाजिक, आर्थिक, राजनैतिक और शैक्षणिक स्थिति तक पहुँची ही नहीं हैं।

दलित पुरुष लेखन और दलित स्त्री लेखन में भी अन्तर है। दलित पुरुष लेखक भावातिरेक से दलित स्त्री के शोषण अथवा सफलता–उन्नति का चित्रण करते हैं, जबकि दलित लेखिकाएँ समाज में स्त्रियों की स्थिति को अच्छी तरह जानती हैं। उनके लेखन में दलित स्त्री का चित्रण अधिक यथार्थ, भावनापरक और सत्य अनुभूति से परिपूर्ण होता है।

यहाँ उद्देश्य यह बताना है कि 'वह लड़की' का कथ्य और पात्रों की वेदना, अनुभूति यथार्थ है। इन नारी पात्रों के जीवन की घटनाएँ तीस साल पहले की हो सकती हैं, मगर वे वर्तमान में भी घटित होती दिखायी देती हैं, क्योंकि सामाजिक मूल्य और मानसिकता बदले नहीं हैं। भविष्य में भी दलित नारी इन प्रताड़नाओं की शिकार बनायी जा सकती है।

समाज में स्त्रियों के प्रति पुरुषों का दृष्टिकोण बदले, इस उद्देश्य के साथ 'वह लड़की' के नारी पात्रों का जीवन समाज के सामने प्रस्तुत किया है। स्त्रियाँ अपने अच्छे भविष्य के लिए अपनी प्रगति और सामाजिक स्थिति में परिवर्तन के लिए अपने निर्णय स्वयं लेगीं, तभी वे अन्यायपूर्ण समाज व्यवस्था और रीति परम्पराओं को बदल सकेगीं। समाज में नारी–शोषण की घटनाओं से व्यथित होकर ही मैंने यह उपन्यास लिखा है।

धोराजी, गुजरात से फारूक शाह जी, बूँदी, राजस्थान से डॉ. रमेशचन्द मीणा, हैदराबाद तेलंगाना से डॉ. जी. व्ही. रत्नाकर, धारवाड़, कर्नाटक से डॉ. सुरेश मुळे और सोलापुर महाराष्ट्र से प्रा. संगीता भोसले के वैचारिक सहयोग के लिए आभारी हूँ। समीक्षाएँ तो होती रहेगीं, मेरा उद्देश्य स्पष्ट है, घर परिवार में स्त्रियों के साथ होने वाली 'घरेलू हिंसा' को समाज के सामने लाया जाये। दमन और शोषण का ही अन्जाम है विरोध और विद्रोह। 'नारी मुक्ति आन्दोलन' के फलस्वरूप भारतीय नारी में जागृति आयी है। दलित स्त्री आन्दोलन और 'दलित स्त्री लेखन' ने स्त्रियों की अस्मिता को जगाया है। आज की नयी पीढ़ी की जागरूक स्त्री इसकी साक्षी है।

मेरे लेखन का लक्ष्य है, समाज से नारी शोषण का अन्त हो।

फुले–अम्बेडकर विचारधारा ने ही मुझे यह शक्ति प्रदान की है। इस अभियान में जूझ रहे सभी स्त्री और पुरुषों के सहयोग को मैं नमन करती हूँ। आशा है, स्त्री पुरुष समानता का अभियान अवश्य सफल होगा। इस कामना के साथ, पाठक गण से निवेदन है, कृपया इस पर ध्यान देगें। धन्यवाद।

3 जनवरी 2014

डॉ. सुशीला टाकभौरे

शम्मा

शैला की ममेरी बहन श्यामा उससे मात्र दो साल बड़ी थी। घर में सब उसे शम्मा कहते थे। शम्मा के माता–पिता ने उसे पढ़ाने के बदले, उसकी शादी की बातचीत जल्दी शुरू कर दी। लोग बस यही सोचते हैं–'जल्दी से जल्दी बेटी के हाथ पीले कर दें और अपनी जिम्मेदारी से हाथ धो लें। फिर भले ही बेटियों के साथ ससुराल में कुछ भी हो।' बरहानपुर का मैट्रिक फेल चतुर्थ श्रेणी का कर्मचारी लड़का कमलकिशोर को देखते ही उन्होंने अपनी 15 साल की शम्मा की शादी की बात उसके साथ पक्की कर दी थी।

शैला अक्सर अपने बचपन की बातें याद करती है–'छोटे गाँव 'भमेड़ी' के भीमपुरा मोहल्ले में वह जन्मी है, उसी माहौल में बड़ी हुई। जब वह स्कूल में पढ़ती थी, तभी से समझने लगी थी, गाँव के सवर्ण उनसे छुआछूत मानते हैं, उन्हें छोटा मानकर उनका अपमान करते हैं। फिर भी वह पढ़ती रही। उनकी जाति समाज के लोग उसके विवाह की बातें करने लगे थे, मगर शैला निश्चिन्त होकर पढ़ती रही।

शैला को याद है, शम्मा की सगाई में वह तेरह वर्ष की थी, कक्षा छठवीं की परीक्षा पास करके सातवीं में आ गयी थी। उस समय तक वह अपने जाति समाज के रीति–रिवाजों को समझने लगी थी। शम्मा की शादी की बातचीत के लिए मेहमान मई महीने में आये थे, तब 'भीमपुरा' मोहल्ले के लोगों को निमन्त्रण देकर शाम के समय बुलाया गया था। शादी की बात पक्की होने के बाद, उसी दिन सगाई की रस्म करना था।

शम्मा के ससुर पहले ही गुजर गये थे। सगाई के समय शम्मा की सास खूब बन ठन के आयी थी। बरहानपुर जैसे बड़े शहर के लोग शान–शौकत से आये थे, मगर सगाई का सामान साधारण ही लाये। फलों में आम केले थे और लड्डू जलेबी मिठाई थी। कम कीमत की चमकदार

पीली साड़ी और लाल ब्लाउज था। भीमपुरा के लोगों को उम्मीद थी कि वे शम्मा के लिए अँगूठी पायजेब, मँहगी साड़ी और गोद भराई का अच्छा सामान लायेगें। मगर वे तो बताशे लाना भी भूल गये थे।

मेहमानों की खातिरदारी में कोई कमी नहीं थी। गरमी के दिन थे, उनके लिए दौड़–दौड़कर सोडा वाटर और लिम्का, कोकाकोला की बोतलें मँगाई जा रही थीं। पिछवाड़े बड़ा भट्टा बनाया गया था। उसी पर बड़ी कढ़ाही में पूड़िया बन रही थीं। मोहल्ले की महिलाएँ सभी काम हाथों हाथ कर रही थीं। बैगन, आलू, पालक, गोबी, टमाटर की मिक्स सब्जी बन रही थी। सब तैयारी के साथ बातचीत करते 8.00 बज गये। भमेड़ी छोटा गाँव है, दिया बाती लगते ही दुकाने बन्द हो जाती हैं। सगाई के समय देखा तो बताशे नहीं, पान सुपारी नहीं। तब पंचों का, मोहल्ले वालों का मान सम्मान कैसे होगा?

घिस्सू दादा तो तभी खड़े हो गये थे, हाथ जोड़कर करारी बात कही थी उन्होंने–"सरकार, आप बड़े लोग हैं, बड़े शहर से आये हैं, मगर साब हम भी परजा हैं। मोहल्ले में आप पधारे हैं, हम आपका सम्मान करेगें तो मोहल्ले वालों का भी मान सम्मान का हक है। उनका मान सम्मान किये बिना आप हमारी लड़की की गोद कैसे भरेगें? यही रीत है, गोद भराई के पहले हमारे पंचों का मान सम्मान और पान बतेशा यहाँ पहले रखो, फिर सगाई करो। सबसे पहले पंचो का हक है। साथ ही जितने लोग यहाँ हैं, सबको पान बतेशा बटेगा, सबका मुँह मीठा किया जायेगा, तभी यह रिश्ता मंजूर होगा। भाईयों, मैं तो न्याय की बात कह रहा हूँ।"

सब लोग चुप। शम्मा के माँ–बप्पा को भी कहाँ पता था कि ये घर आये मेहमान ऐसे गोबर गनेश निकलेगें, जिन्हें इतना भी नहीं मालूम कि गाँव में पंचो का हक दिये बिना, कोई काम नहीं होता और इसके बाद मोहल्ले वालों का मान सम्मान भी किया जाता है। घर आये मेहमानों का अनादर भी नहीं होना चाहिए। घिस्सू दादा की बात भी सही है। पान बताशे के बिना सगाई कैसे होगी? सगाई हुए बग़ैर लोग खाना कैसे खायेंगे? सगाई के लिए आये हैं, तो सगाई के बाद ही खाना खायेंगे। अब क्या करें? दुकाने भी बन्द हो गयीं। गाँव में बिजली नहीं है, सब तरफ अँधेरा ही अँधेरा। कोई रास्ता ही नहीं सूझ रहा।

तभी गंगा की सास गोमती उठकर सामने आयी। अभी तक वह बरामदे में बैठी, मेहमान बाईयों की बातचीत सुनती सुपारी चबा रही थी। बरहानपुर से आयी चार औरतों में उसे एक भी नहीं भा रही थी। अपनी

बहू गंगा के कान में वह यही कह रही थी—"कौन से देश के लोग हैं? न आदमी ढंग के, न लुगाइएँ। लुगाइएँ तो आदमी से चार कदम आगे दिखे हैं। जैसे इन्हीं का राज होवे। शम्मा बिचारी सीधी सादी लड़की को ये क्या निभायेंगी?"

लेकिन जब सगाई रुकने की बात आ गयी, तो वह अपना कर्तव्य निभाना नहीं भूली। आखिर गाँव मोहल्ले की बेटी, पूरे गाँव मोहल्ले की बेटी होती है। वह चटपट अपना घेरदार घाघरा सँभालती, घूँघट सँभालती हुई औसारे से निकलकर आँगन में खड़ी हो गयी और ऊँची आवाज में बोली—"कोई बड़ी बात नहीं है जी। होता है, लम्बी यात्रा करके मेहमान हमारे घर आये हैं। भूल चूक भी हो जाती है। बताशे कौन—सी बड़ी बात है? लालटेन लेकर कोई एक दो आदमी चलो मेरे साथ, बब्बू हलवाई की दुकान खुलवा कर, बताशे तुलाकर मैं ले आऊँगी।"

गोमती को रात बिरात गाँव में जाना ही पड़ता है। जब जचकी का बुलावा आता है, तब बुलाने आये लोगों के साथ वह अकेली औरत हिम्मत के साथ उनके पीछे—पीछे चल देती है। आज उसकी दिलेरी यहाँ काम आयी। गली के कुत्ते भौंकते रहे, वह ठक—ठक लाठी ठोंकती गयी और दुकान के सामने जाकर आवाज लगायी। दुकान के ऊपर की मंजिल पर बब्बू सेठ अपने परिवार के साथ रहता है। नीचे लालटेन की रोशनी में उसने गोमती को देखा। वह पहले तो गुस्सा हुआ। उसने अपनी यह बात जरूर कही—"आधी रात को परेशान करने आये हो, बेशर्मों, भाग जाओ।" गोमती ने उनके सामने हाथ जोड़े, बिनती की और पैरो में झुक गयी—"आपके गाँव की बेटी है सेठ जी। परदेस से मेहमान आये हैं। अब हमारी इज्जत आपके हाथों में है सेठ जी।" तब वह पसीजा—"गोमती, फिर कभी ऐसे परेशान न करना।" बब्बू हलवाई की बात सुनकर गोमती फूली नहीं समाई। उसने भी हलवाई को आसीम दी और दो किलो बताशे खरीदे। उसके साथ गये बरहानपुर के मेहमान ने बताशे की कीमत हलवाई के चरणों के पास रख दी। इस तरह बताशे आये, तब कहीं सगाई हुई।

शैला सोचती है—"कैसे लोग लकीर के फकीर होते हैं? क्या बताशे के बिना लोग जिन्दा नहीं रह सकते? परम्पराओं के नाम पर ढोंग ही ज्यादा होते हैं।" सगाई के बाद खाना खाने पंगत बैठी, तब रात के 12. 00 बज गये थे।

❑

शम्मा की शादी की लगन निकली थी, असाढ़ की नवमी की। खूब पानी बरसा था उसकी शादी में, फिर भी शादी अच्छी हुई। शादी के पहले से ही दूर–दूर के रिश्तेदार आ गये थे। भाँवर फेरा के चार दिन पहले खनमट्टी लायी गयी। रिश्तेदार मामी काकी गाती बजाती हुई, खदान की मिट्टी की पूजा करके, अपने सिर पर छोटी–छोटी टोकरी में मिट्टी लायी थीं। इसके दूसरे दिन मण्डप बनाया गया। शम्मा जब दुल्हन बनी थी, कितनी प्यारी लग रही थी, दुबली पतली नाजुक–सी। हल्दी लगाते समय वह कितनी शरमा रही थी। तेल हल्दी चिक्सा रगड़ने से चार दिन में उसका रूप निखर गया था। मेहन्दी लगने से उसके हाथ बड़े सुन्दर दिख रहे थे। मगर बच्ची ही थी वह, शादी के नाम से डर भी रही थी। बारात आने के बाद उसने जो रोना शुरू किया, तो बिदा होने तक रोती ही रही। कैसी बारात लगी, कैसी उसकी गोद भरी, कैसे भाँवर फेरा हुए–वह तो बस रोती ही रही।

शम्मा को शादी में ससुराल से मंगलसूत्र और बिछिया मिले थे। गले की चाँदी की हँसुली और पैरों की पायजेब शम्मा के माँ–बप्पा ने दिये थे। नाक और कान का गहना भी माँ–बप्पा ने ही दिया था। गाँव के लोग यह कहते हैं–"माँ–बाप चाहे कितने भी गरीब होवें, लड़की की शादी होने पर उसके नाक कान खुद ही ढाँक कर ससुराल भेजना चाहिए। चाहे कर्जा करो या उधार लो, इतना तो करना ही है।" शम्मा की नाक में वही एक सफेद नग की लौंग है और कान में एक–डेढ़ ग्राम के छोटे–छोटे टाप्स हैं। यही उसका स्त्री धन है।

स्टेशन पर ट्रेन में बैठाते समय तो उसने अपने बप्पा को कसकर पकड़ लिया था, छोड़ ही नहीं रही थी। जैसे वह कहीं जाना नहीं चाहती। मगर गाँव के लोग अपनी भावनाओं के पहले रीति–रिवाज को ही देखते हैं। शम्मा के बप्पा रोते रहे, मगर बेटी को जबरदस्ती ट्रेन के डिब्बे में बिठा ही दिया। गाड़ी चली तब शम्मा खिड़की की सलाखे पकड़कर जोर–जोर से रोती रही। न जाने कब तक रोयी? किसी ने उसे चुप किया या नहीं? शैला यह बात कई दिनों तक सोचती रही थी।

इसके बाद शम्मा जब भी मायके आती, तब अपनी माँ और बप्पा के गले मिलकर खूब रोती। जब मायके से ससुराल जाती, तब भी

बिलख–बिलख कर रोती हुई जाती। लोग उसका दुख जानना ही नहीं चाहते। सब यही कहते–''बेटी तो पराई है, ससुराल ही उसका घर है। यहाँ का उसका दाना–पानी चुक गया है, अब उसे ससुराल में ही रहना है।'' ऐसे हालात में उसे ससुराल जाना ही पड़ता था।

शैला शम्मा में होने वाले परिवर्तनों को लगातार देखती रही थी। छः महीने के बाद जब शम्मा मायके आयी थी, तब थोड़ी मोटी दिख रही थी। शैला ने यही समझा था कि शम्मा सुखी है, तभी तो मोटी हो गयी। लेकिन जब शादी के साल भर के बाद शम्मा मायके आयी, तब उसकी गोद में दो महीने की बेटी बरखा थी। फिर बरखा के बाद हिना भी उसकी गोद में आ गयी थी। इसके बाद बबली आ गयी। शम्मा के माता–पिता ही उसे कुछ दिन के लिए ससुराल से अपने घर ले आते थे। फिर आठ दस दिन के बाद उसे ससुराल छोड़ आते थे। कमलकिशोर शादी के बाद एक दो बार ही भमेड़ी आया था। उसकी माँ सगाई और बारात में ही आयी थी, इसके बाद कभी नहीं आयी। बस यही भलमनसाहत थी उनकी कि लेने जाने पर चार आठ दिन के लिए शम्मा को भेज देते थे। बेचारी शम्मा तीन–तीन छोटी बेटियों को गोद में लेकर आती–जाती रही। फिर वह सिर्फ छोटी बेटी बबली को लेकर आती, दोनों बड़ी बेटियों को उनके पापा और दादी के पास ही छोड़ कर आती।

मायके आने पर किसी न किसी तरह उसके लिए सस्ती सूती साड़ी ब्लाउज खरीद ही देते हैं, साथ ही बच्चियों के कपड़े भी खरीदते हैं।

पहले शैला बिल्कुल नहीं समझ पाती थी कि शम्मा अपनी ससुराल में सुखी है या दुखी है। मैट्रिक होने के बाद ही वह समझ पायी थी कि ससुराल में शम्मा को बहुत तकलीफ दी जाती है। मारना पीटना तो आम बात थी।

❑

शम्मा जब अपने मायके आती थी, तब वह शैला से भी मिलने आती थी। कभी शैला अपनी माँ के साथ मामा, मामी और शम्मा से मिलने उनके घर जाती थी। विवाह के बाद शम्मा का रहन–सहन और बात करने का ढ़ंग बदल गये। बरहानपुर की बोली भाषा और पहनावे से वह पहले जैसी नहीं रही, गुजराती मारवाड़ी रहन–सहन की छाप उसमें दिखने लगी थी। साथ ही तीन बच्चों की माँ होने की जिम्मेदारी से, उसके स्वभाव व्यवहार में भी परिवर्तन हुआ।

होली के बाद गरमी पड़ने लगी थी। प्रखर सूरज के ताप से धरती तपने लगी। सुबह के 10–11 बजते ही गरमी बढ़ जाती, लोग सुबह होने के बाद, शाम की राह देखते। ऐसे दिनों में शम्मा बप्पा के साथ भमेड़ी आयी। यह सुनते ही शैला शम्मा से मिलने के लिए अधीर हो गयी।

एक दिन शैला शम्मा के घर के बरामदे में शम्मा के नजदीक बैठकर बातें कर रही थी। शाम का समय था। शम्मा बातें करते हुए कन्दील साफ करती रही। सिर का पल्लू सरकते ही वह अपनी लाल फूलों की पीली साड़ी को सिर पर खींचकर सिर ढाँक लेती। ब्लाउज ढीला दिख रहा था। लगता है, इन दिनों बहुत दुबली हो गयी है। दुबले हाथ हिलने पर चूड़ियों की खनक सुनायी देती। उसने पैरों में बजने वाले घुँघरू की चाँदी की पायजेब पहनी है। काँच को अच्छी तरह पोछने के बाद उसने कन्दील की बाती को ऊपर सरकाया और माचिस की तीली से सुलगा दिया। बरामदे में फैले संध्या समय के सुरमई अँधेरे में धीरे–धीरे प्रकाश फैलने लगा। शम्मा ने मुस्कराकर शैला को देखा और उसे बताया–"जीजी, ससुराल में रहना आसान बात नहीं है।" शैला ने शम्मा के बारे में सुना था, उसे ससुराल में बहुत परेशान किया जाता है। शम्मा की यह बात सुनकर शैला गम्भीर हो गयी थी।

शम्मा उम्र में शैला से बड़ी थी, फिर भी वह शैला को जीजी ही कहती थी। वह जीजी कहकर उसे बड़प्पन का आदर भाव देती थी। शम्मा सिर्फ पाँचवी कक्षा तक पढ़ सकी थी। शैला अब कॉलेज में पढ़ रही है, इस दृष्टि से वह शैला को अपने से बड़ा या ऊँचे स्तर का मानती थी। पढ़ने की इच्छा उसकी भी बहुत थी। मगर क्या करें, उसके पिता दूसरों की बेटियों के रिश्ते जोड़ने का काम करते थे। ऐसे में अपनी बेटी का रिश्ता भी उन्होंने जल्दी ही जोड़ दिया। विवाह के बाद वह तीन बेटियों की माँ बन चुकी थी, उस समय शैला बी.ए. प्रथम वर्ष में पढ़ रही थी।

शम्मा जब भी मायके आती, शैला उससे मिलने के लिए उत्सुक रहती। वैसे विवाह और ससुराल सम्बन्धी बातों में शैला की रुचि नहीं, वह तो यह देखना चाहती है कि कहीं फिर से शम्मा पर कोई जुल्म तो नहीं हुए? यदि हुए हैं तो शम्मा ने उनका जबाब क्या और कैसे दिया? वह शम्मा को हमेशा समझाती है–"शम्मा, यदि कोई तुम्हें मारने के लिए तुम पर हाथ उठाये, तो तुम उसका हाथ पकड़ लो। फिर वह तुम्हें मारने

की कभी हिम्मत नहीं करेगा।" पता नहीं शम्मा उसकी यह बात समझी है या नहीं?

□

बरसात की झड़ी लगातार दो–दिन से लगी थी। सब तरफ पानी ही पानी दिख रहा है। भीमपुरा के उन 4–6 घरों के आसपास पानी के डबरे भर गये। घरों की छतों से पानी टपकने से घर के भीतर के सामान भी गीले हो गये। सभी घरों का एक जैसा हाल है। हर साल बरसात में सबको तकलीफ उठानी पड़ती है। आज ही बादल खुले हैं। सुबह थोड़ी देर की धूप देखकर ही लोग खुश हो गये कि नौकरी धन्धा और रोजी–रोटी के लिए दिन निकला है। मगर दोपहर होते ही बादल घिरने लगे। कुछ देर आसमान साफ दिखता फिर से बादल घिरने लगते। असाढ़ के बादलों का क्या भरोसा? कभी घिरते है, कभी घिरकर भी बिखर जाते हैं। ठण्डी गरमी बरसात मौसम कैसा भी हो, लोगों को तो अपने काम पर जाना ही पड़ता है।

शैला बरसात के कारण दो दिन से कॉलेज नहीं गयी थी। आज भी वह कॉलेज नहीं गयी। उसे शम्मा जीजी से मिलना है। शम्मा भमेड़ी आयी है, मालूम होने के बाद शैला अपनी माँ के साथ मामा–मामी के घर शाम के समय पहुँच गयी। उन्हें आया हुआ देखकर वहाँ सब खुश हो गये। शैला ने शम्मा को देखा तो वह बहुत खुश हुई। शम्मा भी उससे खुशी के साथ मिली, मगर उसकी हँसी में भी पीड़ा झलक रही थी। यह देखकर शैला का मन उदास हो गया। वह शम्मा से बहुत बातें करना चाहती है, मगर माँ घर लौटने की जल्दी करने लगी। शैला रुकना चाहती है, यह देखकर मामी ने उन्हें रोक लिया–"आज तो मैं खाना खाये बिना नहीं जाने दूँगी।"

शैला के बप्पा और भाई इटारसी शादी में गये हैं। इसलिए शैला की माँ ने वहाँ रुकने की बात मान ली। शैला खुश होकर शम्मा से बातें करने लगी। बरामदे में छत में लगी कड़ी में झूला लगा हुआ है। झूले के खटोले में शम्मा छोटी बेटी बबली को सुलाने लगी। शैला भी उसके पास बैठ गयी।

शैला अब फ्राक और स्कर्ट छोड़कर सलवार सूट पहनने लगी है। उसके हाथ में कहानी की पुस्तक है। हमेशा कुछ न कुछ पढ़ते रहना उसकी आदत है। मगर शम्मा के पास बैठकर वह सिर्फ बातें करना चाहती

है। हाथ की पुस्तक को उलट पुलट करते हुए वह शम्मा की बातें ध्यान से सुनने लगी। शम्मा ने बताया–''जीजी, मेरी सास बड़ी जल्लाद है। हर दिन किसी न किसी बात पर मुझे मारती–पीटती है। जब उसे बहुत गुस्सा आता है, तब अपने बेटा से कहती है–इसके हाथ–पाँव बाँध दे और इसको खूब पीट। जीजी, वे ऐसा ही करते हैं। सच्ची जीजी, मेरी हड्डी पसली तोड़ने की फिराक में रहते हैं। कई बार मेरी सास मेरे हाथ पकड़ के रखती है और मेरे भरतार मुझे लात घूँसों से मारते हैं।''

शम्मा की बातें सुनकर शैला को बहुत आश्चर्य हुआ, साथ ही ऐसे लोगों पर गुस्सा आया। शम्मा सिसकते हुए बोली–''तभी जीजी, एक बार की बात... अब तुमसे क्या छिपाऊँ, कल को तुम्हें भी ससुराल जाना है। पता है, क्या हुआ? देख ले जीजी...'' और उसने अपनी छाती पर से ब्लाउज ऊपर उठा दिया। उसकी छाती पर सफेद–काली लकीरे बनी थीं। कन्दील की रोशनी में उन्हें देखकर, शैला ने घबराकर पूछा–''शम्मा, यह क्या हुआ तुझे?''

शम्मा की आँखों से बारिश की तरह झर–झर आँसू बह रहे थे। वह हिचकियाँ लेती हुई बोली–''जीजी, मेरी सास ने लोहे के सरिया गर्म किये थे। अपने बेटा से बोली–'मैं इसके हाथ पकड़ती हूँ, तू इसके दूध के ऊपर डमा रख।' कैसा जल्लाद बेटा है वह? अपनी माँ के कहने पर उसने लाल धधकते सरिया से मेरी छाती के ऊपर दाग लगाये। ऐसी मछली की तरह तड़पी थी जीजी, कि पूछो मत। मगर सास ने मेरे हाथ नहीं छोड़े। छाती पर कितने दाग दिये, ऊपर नीचे कितने निशान बन गये, जिन्दगी भर के लिए उनकी दरिन्दगी के निशान, जख्मों के निशान! जब भी इन्हें देखती हूँ, तो वह दृश्य मेरी आँखों में फिर से दिखने लगता है। मैं कितनी चीखी चिल्लाई, मगर किसी ने नहीं बचाया। कोई पड़ोसी नहीं आया। खिड़की दरवाजे बन्द करके, वे मुझे दागते रहे...''

करुण आवाज में शम्मा का रोना सिसकना देखकर और सुनकर शैला की रूह काँप उठी। वह गुस्से से बोली–''शम्मा, तुम क्यों जाती हो अपनी ससुराल? वहाँ मत जाओ। वे तुम्हें मार डालेगें।''

शैला के मन में भय भी था और गुस्सा भी। वह शम्मा को समझाना चाहती थी। रोती चीखती जैसी आवाज में कही शैला की यह बात सुनकर शम्मा हँस दी। अपने आँसू पोछते हुए वह बोली–''पगली, यदि एक ही बार में मार दें, तो काहे की चिन्ता? कम से कम रोज की तकलीफ तो न

भुगतना पड़े। मगर उनको भी पता है, जान से मार देगें, तब क्या वे बच सकेगें? तब उन्हें भी हथकड़ी लग जायेगी।"

शैला ने दाये हाथ की तर्जनी उठाकर शम्मा की बातों के बीच विरोध करते हुए कहा–"नहीं शम्मा, ऐसा नहीं। तुम पुलिस थाने में जाकर रिपोर्ट क्यों नहीं करती? उनके ये अन्याय अत्याचार दिखाकर भी उन्हें हथकड़ी लगवा सकती हो।" शैला की आवाज आवेश के साथ थरथरा रही थी।

शैला का गुस्सा देखकर शम्मा ने उसका हाथ अपने हाथ में लेकर उसे शान्त किया और लम्बी साँस खींचकर कहा–"अरे जीजी, मेरी सास थानेदार को पता नहीं क्या कहती है, वे उन्हीं की बात सुनते हैं। मेरी बात कोई नहीं सुनता। मैं अपनी आँखों से देखती हूँ मगर कभी कुछ कह नहीं सकती। एक बार गुस्से में यही बात कह दी, उसके बेटा को–मेरे ऊपर शक करते हो, मुझे दोष देते हो, जरा अपनी माँ को भी देखो। बस, उस दिन का दिन है, मेरा पति परमेश्वर रात दिन धुनाई–कुटाई करके मेरा बुरा हाल तो करता ही है, सास ने अपनी दुश्मनी ऐसे निकाली। ये दाग उसी के ईनाम हैं जीजी।" शम्मा के हृदय में अथाह वेदना और दुख की लहरें उठती रहीं। शैला का हाथ पकड़कर वह धीरे–धीरे सिसकती रही।

शम्मा की बेटियाँ पाँच साल की बरखा, तीन साल की हिना और एक साल की बबली है। शम्मा अपने साथ इस बार भी छोटी बेटी को लायी है। बबली माँ की गोद में सो रही थी। माँ के हिलने डुलने से वह उठ गयी और उठते ही शम्मा की छाती टटोलने लगी। बच्ची को दूध पिलाने के लिए शम्मा ने ब्लाउज ऊपर करके उसे छाती से लगाया। शैला ने देखा–'वहाँ सफेद–काली लकीरे और जख्म के निशान थे। न जाने कितने दिन में वे ठीक हुए होंगे, उन दिनों माँ के दूध के बिना यह बच्ची कैसे रही होगी? शम्मा ने उतनी तकलीफ की स्थिति में उसे कैसे दूध पिलाया होगा?' यह सोचते हुए शैला का सिर चकरा गया। आँखें आँसुओं से भर गयीं। वह जानती है, मध्यप्रदेश के गाँव और शहरों में स्त्रियों पर अन्याय की ऐसी घटनाएँ आम बात मानी जाती हैं।

शैला जानती है, 'भमेड़ी' गाँव बहुत छोटा है। लड़कियों के लिए तो और भी छोटा है। वे घर से बाहर नहीं जातीं, घर में रहकर घर के काम करती हैं इसलिए वे बाहर की दुनिया के विषय में कुछ नहीं जानतीं। जो उन्हें बताया जाता है, बस उतना ही समझती हैं। जो बच्चे स्कूल जाते हैं, या जो घर से बाहर जाकर बहुत कुछ सीखते रहते हैं,

वे सब जान पाते हैं। शम्मा नहीं जानती, इसलिए शम्मा ने कभी इतनी हिम्मत नहीं की कि अन्याय का जबाब दे सके। शैला हिम्मत वाली है, वह भावुक और संवेदनशील है, साथ ही दृढ़ निश्चयी भी है। शम्मा का दुख देखकर उसका हृदय दुख से तार–तार हो जाता है। जहाँ शम्मा ने अपने जीवन की कठिन स्थिति से परिपक्वता पा ली है, वहीं शैला ने अपने अध्ययन और चिन्तन मनन से यह पाया है। शैला ने अपना निर्णय बताते हुए शम्मा से कहा–''शम्मा जीजी, अब तुम अपनी ससुराल मत जाना। इस बेटी को लेकर यहीं रहो।''

शैला की बात सुनकर शम्मा हँसी, मगर रसोई की खटपट की आवाज सुनकर वह जल्दी चुप हो गयी। उसे पता है, भाभी उसके ऊपर गुस्सा हो रही है। शम्मा ने बरामदे से रसोई की तरफ देखकर कहा–''मसाले तैयार करना है, मेरे पास भिजवा दो भाभी, यहीं बैठकर...,'' उसी समय भाभी ने पास बैठी पाँच साल की बेटी को जोर से चाँटा मारा, बेटी चीख मारकर रोने लगी। शैला सहम गयी। शम्मा गोद में सोई हुई बेटी को कन्धे से लगाकर, तुरन्त उठकर रसोई में गयी और एक थाली में अदरक लहसुन प्याज टमाटर लेकर बरामदे में आ गयी। बेटी को गोद में सुलाकर वह छुरी से प्याज काटने लगी। शैला लहसुन छीलने लगी, तब शम्मा ने तुरन्त उसके हाथ से लहसुन लेकर कहा–''जीजी रहने दो। मैं सब कर लूँगी।''

शैला ने देखा, शम्मा अब गम्भीर और चुप है। शम्मा को उदास देखकर शैला का मन भी उदास हो गया। घर के बरामदे और बड़े कमरे के बीच, दरवाजे के पास कंदील जल रहा है। रसोई में छोटी चिमनी है, फिर भी सब तरफ अँधेरा दिख रहा था। आँगन में शैला की माँ और मामी बातें कर रही थीं। बादल घिरने से बाहर सब तरफ अमावस की रात के जैसा अँधेरा है। कंदील के हल्के उजाले में शम्मा अपना काम कर रही है। शैला को अपनी बात याद आयी, उसने अपनी वही बात दोहराई–''शम्मा तुम...''

शैला की कही बात याद आने पर शम्मा ने बड़ी बुजुर्ग महिला की तरह शैला को देखा, गोद में सोयी बबली का सिर सहलाया, फिर धीरज के साथ बोली–''जीजी, अपने माँ–बाप ने अपन को यह नहीं सिखाया कि अपने सुख के लिए अपने बच्चों की चिन्ता भूल जायें। मेरी दो बेटियाँ वहाँ हैं। उनके लिए मुझे वहाँ जाना ही पड़ेगा।'' शम्मा की आँखों से आँसू बहने लगे। प्याज के तीखे रस से ज्यादा, मन का दुख तीखा था।

वह थोड़ा ठहर कर बोली–''यहाँ की भी खूब कही? यहाँ कहाँ रहूँ?

अपने माँ–बाप गरीब हैं। मेरा खाना–खर्चा, मेरे बच्चों का खर्च का बोझ कैसे उठायेंगें? अभी से भाभी खार खाने लगी है। मुझे आकर बस 5 दिन ही हुए हैं, उसे लगता है, मैं हमेशा के लिए ही आ गयी हूँ। भाई को भड़का रही है, रोज झगड़ा लड़ाई करवा रही है। उसके कहने में आव र भाई कहता है–'तेरे ही व्यवहार को देखकर वे तेरे साथ ऐसा करते होगें। दूसरी लड़की के साथ ऐसा क्यों नहीं होता? तुझे क्या जरूरत थी? वे कुछ भी करें, तू कौन होती है, बड़ी बातें करने वाली? 'जीजी, रात दिन की किटकिट से घबराकर मेरी माँ भी यही कहती है–जा बेटी, तू तो अपनी ससुराल में जाकर रह। वहीं जी, वहीं मर। इसी में तेरी भलाई है।'' शम्मा के मन में गुस्सा है। वह बबली को जोर से थपथपाने लगी। बच्ची रोने लगी, तब शम्मा उसे प्यार के साथ पुचकारने लगी। बच्ची आँखें मलती रही, प्याज काटने से आँखों में तेज झार लग रही थी। शम्मा की स्थिति को शैला चुप रहकर समझती रही।

शम्मा समझाती रही–''माता–पिता गरीब हैं, तीन बेटी और दो बेटों का बड़ा परिवार है। एक नौकरी है। छोटी बेटियों की शादी भी करना है। ब्याह के बाद बेटी ससुराल में रहे, इसी में सबकी भलाई है। पिता और भाईयों का कहना है–गाँव में हमारी बहन बेटियों की इज्जत को धोखा रहता है। बेटियाँ ससुराल में रहें, तो हमारी चिन्ता मिटे।'' शम्मा अपनी बात बताती रही–''माँ–बाग और भाई–भौजाई कब तक अपनी मदद करेगें?''

अभी तक सीखे अपने ज्ञान के आधार पर, शैला बीच में बोल पड़ी–''शम्मा, न भाई के भरोसे रहने की जरूरत है, न पति के भरोसे रहने की। अपने भी दो हाथ हैं, दो पैर हैं। हम खुद अपनी रोजी–रोटी का इन्तजाम कर सकते हैं। तुम अपनी मेहनत की कमाई से अपने बच्चों को पाल लेना । किसी के भरोसे क्यों रहोगी?'' शम्मा चुपचाप सुनती रही और सोचती रही, शैला को अपनी बात कैसे समझाये।

शम्मा बचपन में थोड़ी झक्की टाईप ही थी। कब कौन से ऊंटपटाँग काम करेगी, कुछ पता नहीं रहता था। एक बार माँ ने एक बड़ी थाली लाने के लिए कहा, वह एक साथ चार पाँच थाली उठाकर लाने लगी। वजनदार थाली पाँव पर गिरी। पैर के अँगूठे के ऊपर चोट लगने से खून निकलने लगा, तब सब काम छोड़कर उसी की सेवा सँभाल करना पड़ा। वही शम्मा शादी के बाद, अब इतनी समझदार हो गयी है कि दूसरों को समझाने लगी है।

□

शैला कॉलेज में पढ़ रही है। वह भमेड़ी से इटारसी रोज आना जाना करती है। हर दिन आते–जाते अनेक घटनाएँ देखती है। इससे वह अनेक बातें समझने लगी है, साथ ही उसकी हिम्मत भी बढ़ गयी है। वह जान गयी है–"यदि मैं डरूँगी तो फिर आगे नहीं बढ़ पाऊँगी।" कॉलेज में दबंग लड़कियों के साथ रहकर भी उसने बहुत कुछ सीखा है। सन्त कबीर के साहित्य से उसने स्त्री–पुरुष समानता की बात सीखी है। यही बातें वह शम्मा को भी बताती रहती है, जिसे सुनकर शम्मा को अचम्भा होता है। क्योंकि वह यह सब सोच भी नहीं पाती है।

शैला ने उसे बताया–"शम्मा, मेरे कॉलेज की सहेली रागिनी की शादी इन्दौर में हुई थी। दोनों ही परिवार बनिया हैं, व्यापारी हैं, धनवान हैं। मगर शादी के बाद रागिनी की ससुराल वाले दहेज के लिए रागिनी को दुख देने लगे। तब रागिनी वापस इटारसी आ गयी। उसने अपने पति पर दहेज माँगने के अपराध का केस कर दिया है।"

शम्मा उसे आश्चर्य से देख रही थी। यह देखकर शैला ने कहा–"शम्मा, आजकल जमाना बदल गया है। अब पत्नी भी केस लड़कर पति को सजा दिला सकती है। वह उससे तलाक लेकर दूसरी शादी भी कर सकती है। पश्चिम के देशों में स्त्रियों को ऐसी स्वतन्त्रता पहले से मिली है। अब अपने देश की महिलाएँ भी कानून से अपने अधिकार लेने लगी हैं।"

शैला की बातों को सुनकर शम्मा बोली–"जीजी, तुम्हारी बातें बहुत अच्छी हैं। तुम बड़े स्कूल और कॉलेज में पढ़ी हो, सब अच्छी बातें वहाँ से सीखती हो। तुम सब तरह का, देश–विदेश का ज्ञान जानती हो, मगर तुम अपने समाज की बातों को, अपने लोगों के बीच होने वाली कानाफूसी को नहीं जानतीं। ब्याहता बेटी मायके में रूक जाये, माँ–बाप के लिए इससे बढ़कर और कौन–सी शरम की बात होगी? बेटी सीता–सावित्री की तरह पवित्र रहे, फिर भी लोग उस पर कैसे–कैसे मनगढ़न्त लाँछन लगाते हैं, यह बात तुम्हें नहीं मालूम? ससुराल वाले अलग दावा करेगें कि उनकी बहू घर की धन दौलत लेकर भाग गयी है, सब दौलत माँ–बाप को देकर वहाँ बैठ गयी है–तब थाना कचहरी अलग होते रहेगें। अपने माँ–बाप में दम है, यह सब फजीहत उठाने का? फिर हम क्यों उनको संकट में डालें? इससे तो अच्छा है, अपनी बली चढ़ाकर सबको सुखी

कर दो। ठीक है कि नहीं? जवान बहू–बेटी को अकेली देखकर, लोग कैसे भूखे भेड़िए की तरह उसे नोचने–खसोटने लपकते हैं? दूसरे भी और सगे भी उनको कैसे सताते हैं? तब अकेले रहने में औरत की भलाई कहाँ है? तुम्हीं बताओ?''

शम्मा की इस बात से शैला को तुरन्त याद आया, अभी कुछ दिन पहले की ही बात है–'मोहल्ले की गंगा मौसी सब्जी भाजी खरीदने के लिए दुकान के सामने खड़ी थी। उस दिन सोमवार बाजार का दिन था। बाजार में बहुत भीड़ और चहल पहल थी। आते जाते लोगों में धक्कम–धक्का भी हो जाता था। गंगा मौसी ने सबसे बचते हुए प्याज मिरची और मेथी पालक की भाजी खरीदी। तभी वहाँ रामरतन अपने सिर की चुटिया को सहलाते हुए गंगा मौसी के पास आया। वह गाँव का बदमाश है, उसे देख मौसी दुकान के सामने से चल दी। यह देखकर रामरतन को अपना अपमान महसूस हुआ। बस, वह तेजी से आगे बढ़ा और उसने गंगा मौसी का हाथ पकड़ लिया। मौसी चिल्लाने लगी, तब बीच बाजार में बड़ा हंगामा मच गया। रास्ता चलते लोगों की भीड़ लग गयी। कुछ समझदार लोग आगे आकर, रामरतन को समझा बुझाकर वहाँ से ले गये। नहीं तो गंगा मौसी के साथ न जाने क्या होता? गंगा वहाँ से बचकर अपने घर पहुँची, तब घर में तूफान उठा। पति और सास ने उसकी जमकर पिटाई की, कि तुम्हारी ही कोई गलती होगी। बेचारी गंगा मौसी क्या करती? बस रोती रही। न बाहर सुरक्षा है, न घर में न्याय।' यह सब देखकर उस दिन शैला को बहुत गुस्सा आया था। उसने गंगा मौसी से कहा था–''तुम अपनी सच्चाई सबको बताओ।''

शम्मा की बातों में भी बहुत सच्चाई है, मगर इस तरह डरकर, स्वयं कष्ट उठाना और अपनी बली चढ़ाने की बात कहना शैला को जंचा नहीं। वह अपनी बात पर अड़ी रही–''शम्मा, अगर औरत में हिम्मत है, तो कोई उसका कुछ नहीं बिगाड़ सकता।'' शैला के चेहरे पर आत्मविश्वास है।

यह देखकर शम्मा ने दुनियादारी के अपने अनुभव के आधार पर कहा–''अरी बहन, ये सब कहने की बातें हैं। जिस पर बीतती है, वही जानती है। औरत की इज्जत तो काँच की तरह कच्ची होती है। जरा–सी बात से तड़क जाये, तो जिन्दगी भर उसी का सामना करना पड़ता है। मेरी छोटी बहने भी हैं। मैं मायके में रूक जाऊँ या बेमतलब, बिना कारण बदनाम कर दी जाऊँ, तो उन बेचारियों का क्या होगा? मेरे कारण उनकी

शादी ब्याह नहीं हो सकेगें। सबकी जिम्मेदारी लेकर चलना पड़ता है बहन।" शम्मा बेटी को प्यार से सहलाते हुए कहीं दूर देखती रही।

शैला को शम्मा की बातें अच्छी नहीं लगीं, बिल्कुल 'बुढ़िया–पुराण' जैसी बातें कर रही है। शैला बोली –"पुराने जमाने में और आज के जमाने में बहुत अन्तर होता जा रहा है। फिर औरतों के लिए पहले जैसे रीति परम्पराओं के बन्धन क्यों? क्या वह अपने अन्यायी अत्याचारी पति को छोड़कर, दूसरा विवाह नहीं कर सकती? वह अपना जीवन नये सिरे से सुखी क्यों नहीं बना सकती?"

शम्मा तुरन्त बोली–"पगली, ऐसी बातें किसी के सामने नहीं कहना। लोग सुनेगें तो क्या कहेगें? पढ़ लिखकर तुमने यही सीखा है? अरे, लड़की की शादी जिन्दगी में सिर्फ एक बार होती है। दूसरी शादी उसके लिए पाप है। आदमी भले ही दस शादी कर लें, मगर औरत एक ही बार दुल्हन बनती है, इसके बाद चिता में ही..." बचपन से मिले संस्कार, ज्ञान और आदर्शों के अनुसार ही शम्मा अपने ये विचार बता रही थी। मगर शैला इन बातों को नहीं मानती। वह जान गयी है, ये बातें ही उन्हें अबला नारी बनाये रखती हैं।

शैला ने विरोध करते हुए कहा–"बस, बस, रहने दो। ये कौन से न्याय की बात है? आदमी दस शादी कर सकता है, औरत क्यों नहीं कर सकती? वह भी दूसरी शादी कर सकती है? पति दुष्ट अत्याचारी है, तो उसे छोड़ना पाप की बात कैसे होगी?"

शम्मा तुरन्त बोली–"चुप रह बहन, ऐसी बातें अच्छी लड़कियाँ नहीं करतीं। अपने धर्म में ऐसा करना गलत है। परम्पराओं को मानना ही धर्म है।" शैला ने शम्मा की इस बात का विरोध किया–"परम्परा? कौन–सी परम्परा?" कौन–सा धर्म?" शैला की आवाज ऊँची होती जा रही थी।

❑

शैला और शम्मा दोनों बहनों को बातें करते देख, कैलास भैया की बहू रसोई में फनफनाती हुई बर्तन सामान जोर–जोर से उठा पटक कर रही है। कैलास की बहू सुमन वैसे तो अच्छी है, मगर वह इस बात के प्रति सचेत है कि शम्मा अपनी ससुराल की तकलीफों से घबराकर, मायके में ही न रहने लगे। इसलिए वह जानबूझ कर अपना गुस्सा दिखाकर, सबको भयभीत करती रहती है।

शैला और शम्मा की माँ दोनों ननद भौजाई आँगन में बैठी हैं। शम्मा की माँ की बातों का एक ही विषय है–शम्मा की ससुराल। वह बार–बार कह रही है–"न जाने कहाँ किस्मत फूटी मेरी बेटी की, एक दिन सुख नहीं देखा। अब वह क्या करें?" शैला की माँ ने कहा–"रोक लो लड़की को, मत भेजो ससुराल। महीना भर में मालूम पड़ जायेगा, तब वे खुद हाथ जोड़कर लेने आयेगें। ब्याहता बीबी को छोड़ देना क्या आसान बात है?"

शम्मा की माँ ने गर्व से ऊँची आवाज में कहा–"हमने अपनी बेटी को ऐसो नहीं सिखायो। वह तो खुद फिकर के साथ अपने घर चली जायेगी।"

फिर वह अपनी ननद को समझाने लगी–"बाई जी, अब तुम भी अपनी बेटी की फिकर करो। कितनी उमर हो गयी? कब उसका ब्याह करोगी? लड़का मिलना मुश्किल हो जायेगा, तब क्या दुजवर से उसकी शादी करोगी?" यह सुनकर शैला की माँ को गुस्सा आया, मगर वह चुप रही।

बरामदे और रसोई से आती आवाजों को सुनकर शम्मा की माँ ने शम्मा को पुकारा –"अरी शम्मा, भाभी के साथ काम कर ले। बातें बाद में कर लेना।"

शम्मा ने माँ की बात सुनी, मगर वह बैठी रही। शैला गुस्से से बोली–"ऐसा धर्म, ऐसी परम्पराएँ, जो हमारे साथ अन्याय करते हैं, उन्हें मानना धर्म नहीं है। शम्मा, चुपचाप अन्याय सहना धर्म नहीं है। उनका विरोध करना चाहिए।"

शैला की बात सुनकर शम्मा चुप रही, फिर शैला का गुस्सा देखकर हँसकर बोली–"तुम क्यों चिन्ता करती हो? तुम्हें अच्छा घर और वर मिलेगा, तब यह कहने और सोचने की नौबत ही नहीं आयेगी। औरतों को क्या खुशी है, दूसरी शादी करने की? हमको जो सिखाया जाता है, हमें वही ठीक लगता है। हम तो सोचती हैं, किसी तरह एक ही के साथ निभ जाये और जिन्दगी का सफर कट जाये। क्या भरोसा कि दूसरा अच्छा मिल जायेगा? इधर कुआँ, उधर खाई। गिरना, मरना तो औरत को ही है।"

शम्मा की बातों से शैला के मन में अन्तर्द्वन्द्व मच गया–" धर्म कहता है, औरतों ने ही कष्ट उठाना चाहिए, सारे नियम–बन्धन औरतों पर ही लगाये जाना चाहिए, पुरुषों पर नहीं। औरतें अपने जीवन में कितना कष्ट उठाती हैं?" शैला का मन विद्रोह करने लगा। वह समझ नहीं पा रही है, अपने जीवन में वह क्या करेगी? वह इतना जानती है, किसी का अत्याचार चुपचाप नहीं सहेगी।

शैला को चुप देखकर, शम्मा ने हाथ पकड़कर उसे अपने गले से लगा लिया और बोली–"मेरी प्यारी बहन, अभी से क्यों चिन्ता करती हो। ऐसा कोई समय आया, तो मैं तुम्हारे लिए लड़ने तुम्हारी ससुराल पहुँच जाऊँगी। चिन्ता मत करो।"

शैला का गुस्सा देखकर शम्मा अपना दुख भूल गयी। वह बोली– "दुनिया में अच्छे लोग भी होते हैं, सभी लोग खराब नहीं होते जीजी। मेरी सब बातें अपने दिमाग से निकाल दो और अपनी पढ़ाई में मन लगाओ। पढ़ लिखकर तुम अच्छी नौकरी करोगी, अपने पैरों पर खड़ी होकर जियोगी, तब कौन तुम्हें सतायेगा? कोई नहीं। आज के जमाने में–'मियां–बीबी कमाओ और खुशी–खुशी जीवन बिताओ', वाली बातें चलने लगी हैं। हमारे बप्पा ने हमें पढ़ने नहीं दिया और ससुराल वालों को भी ठीक से जाँचा परखा नहीं। इसलिए मेरी यह दुर्गति है। तुम तो अच्छे घर में जाओगी।"

शम्मा ने मुस्कराकर शैला को देखा। वह शैला को बहलाने की कोशिश करती रही, मगर शैला के मन में अनेक प्रश्न सिर उठाने लगे। वह शम्मा के दुख और अन्याय की बातों पर विचार करती रही। शम्मा की छाती पर बने निशान शैला की आँखों में झूलते रहे। इतने बड़े कड़वे सत्य को कैसे भुलाया जा सकता है? वह शम्मा से बोली–"ऐसे दुष्ट अत्याचारी पति और सास के साथ कैसे रहती हो जीजी?" शैला की आँखें छलक आयीं।

शम्मा ने शान्त भाव से समझाया–"कुछ बातें मजबूरी में भी निभाना पड़ता है बहन। हर बात का इलाज 'छोड़ छुट्टी', 'तलाक' नहीं होता। तलाक लेकर भी कहाँ जायें? बच्चे भी अपनी मजबूरी बन जाते हैं। अभी तो वे कहते हैं–लड़कियाँ ही लड़कियाँ पैदा की हैं, हमें बेटा चाहिए। अब मैं बेटा कहाँ से ला दूँ? इसीलिए इतनी मारपीट करते हैं। अगली बार बेटा हो जायेगा, तो शायद मेरा जीवन सुधर जाये।"

शम्मा की बात से शैला के कान झनझना उठे। तभी आँगन के बाहर खड़ा कुत्ता भौंकने लगा। शायद उसने अँधेरे में किसी को आते देखा था। शैला बाहर देखने लगी, फिर उसने शम्मा की ओर देखा। अनायास ही शैला का गुस्सा फूट पड़ा। वह बोली–"तुम अपने दुष्ट पति का बेटा पैदा करने का सपना देखती हो? तुम्हारे जैसी मूर्ख औरतों के कारण ही, ये पुरुष इतना आतंक मचाते हैं।" शैला का चेहरा गुस्से से तमतमा गया।

शैला की बात सुनकर और उसका गुस्सा देखकर शम्मा मुस्करा दी। उसकी बेटी गोद में मचलने लगी थी। बातों का सिलसिला वहीं टूट गया,

मगर शैला के दिल दिमाग में तूफान उफनने लगा। शम्मा की माँ, शम्मा को लगातार आवाज दे रही थी—"अरी बेटी, बात ही करती रहेगी? भाभी के साथ रोटियाँ बनवा ले।"

उसने फिर पुकारा—"अरी शम्मा कंदील को तो देख, कितना अँधेरा दिख रहा है। जरा कंदील की बाती को ऊपर सरका दे।" शम्मा उठी, बेटी को झूले में सुलाकर किचन में चली गयी। भाभी के ताने सुनते हुए, वह रोटियाँ बनाने लगी। उनके घर मछली की रसेदार तरकारी और ज्वार की रोटियाँ बन रही हैं।

शम्मा के पिता और दोनों भाई भी किसी रिश्तेदार की शादी में 'टिमरनी' गये हैं। शम्मा की छोटी बहनें लता और बिन्दु पाँचवीं कक्षा में पढ़ती है, बिन्दु बड़े कमरे में पढ़ाई कर रही है। लता भाभी के छोटे बेटे को गोद में लिए, वहीं सँभाल रही है। आँगन में गहरा अँधेरा छा गया है। शैला की माँ उठकर बरामदे में आकर बैठ गयी। शम्मा की माँ ने कंदील की बाती ऊँची करी, फिर वह रसोई में जाकर सबके लिए खाना परोसने लगी। बाहर रिमझिम पानी बरसने लगा है।

शग्गा के दुखों को देखकर, शैला का खाना खाने का मन नहीं हुआ। शम्मा ने उसे मनुहार के साथ खाना खिलाया। उस दिन शैला ने निश्चय किया—"मैं पढ़ाई पूरी करके, नौकरी करूँगी और समाजसेवा करूँगी।"

शैला का निश्चय सुनकर, शैला की माँ—बेटी की भावनाओं को समझ रही है, अपनी बेटी के मन की हलचल को पहचान रही है। शम्मा के दुखों से वे भी दुखी थीं। उन्होंने शम्मा की माँ से कहा—"भाभी, तुमने ही अपनी बेटी को ऐसी कमजोर बना रखा है। यह सेर पर सवासेर बनकर रहती, तो ऐसा नहीं होता।"

रात में शैला माँ के साथ अपने घर लौट गयी। वह शम्मा से मिलती रही। शैला ने शम्मा को हर तरह से बहुत समझाया, मगर वह शैला की बातों से सहमत नहीं हो सकी। वह स्वयं को बदल नहीं पायी। चार दिन के बाद शम्मा अपनी ससुराल लौट गयी।

❑

शैला कॉलेज जाती रही। इस बीच शैला के विवाह के रिश्ते की कई बात आयीं, मगर शैला की माँ को कोई रिश्ता पसन्द नहीं आया। शैला पढ़ती रही। एक दिन 'भीमपुरा' बस्ती के बुजुर्ग अनुभवी, भुक्तभोगी बिल्लू भगत

ने कहा–"रामदास, बेटी के हाथ जल्दी पीले कर दे बेटा। नारायणपुर के बड़े लोगों का क्या भरोसा? कहीं किसी की बुरी नजर से बेटी की जिन्दगी खराब न हो जाये।" शैला के पिता इन बातों को समझते हैं। ऐसी विपदा के प्रति वे सतर्क हैं।

शम्मा भी ससुराल से आती रही, जाती रही। अब वह अपने ससुराल के दुर्व्यवहार की बातें किसी को नहीं बताती है। चुप रहती है, कुछ पूछने पर हँसकर टाल देती है। उसने समझ लिया है, रहना जीना तो वहीं है फिर किसी को कुछ बताने से क्या फायदा? सबने यह समझ लिया है कि अब शम्मा अपने घर में सुखी है।

बी.ए. फायनल की परीक्षा देने के बाद शैला की शादी की तैयारी शुरू हुई। माता–पिता अपनी बेटी के लिए अच्छी शिक्षा और नौकरी वाला वर ढूँढ़ने लगे। इस सिलसिले में अनेक शहर जाकर वर की खोज करते रहे। अन्त में उन्हें नागपुर में स्कूल शिक्षक वर श्यामलाल मिला। वे उन्हें ही पाकर धन्य हो गये, क्योंकि उनके दलित समाज में वैसा वर पा लेना भी कठिन है। माता–पिता ने खुशी–खुशी उसकी सगाई श्यामलाल से कर दी।

शादी में आने के लिए शम्मा की ससुराल वालों को भी निमन्त्रण भेजा गया। तभी शैला को मालूम हुआ–"शम्मा को लड़का हुआ है। अत्यधिक कमजोरी के कारण शम्मा को टी.बी. हो गयी है। तीन माह का बेटा सास के पास है और शम्मा को छिन्दवाड़ा के पास, टी.बी. सेन्टोरियम भेज दिया गया है।"

यह सुनकर शैला का मन काँप उठा। शम्मा के लिए वह बहुत रोयी–"मेरी प्यारी बहन, सुन्दर सलोनी शम्मा बहन, इस समाज की रीति परम्पराओं पर बली चढ़ा दी गयी–" कहते हुए वह हिचक–हिचक कर रोयी। वह मामा–मामी से मिली, उनसे बोली–"शम्मा को यहाँ ले आओ। उसका इलाज यहीं कराओ।"

मामी ने ठण्डी साँस लेकर कहा–"अरे बेटी, जो शम्मा की किस्मत में है, वह भोग रही है। अब अपन का कर सके हैं? यहाँ लाकर भी का करेगें? उसके बच्चों के भाग्य से वह अच्छी हो जाये, बस यही प्राथना है।"

शैला का मन उदास हो गया–"क्या बेटियों के लिए ऐसी ही भावना होती हैं, माँ–बाप के मन में?" शैला यह समझ गयी–"कोई साथ नहीं देता, अपने लिए स्वयं को सबल सक्षम बनाना चाहिए। अपनी समस्याओं का सामना करने के लिए स्वयं में ताकत होना चाहिए।"

करीब दो–ढ़ाई साल तक वह यही सुनती रही–"शम्मा टी बी. सेन्टर

में ही रहती है, लगातार खून की उल्टियाँ करती है। उसके माता–पिता कभी–कभी बेटी को दूर से देखकर आ जाते हैं। शम्मा को अपने घर लाने की हिम्मत वे नहीं कर सके। शम्मा के पति ने बच्चों की परवरिश के लिए उन्हीं दिनों, जब शम्मा का बेटा तीन माह का था, दूसरी शादी कर ली। यह सुनकर शम्मा ने सब तरफ से मोह माया का रिश्ता तोड़ दिया था। धीरे–धीरे घुलते हुए वह स्वयं खत्म हो रही थी।

फिर एक दिन शैला ने सुना–"शम्मा नहीं रही! उसे अपने कष्टों से मुक्ती मिल गयी।" रिश्तेदार इसी तरह की बातें करते थे। किसी ने भी इस विषय में उसके ससुराल वालों से कुछ नहीं कहा, कोई कानूनी कार्यवाही नहीं की। उनके दुर्व्यवहार, प्रताड़ना के कारण ही शम्मा को टी.बी. की बीमारी हुई, उनके कारण ही बेटी की मृत्यु हुई–इस बात पर दुखी होकर भी, वे शम्मा के ससुराल वालों का कुछ नहीं बिगाड़ सके, न ही उन्हें दोषी ठहरा सके।

बाद में शैला ने यह भी सुना–शम्मा का पति कमलकिशोर कभी–कभी शम्मा के बच्चों को, उनके नाना–नानी से मिलवाने के लिए लेकर आता है। बच्चों में शम्मा का चेहरा देखकर, शम्मा के माँ–बाप, बहन–भाई रो लेते हैं और चुप हो जाते हैं। उन्हीं को प्यार करके, वे शम्मा को याद कर लेते हैं।

शैला समझ नहीं पाती है, शम्मा के माता–पिता ने शम्मा के पति को कैसे माफ कर दिया? क्यों उसे कोई सजा नहीं दी? कैसे वे उसे अपने घर आने देते हैं? गाँव के भोले–भाले लोग कहते हैं–"अब अपनी चीज तो चली गयी। गयी चीज वापस नहीं आ सकती। तब दूसरों को तकलीफ देने से क्या फायदा? जो सामने है, बस उसी में सन्तोष ढूँढ़ लो।" यह सुनकर शैला का मन क्रोध से भर जाता है।

❐

शम्मा शैला की यादों में बसी है। शैला के विवाह को तीन साल हो गये हैं। शैला जब भी अपने मायके भमेड़ी जाती हैं तब 'भीमपुरा' में मामा–मामी के घर जाकर शम्मा के बारे में पूछती है। मामा–मामी हताश उदास रहते हैं, गहरी उंसास भरकर रह जाते हैं। ज्यादा से ज्यादा यही कहते हैं–"अब का करें बेटी? शम्मा ने अपनी किस्मत में यही लिखाकर लायी थी।" शैला को विश्वास नहीं होता है कि शम्मा अब नहीं है।

एक बार उसने तय कर लिया कि वह छिन्दवाड़ा के टी.बी. सेन्टोरियम में जाकर पता लगायेगी कि–''शम्मा को क्या हुआ था? और उसका इलाज ऐसा कैसे चला कि वह ठीक नहीं हो सकी?'' नागपुर से छिन्दवाड़ा दूर नहीं है। शैला के पति श्यामलाल के कुछ रिश्तेदार छिन्दवाड़ा में रहते हैं। श्यामलाल कभी उनसे मिलने या शादी ब्याह जैसे कार्यक्रमों में छिन्दवाड़ा जाते रहते हैं। दीपावली के बाद अक्टूबर–नवम्बर के दिनों में शादियाँ भी बहुत रहती है। वहाँ की शादियों के कार्ड उन्हें मिलते हैं।

नागपुर में नवम्बर में ठण्ड बढ़ जाती है, मगर उतनी ठण्ड नहीं, जैसी 20 दिसम्बर के बाद शीतलहर चलने के समय होती है। उस समय तो शाल स्वेटर पहनकर भी लोग हुनहुनाते रहते हैं। तब यही इच्छा रहती है, बन्द कमरे में रजाई ओढ़कर बैठे रहें या सिगड़ी बोरसी में आग जलाकर तापते रहें। इन दिनों गरीब मजदूर लोग अक्सर सड़कों के किनारे कुछ लकड़ियाँ इकट्ठी करके आग जलाकर तापते है। यहाँ तक कि कुछ लोग तो कचरे में पड़े सायकल या कार, ट्रक के टूटे–फूटे टायर ही जलाकर आग तापने का सकून पाते हैं। यह सब दिसम्बर माह के तीसरे–चौथे हफ्ते में कड़ाके की ठण्ड में होता है। शैला ऐसी ठण्ड में कहीं नहीं जाना चाहती। शैला ने 21 दिसम्बर का कार्ड छोड़कर, 10 नवम्बर का शादी का कार्ड देखा। कार्ड छिन्दवाड़ा से आया है। वाल्मीकि गुरुद्वारे के पास, जगदीश पवार की बेटी की शादी है। यह देखकर शैला ने भी शादी में जाने की तैयारी कर ली। साथ ही उसने श्यामलाल से यह बात भी मनवानी चाही–''सुनिये जी, हम लोग शादी में जा ही रहे हैं। वहाँ दो दिन रहेगें। इस बीच थोड़ा समय निकालकर, हम वहाँ के टी.बी. सेन्टोरियम भी जायेगें। ठीक है न?''

श्यामलाल ने आश्चर्य के साथ पूछा–''टी.बी. सेन्टोरियम जाने की क्या जरूरत है?'' शैला ने अपनी बात मनवाने के लिए मनुहार के साथ कहा–''जरूरत तो कुछ भी नहीं है और वहाँ कोई परिचित भी नहीं। मुझे ऐसे ही वहाँ जाकर, उनकी कार्यप्रणाली देखना है।'' श्यामलाल सहज माने नहीं, पूछ ही बैठे–वहाँ भी कोई समाजसेवा का काम है क्या? वहाँ डॉक्टर, नर्स, आया मरीजों की सेवा कर ही रहे हैं। वहाँ जाकर तुम क्या करोगी?''

शैला नहीं मानी। गुस्से से कह दिया–''ठीक है, आपको वहाँ नहीं जाना है तो मत जाइए। मैं अकेली ही चली जाऊँगी।'' श्यामलाल जानते

हैं, शैला बहुत जिद्दी है। वह वहाँ जाकर ही रहेगी। मगर क्यों? वे यह बात नहीं समझ पाये।

शैला ने वही किया, छिन्दवाड़ा जाने का उसका उद्देश्य यही था। छिन्दवाड़ा में उसकी देवरानी पार्वती का मायका है। पार्वती शादी में आयी, तब शैला किसी तरह उसे समझाकर, उसी के साथ टी.बी. सेन्टोरियम पहुँच गयी।

❑

शैला का यहाँ आने का पहला अनुभव है। सुबह के 11 बजे है, हवा में ठण्डक है, मगर धूप अच्छी खिली है। शहर से लगभग 1 कि.मी. की दूरी पर बनाया गया यह सेन्टर काफी बड़े क्षेत्र में है। अस्पताल के आसपास खूब हरियाली है। सब तरफ साफ–सफाई, एक दम नीट एण्ड क्लीन। गमलों में तरह–तरह के फूल खिले हैं। छायादार बड़े पेड़ हैं। सब कुछ अच्छा है, मगर यहाँ आने के बाद शैला के मन में उदासी छा गयी। यहाँ लोग क्यों आते हैं? किस हालत में आते हैं? सच तो यह है कि उनके रिश्तेदार भी उनसे मिलने यहाँ आने से डरते हैं।

शैला और पार्वती ने सहमते हुए अस्पताल में प्रवेश किया। अस्पताल में सफेद कोट पहने डॉक्टर और नर्स इधर से उधर जा रहे थे। वार्डबॉय और आया सभी तटस्थता के साथ अपने काम तत्परता से कर रहे थे। काफी समय तक शैला इधर–उधर देखती रही। किससे पूछे? क्या करे? उसे यहाँ की जानकारी नहीं है। तभी उसने देखा, सामने ही पूछताछ की खिड़की है। शैला तेजी से वहाँ पहुँच गयी। अपनी नीली साड़ी को ऊँचा खोंच कर पोछा लगाने वाली सफाई कर्मचारी महिला वहाँ फिनाइल के पानी से पोछा लगा रही थी। एक नवयुवक कम्प्युटर के सामने कुर्सी पर बैठा कुछ जानकारी बारीकी के साथ देख रहा था।

शैला को देखकर सफाई कर्मचारी महिला ने पूछा–''बहन जी, किससे मिलना है?'' शैला क्लर्क से बात करना चाहती है मगर वह अपने ही काम में व्यस्त है। तब शैला ने उसी महिला कर्मचारी को बताया–''दीदी, यहाँ इलाज के लिए मेरी ममेरी बहन आयी थी, शम्मा नाम है उसका। उसके बारे में ही पूछना था।''

महिला ने बड़ी तत्परता के साथ अपने हाथ का पोछा लगाने का वायपर एक तरफ रखा और टेबल के दराज से एक बड़ा रजिस्टर निकाला।

फिर उसने शैला की तरफ स्नेह के साथ देखते हुए कोमलता के साथ पूछा–"कब आयी थी आपकी बहन?" शैला ने याद करते हुए कहा–"तीन साल पहले आयी थी।"

सुनकर महिला थोड़ी चौकीं, फिर गम्भीरता के साथ पन्ने पलटते हुए तीन साल पहले आये मरीजों के नाम देखने लगी। कई पन्ने पलटने के बाद भी उसे शम्मा नाम नहीं दिखा। वह थोड़ी परेशानी के साथ बोली–

"मैडम, यहाँ तो किसी शम्मा का नाम नहीं है। साल और महीना सही–सही बताओगी तो जल्दी नाम मिल जायेगा।" तभी उसकी नजर, एक नाम पर ठहर गयी। वह बोली–"शम्मा तो नहीं है, हाँ, श्यामा नाम है। क्या यही आपकी बहन है?"

"हाँ, श्यामा, श्यामा ही मेरी बहन है।" शैला तत्परता के साथ बोली। नाम सुनते ही उसे इतनी खुशी हुई, जैसे अभी उसे शम्मा मिल जायेगी। उसने उत्सुकता के साथ पूछा–"श्यामा के विषय में डिटेल जानकारी कहाँ मिलेगी?"

महिला ने रजिस्टर बन्द करते हुए उत्साह के साथ कहा–"श्यामा तो तभी अपने घर चली गयी थी। तीन साल पहले आयी थी। दो साल तक उसका यहाँ इलाज चलता रहा। फिर उसकी तबीयत अच्छी हो गयी। यहाँ से उसकी ससुराल फोन किया था, तब श्यामा की सास और पति आकर उसे ले गये। बाद में एक दो–बार वह चेकअप के लिए यहाँ आयी थी। अब तो वह बिल्कुल ठीक हो गयी है। क्या आपको यह बात नहीं मालूम?"

शैला अविश्वास के साथ महिला कर्मचारी का मुँह देख रही थी। उसे आश्चर्य हो रहा था–"श्यामा के विषय में यह जानकारी कैसे मिल रही है? क्या यह झूठ है या स्वप्न? दिवा स्वप्न! क्या शम्मा सचमुच ठीक हो गयी है? क्या वह अपनी ससुराल में अपने बेटे और बेटियों के पास पहुँच गयी है? फिर शम्मा की माँ ऐसा क्यों कहती है?"

शैला कुछ समझ नहीं पा रही थी कि सच क्या है? तभी उसने सोचा कि वह श्यामा के ससुराल का पता पूछ ले। मगर तब तक वह महिला कर्मचारी वहाँ से चली गयी थी। कम्प्यूटर पर काम करने वाला बाबू भी वहाँ नहीं था। काफी समय ऐसे ही बीत गया। शायद उस समय 'लंच टाईम' हो गया था। शैला वहाँ रुकना चाहती थी, मगर पार्वती बड़ी जल्दी मचा रही थी–"दीदी अब यहाँ से चलो। वहाँ शादी के घर में हमें सब

ढूँढ रहे होंगे कि हम दोनों कहाँ लापता हो गयीं। वैसे भी ऐसी जगह से जल्दी ही लौट जायें, तो अच्छा है।''

मजबूर होकर शैला को पार्वती के साथ लौटना पड़ा। यह क्षेत्र छिन्दवाड़ा बस स्टैण्ड से दूर, रेलवे क्रासिंग के पास सरकुलर रोड पर है। पार्वती उस पूरे क्षेत्र से परिचित है। कहाँ से बस मिलेगी, कहाँ से आटो रिक्शा लेना है–उसके साथ रहने से शैला को परेशानी नहीं हुई। मगर शैला का काम पूरा नहीं हुआ, इससे उसका मन उदास हो गया। शादी में सबके साथ रहकर भी वह खोई–खोई रही। उसने महसूस किया–''शम्मा है और उसे मिल नहीं रही है।'' इस बात ने उसे विचलित कर दिया। साथ ही वह यह हिसाब भी बार–बार लगाती रही–''छिन्दवाड़ा के अस्पताल में शम्मा तीन साल पहले गयी थी या इससे पहले?

❑

छिन्दवाड़ा से लौटने के बाद शैला इस बात पर बहुत विचार करती रही–''शम्मा जिन्दा है या नहीं है? शम्मा कहाँ है? अगर हमारी शम्मा सचमुच जिन्दा रहती, तो क्या उसका पति और सास अच्छे बन जाते? क्या शम्मा के हालात सुधर पाते?'' इन प्रश्नों ने शैला को बेचैन कर दिया था।

अन्त में शैला ने निष्कर्ष रूप में समझ लिया–''शम्मा जिन्दा है। अभी भी शम्मा जैसी अनेक लड़कियों पर अन्याय–अत्याचार हो रहे हैं। कहीं मायके में, कहीं ससुराल में, कहीं नारी होने के कारण, कहीं जाति के कारण। अभी भी शम्मा जैसी अनेक लड़कियों का शोषण हो रहा है, हिंसा, अपमान और बलात्कार हो रहे हैं, उनसे जिन्दा रहने का हक छीना जा रहा है, उन्हें मौत के मुँह में धकेलकर, उनकी हत्या की जा रही है!''

इन बातों से शैला बेचैन है। अब उसने यह रास्ता अपना लिया है–किसी भी घर या परिवार में, कहीं भी किसी लड़की पर अन्याय होता है, तो वह वहाँ पहुँच जाती है। वह उस पीड़ित लड़की में अपनी बहन शम्मा को देखकर, उसे गले से लगाकर समझाती है–''तुम अकेली नहीं हो। हम सब तुम्हारे साथ हैं। तुम हिम्मत रखो और अपने अधिकार की लड़ाई खुद लड़ो।''

शैला का हृदय तड़पता है, वह चाहती है–''समाज में ऐसी जागृति लानी चाहिए, जिससे गुनहगार को, अन्यायी–अत्याचारी को कड़ी से कड़ी

सजा दी जाये, ताकि किसी की बेटी को, इस तरह जिन्दगी से और इस तरह मौत से न जूझना पड़े।"

शैला कहती है–"शम्मा कभी नहीं मर सकती। वह हमारी यादों में हमेशा जीवित रहेगी। वह मरी नहीं है–सामाजिक परम्पराओं के नाम पर, सामाजिक मूल्यों के नाम पर, बचपन से मिले संस्कारों के नाम पर और पितृसत्ता प्रधान इस मनुवादी व्यवस्था के नाम पर उसकी हत्या हुई है। उसकी 'स्मृति', नारी चेतना को सन्देश देती रहेगी कि जिस तरह मैं तड़फ–तड़फ कर मरी हूँ, मेरी तरह कोई लड़की कभी नहीं मरे!" अब इस आवाज में दया, करुणा नहीं, आक्रोश है, अन्यायपूर्ण परम्पराओं के विरुद्ध विद्रोह है।

नमिता

नमिता शैला की बचपन की सहेली है। वह स्कूल में उसके साथ ही पढ़ी थी। नमिता के पिता हरि जाटव अत्यधिक गरीब हैं। वे अपनी पत्नी मीरा के साथ गाँव में मेहनत मजदूरी का काम करके, अपने परिवार का पालन कर रहे हैं। भमेड़ी में उनका कच्चा खपरैल का मकान है। दो साल पहले बड़ी बेटी मँजू की शादी कर दी है। छोटी बेटी नमिता 10वीं तक पढ़ी है। बेटा संजय आठवीं कक्षा में पढ़ रहा है।

नमिता और शैला मिलती रहीं है। शैला की माँ और नमिता के पिता के बीच गाँव का भाई–बहन का रिश्ता है। रिश्ता नजदीक का हो या दूर का–निभाने वाले होना चाहिए। एक बार रिश्ता मान लिया तो बस मान लिया। फिर वह गाँव मोहल्ले के रिश्ते का मुँहबोला भाई–बहन का रिश्ता ही क्यों न हो। भाई भी और बहन भी उसे दिलोजान से निभाते हैं। शैला भी नमिता को अपनी बहन मानती है। दसवीं के बाद नमिता की पढ़ाई रोक दी गयी। नमिता घर में रहकर घर के काम करती रही। फिर उसकी शादी कर दी गयी।

नमिता की ससुराल उसी शहर नागपुर में है, जहाँ शैला की ससुराल है। नमिता का घर शैला के घर से सिर्फ 8 कि.मी. दूर शिवाजी नगर में है। शैला नमिता के ससुराल वालों को जानती है। वह श्यामलाल के साथ उनके घर कई बार जा चुकी है। नमिता के ससुर हीरालाल आटो रिक्शा

चलाते हैं। वे और उनका छोटा बेटा विनय दिन भर अपने काम पर रहते हैं। नवीन क्लर्क की नौकरी करता है।

हीरालाल जाटव अपना थोड़ा समय समाजसेवा में भी देते हैं। वे सभी को सामाजिक एकता की बातें समझाते हैं। श्यामलाल भी अपनी नौकरी करते हुए समाजसेवा का कार्य करते हैं। वे दलित पिछड़ी और बहुजन ओ.बी.सी. सभी जातियों को आपसी मतभेद छोड़ने की और एकता संगठन की बातें समझाते हैं। ऐसे अनेक समाजसेवी और सामाजिक कार्यकर्ताओं से मिलने और चर्चा करने, शैला श्यामलाल के साथ उनके घर जाती है।

जब नमिता की शादी हुई, शैला नागपुर से बाहर थी। वह नमिता की शादी में नहीं जा सकी थी, उन्हीं दिनों छात्रों की ट्रिप के साथ उसे औरंगाबाद जाना पड़ा था। शैला को इस बात का बहुत दुख था, उसने सोच लिया था–''नमिता जब नागपुर में रहेगी, तब मैं उसे पूरा नागपुर घुमाऊँगी–महाराजबाग, शिवनेरी हिल, अम्बाझिरी तलाब, गोरेवाडा, दीक्षाभूमि, नागलोक, कामठी का ड्रेगन पैलेस। मैं नमिता को अपने साथ महिला जागृति के कार्यक्रमों में लेकर जाऊँगी। धीरे–धीरे उसे भी मैं महिला मुक्ति आन्दोलन से जोडूँगी।''

शैला ने नमिता के लिए कई सपने देखे थे। मगर जब नमिता ने शैला को अपने पति के दुष्ट व्यवहार और ससुराल के अपने जीवन की व्यथा–कथा विस्तार के साथ बतायी थी तब शैला को नमिता के ससुराल वालों पर बहुत गुस्सा आया था। नमिता अपने जीवन की उन कड़वी बातों को भूल नहीं पाती है। वे दृश्य, वे बातें याद आने पर उसे दुख होता है, गुस्सा भी आता है।

❐

विवाह के बाद नमिता ससुराल आयी। माँ–बप्पा ने कड़ी मेहनत करके उसकी शादी के लिए कठिनाई से रुपये जुटाये थे, जिसका कर्ज वे चुकाते रहे। उन्होंने अपनी हैसियत से बढ़कर बेटी की शादी में, घर गृहस्थी के सामान दिये–साईकिल, ड्रेसिंग टेबल, जिसे उसकी माँ सिंगार टेबल कहती है, पीतल के और स्टील के बर्तन, पलंग बिस्तर भी दिया।

नमिता अपनी शादी में मिले उसी पलंग बिस्तर पर अकेली बैठी है। उसकी बड़ी ननद प्रभा कुछ देर पहले ही उसे उस कमरे में छोड़कर गयी है। नमिता ने अपने जीवन के चौबीस बसन्त देखे हैं। वह जानती

है, आज उसकी सुहागरात है। मन में अनेक प्रकार के भाव हैं। कभी वह मन ही मन हँसती है, कभी भयभीत हो जाती है कि पता नहीं क्या होगा? वह हिन्दी फिल्मों में देखे 'मधुरात्रि' के संक्षिप्त, सांकेतिक दृश्यों को याद करती है और अपने पति के प्यार की कल्पना करती है, कभी लज्जा से छुईमुई की तरह सिमट जाती है। कमरे में ट्यूबलाईट जल रहा है। वह कभी अपने हाथों की मेहन्दी देखती, कभी लाल साड़ी को। बीतते समय का उसे भान ही नहीं है। दरवाजा यूँ ही टिका है, अन्दर बाहर की सिटकनी खुली है।

तभी दरवाजे पर जोर का खटका हुआ। नमिता भयभीत हो उठी। शादी का कत्थई कलर का थ्रीपीस सूट पहने हुए नवीन दरवाजे के बीच खड़ा, उसे देख रहा है। नवीन को देखकर उसने अपना घूँघट खींचकर मुँह ढाँक लिया। वह थोड़ी देर सकुचाई सी बैठी रही, फिर मानो पति के आने पर, उसके स्वागत में खड़ी हो गयी। नवीन ने उसे व्यंग्यपूर्ण हँसी के साथ देखा, फिर जोर से दरवाजा बन्द कर दिया। नमिता का हृदय अन्दर तक दहल उठा। वह भय के कारण काँपने लगी। वह खड़ी नहीं रह सकी, पलंग का सिरहाना पकड़कर नीचे बैठ गयी।

तभी उसने सुनी, नवीन की व्यंग्यपूर्ण हँसी और हृदय को चीर देने वाली बातें–"बहुत भोली है, मासूम, नादान, डर रही है। क्यों डर रही है? डरने की कोई वजह तो बताओ?" नवीन कटु आवाज में व्यग्यंपूर्ण अभिनय के साथ कह रहा था। नमिता को लगा कि वह चीख मारकर रोने लगेगी। उसने अपनी साड़ी का आंचल मुँह में ठूँस लिया। उसका पूरा शरीर डर के कारण काँपता रहा, हिलता रहा। यह देखकर मानों दया के साथ, नवीन ने उसके सिर पर हाथ फेरा और हँसते हुए कहा–"डर मत। आ, यहाँ पलंग पर बैठ।"

नमिता तो मानो काठ हो चुकी है। नवीन के साथ पलंग पर बैठने की बात वह सोच भी नहीं पा रही है। तभी नवीन ने नमिता का हाथ पकड़ा और झटके के साथ खींचकर उसे पलंग पर गिरा दिया। नमिता किसी तरह सँभलकर, पलंग के एक कोने पर सिकुड़ कर बैठ गयी। शादी की लाल साड़ी में लगे जरी के बूटे और सलमे सितारे चमक रहे हैं। नमिता सिर से पैर तक साड़ी में छिपी ढकी बैठी है। अपने हाथों को भी उसने घूँघट के साथ साड़ी में छिपा लिया है।

नवीन गाँव की इस भोली लड़की की घबराहट और लज्जा शर्म का

मजा लेता रहा। वह पलंग पर अधलेटा होकर, उसे देखता रहा, हँसता रहा। फिर पैर लम्बे करके, उसने अपनी नवविवाहिता दुल्हन को पैरों से धकेला। वह उसके हाथ, पैर, मुँह और सिर को अपने पैरों से छूता रहा। नमिता ने अपने कन्धे पर रखे उसके पैर को हटाया, तो नाराज होकर उसने एक ठोकर मार दी। नमिता पलंग से गिरते गिरते बची। वह पलंग से उठकर खड़ी हो गयी। वह दरवाजा खोलकर बाहर जाना चाहती है, यह देखकर नवीन ने झटके से उसका घूँघट हटाकर उसे पलंग पर बैठा दिया। नमिता ने सुना, नवीन कह रहा है–"नखरे बताती है, 'नौ सौ चूहे खाकर'...हमारी बिल्ली, हमीं से म्याऊँ?"

दुख के कारण नमिता की आँखों से आँसू बहने लगे। वह सिसक–सिसक कर रोने लगी। तभी उसने देखा–नवीन ने कमर से अपना बेल्ट निकाला है। वह बार–बार झटका देकर, बेल्ट को नमिता के सामने लहरा रहा है। डर के कारण नमिता क्षणभर में चुप हो गयी और नवीन को ध्यान से देखने लगी। नवीन कह रहा है–

"हाँ, तुम मुझे सच सच बताओ, गाँव में तुम्हारी किस–किस से यारी थी? कितने यार हैं गाँव में तेरे? और वह तेरा जीजा? बड़ा छैल छबीला जीजा है तेरा, तेरी बड़ी फिक्र करता है। जीजा के साथ कब से है तू?"

नमिता को काटो तो खून नहीं। उसके कान सुन्न पड़ गये। वह समझ नहीं पायी–यह उससे क्या पूछा जा रहा है? ऐसा क्यों कहा जा रहा है? नवीन के हाथ का लहराता बेल्ट नमिता के चेहरे से टकराया। नमिता ने बेल्ट पकड़कर जोर से कहा–"यह सब गलत बातें हैं। मेरा किसी से कोई गलत सम्बन्ध नहीं है। गाँव में सब मेरे भाई हैं।"

"और जीजा?" नवीन के मुख पर कुटिल मुस्कान है। नमिता तड़पकर बोली– "जीजा भी...उनसे मेरा कोई गलत रिश्ता नहीं है। मैं कसम खाती हूँ, अपने बाप की कसम, अपनी माँ की कसम, अपने भाई की कसम। जो मैं झूठ बोलूँ, तो सबका मरा मुँह देखूँ। मैंने कोई पाप नहीं किया। मैं सच्ची हूँ, पवित्र हूँ।"

नमिता ने बेल्ट को ऐसे कसकर पकड़ा था मानो सच्चाई का दामन पकड़ा हो। नवीन बेल्ट को खींच नहीं पाया। उसने व्यंग्य से सिर्फ इतना कहा–

"अच्छा, बिल्कुल सती सावित्री है। देखता हूँ, यदि कोई ऐसी वैसी बात का पता चला, तो वहीं सबके सामने पीटूँगा, जिन्दा जमीन में गड़ा दूँगा।"

नमिता को अपने आप पर विश्वास है, अपने चरित्र पर विश्वास है। उसमें आत्मविश्वास आ गया। अब वह निडरता के साथ नवीन को ध्यान से देखने लगी। इस समय नवीन नमिता की आँखों का सामना नहीं कर पाया। वह उठा, हाथ बढ़ाकर ट्यूबलाइट का स्विच ऑफ किया। जीरो लाइट ऑन करके वह पलंग पर लेट गया। नमिता खड़ी रही। थोड़ी देर के बाद नवीन ने करबट बदलकर उसकी ओर पीठ कर ली। थोड़ी ही देर में वह खर्राटे भरने लगा।

❑

नमिता चुपचाप किंकर्तव्य विमूढ़–सी अँधेरे में खोया अपना भविष्य ढूँढ़ती रही। वह खड़े–खड़े थक गयी, तब पलंग के पैताने की तरफ, फर्श पर बैठ गयी, अपनी गोद में अपना सिर रखकर, मानो खुद को सांत्वना दे रही हो। इस बीच आँखों से आँसू कब बहने लगे, उसे पता नहीं चला। सबसे शुभ तिथि, उसके विवाह के लिए माँ–पिताजी ने तय की थी। शादी के बाद की पहली रात में ही उसे अपने पूरे भविष्य का खाका समझ में आ गया। वह अकेली फर्श पर बैठी रोती रही, मछली–सी तड़पती रही। विवाह के पहले के सुख–दुख को याद करती रही और भविष्य की आशंकाओं से भयभीत होती रही।

❑

नमिता पहली बार ससुराल आयी, तब दस दिन रही थी। पहली रात उसने रात भर फर्श पर बैठकर, रोते हुए, जागकर बितायी थी। दूसरे दिन सुबह परिवार की महिलाएँ, उसकी उनींदी लाल आँखों को देखकर, मधुर छेड़छाड़ करने लगीं। ननदें पूछ रही थीं–"हमारे भैया कैसे लगे?" बूढ़ी दादी सास, काकी सास मजाक करते हुए कहने लगीं–"बिटिया, बहुरानी, एकई दिन में सब लड्डु मत खईए। धीरे–धीरे खा और हमको खुश खबर सुना।" नमिता चुपचाप उनका मुँह देखती रही।

उस दिन 'खिचड़ी' की रस्म थी। ससुराल में पहली बार रसोई में जाकर उसे अपने हाथों से खिचड़ी बनाकर कुटुम्ब परिवार के ससुरालियों को खिलाना था। खिचड़ी बनाना उसके लिए कोई कठिन काम नहीं था। अपनी माँ के घर 10–11 साल की उम्र से ही उसने चौका चूल्हा सँभाल लिया था। बड़ी बहन की शादी के बाद तो मानों रसोई बनाने और घर

को सँभालने की जिम्मेदारी उसी की हो गयी थी। माँ–बप्पा सुबह से अपने काम पर चले जाते थे, तब घर के काम कौन सँभालता?

पूरे मोहल्ले का यही रिवाज है। घर की बड़ी बेटियाँ ही घर के काम सँभालतीं, खाना बनाकर सबको खिलातीं। बर्तन माँजतीं, कपड़े धोती, छोटे बहन भाईयों को नहलातीं। बड़े भाईयों की शादी होने पर भाभी के आने से उन्हें घर के काम से राहत मिलती। कुछ समय नहीं बीत पाता कि उनके हाथ पीले करके ससुराल भेज दिया जाता। सारी शिक्षा–दीक्षा के साथ कि–"बेटी वही तुम्हारा घर है। हमारे लिए तुम पराई हो। तुम्हें ससुराल में ही रहना है, वहीं निभाना है।"

नमिता अपने सोच–विचार में उलझी रही। माँ की दी गयी, बचपन से मिली शिक्षा के विषय में सोचती और अपनी ससुराल की बातों पर विचार करती। उसे यह बात समझ ही नहीं आती कि–'सगे माँ–बाप होकर भी, वे अपनी बेटी को पराई कहते हैं, मगर यहाँ तो ससुराल के लोग भी पराये हैं। पति भी अपना नहीं लगता, तब वह किसको अपना माने? किसको अपना दुख बताये?'

नमिता यह भी सोचती रही–"जीजी की ससुराल तो बड़ी अच्छी है। सभी शिक्षित हैं, अच्छी नौकरी करते हैं। सास–ससुर, ननद–देवर सभी जीजी से अच्छा व्यवहार करते हैं। जीजाजी भी जीजी का कितना ख्याल रखते हैं। अपनी पत्नी और बच्चे को कितना लाड़ प्यार करते हैं। उनके सुखमय जीवन को देखकर ही, उसने अपने भविष्य के सुन्दर सपने सजाये थे–'एक दिन उसकी भी शादी होगी। उसका पति भी उसे प्यार करेगा। उसका अपना सुखमय संसार होगा।' मगर मेरे ही साथ ऐसा क्यों हुआ?" दुख से उसकी आँखें छलकती रहीं।

नमिता ने स्नान किया। सास ने उसे घर में पहनने के लिए पुरानी साड़ी दी। "इतनी नयी दुल्हन को इतनी पुरानी साड़ी?" कुछ रिश्तेदार महिलाओं ने राजेश्वरी को टोका–"नयी बहू को अभी से पुराने कपड़े मत पहनाओ।" राजेश्वरी ने कहा–ऊँह, चार दिन बाद तो पुरानी होना है। क्या नयी और क्या पुरानी? चौके चूल्हे का काम करने से नयी साड़ी खराब होगी। बाद में बदल लेगी।"

सास की बात नमिता कैसे टाल सकती थी। घूँघट में रहकर वह अपने काम करती रही। इसी 'खिचड़ी रस्म' के लिए माँ अपनी बेटी के साथ कच्चे दाल चावल मिलाकर बाँध कर भेजती है। उसी में से थोड़ा

लेकर, नमिता ने खिचड़ी बनायी। कुछ देर के लिए वह किचन से बाहर गयी। आने के बाद हाथ पैर धोकर, उसने खिचड़ी परोसी। खिचड़ी का एक दाना चांवल उसने सहज ही चखा।

"इतना नमक कैसे हो गया? उसने तो कम ही डाला था। जरूर यह किसी ने उसके साथ कपटपूर्ण छल किया है।" उस खिचड़ी को बाजू रखकर उसने तुरन्त दूसरी खिचड़ी चूल्हे पर चढ़ा दी। छोटी ननद मीना बार–बार किचन में झाँककर देखती रही और पूछती रही–"क्या हुआ भाभी? अभी खिचड़ी नहीं बनी?"

खिचड़ी बन गयी तब नमिता ने अपने हाथों सबको खाना परोसा। बहू के हाथ का बना खाना, पहली बार खाकर बड़े–बूढ़े रिश्तेदारों ने उसे आशीर्वाद दिया। नमिता ने उनके पैर छुए। कुछ लोगों ने शगुन के रूप में उसे कुछ रुपये भी दिये।

नमिता का मन उदास था। पहली रात में पति के कठोर और दुष्टतापूर्ण व्यवहार से उसका हृदय टुकड़े–टुकड़े हो गया था और फिर खिचड़ी में नमक। अब उसे यहाँ कुछ भी अच्छा नहीं लग रहा था। वह एक ही दिन में ठण्डी शान्त पत्थर की शिला में बदल गयी। जीवन की सारी उमंगे, न जाने कहाँ छू–मन्तर हो गयीं। वह मात्र एक यान्त्रिक पुतले की तरह चल फिर रही थी, सबसे हँस बोल भी रही थी। सब कुछ मानो भावना रहित था। वर्तमान भी और भविष्य भी मानो एक शून्य में विलीन हो गये थे।

❒

दूसरे दिन से नमिता घर के काम करने लगी। बर्तन धोते समय, घर झाड़ते समय वह अपने हाथों की मेंहदी देखती, तब उसे गुस्सा आता कि उसने अपने हाथों में मेंहदी क्यों लगायी? उसे अपने माँ–बप्पा पर गुस्सा आता कि उन्होंने उसकी शादी क्यों की? माँ–बाप की सेवा करते हुए, भाई को सँभालते हुए, वह वहीं रहती तो क्या बुरा था?

रात 11 बजे तक घर में सबका खाना पीना चलता रहा। वह घूँघट डाले हुए, भोजन बनाने और परोसने का काम करती रही। लोग खा–पीकर सोने लगे। रात 12 बजे रसोई का फैला सामान समेट कर, वह बर्तन धोने लगी।

बड़ी ननद प्रभा उसके पास आकर बोली–"यह काम रहने दो, सुबह होने के बाद कर लेना। अभी हमारा भाई तुम्हारी राह देख रहा होगा।

जाकर उनके पैर दबा दो। आदमी घर से बाहर, दिन भर घूमते फिरते हैं, थक जाते हैं। पत्नी का धरम है, रोज रात में पति के पैर दबाये। पति सेवा ही सबसे बड़ी सेवा है।''

नमिता ने चुपचाप ननद की बात सुनी। उसकी धृष्टता न मानी जाये, यह सोचकर उसने जल्दी–जल्दी बर्तन धोकर किचन में करीने से सजा दिये और हाथ पोछते हुए वह अपने कमरे की ओर चली। पिछली रात की बात याद आते ही वह ठिठक गयी। इधर–उधर नजर दौड़ाकर उसने दरी चादर और तकिया ढूँढ लिया। उन्हें बगल में छिपाकर वह कमरे में गयी। कमरे में ट्यूबलाईट की रोशनी बिखरी पड़ी थी। नवीन पिछली रात की तरह दरवाजे की ओर पीठ करके खर्राटे लेते हुए सोया पड़ा था।

नमिता ने राहत की साँस ली, कमरे के दूसरे कोने में फर्श पर अपना बिछौना बिछाया और ट्यूबलाईट ऑफ करके, चादर ओढ़कर सो गयी। पिछली रात की जगनेर और दिन भर की थकान ने मानो उसे कुछ सोचने का अवसर नहीं दिया। उसने भी मानो इस प्रहार से आहत होकर, अपने जीवन की नैया को तूफान के सहारे छोड़ दिया। न दुख का दुख, न सुख का सुख। ऐसी तटस्थता, ऐसी वैरागी भावना, ऐसा निरविकार भाव, मानो शादी ब्याह का प्रपंच सब सपना था। यथार्थ तो यह जीवन है। किस दिन, किस आपदा –विपदा का सामना करना पड़ जाये, यह सम्भव है, असम्भव कुछ नहीं है। नारी जीवन की व्यथा–कथा कब, कौन–सा मोड़ लेगी–यह बात वह निश्चित रूप से नहीं जानती थी। अब तो वह जीवन के हर संकट का सामना करने के लिए तैयार हो गयी है।

सुबह उसकी नींद खुली। गहरी नींद अचानक कैसे टूटी? उसने देखा, नवीन उसके सामने खड़ा है। नवीन अपने पैर से उसके पैरों को कुचलते हुए उसे जगा रहा है। नींद खुलने पर नमिता तुरन्त उठकर बैठ गयी। नवीन ने कहा–''ऊपर पलंग पर सो जाओ। यह अलग बिस्तर सबको दिखाने की जरूरत नहीं है। अगर किसी ने कुछ कहा, तो इसकी कसूरवार तुम्हीं मानी जाओगी। यहाँ किसी भी तरह का नाटक दिखाने की जरूरत नहीं है, समझी। मैं बाहर घूमने जा रहा हूँ। पलंग पर सो जाओ।''

सुबह–सुबह नवीन का पैरों से कुचलकर, नींद से उठाना उसे अच्छा नहीं लगा। वह गुस्से के साथ पूछना चाहती थी–''मुझे पैरों से मारकर क्यों उठाया?'' मगर वह चुप रह गयी। उसका एक वाक्य बोलने का क्या

अंजाम हो सकता है, इस बात की वह कल्पना कर सकती है, इसलिए वह चुप रही। "वह क्यों उस पलंग पर सोये, जहाँ एक अजनबी सोया था।" उसे नवीन एक अजनबी की तरह लग रहा था, जो बेमतलब उसे सता रहा है, डरा रहा है, परेशान कर रहा है और उसके ऊपर अपना अधिकार जमा रहा है।

नवीन बाहर चला गया। नमिता ने दरी चादर की तह करके पलंग के पैताने गद्दे के नीचे रख दिया। गद्दे को छूकर उसकी स्मृतियाँ जागीं–"यह गद्दा तो मेरी माँ ने मेरे लिए बनवाया है। इस पर सोने का हक मेरा है। मगर यहाँ तो कोई और है, जो उसका यह हक भी छीन रहा है। नमिता का हृदय दुख से भर गया। सुन्दर फुलवारी के प्रिन्ट की रजाई को तह करते समय, उसकी आँख से दो आँसू अपने आप टपक पड़े। अपने हृदय पर हाथ रखकर, उसने गहरी साँस ली–

"मेरा अपना क्या है? न यहाँ मेरा कुछ है, न वहाँ मेरा कुछ है। जीने के लिए, पेट की भूख के लिए, दो वक्त की रोटी के लिए जिन्दगी भर गुलामी करना, क्या यही जीवन है?" नमिता गहरे सोच में डूब गयी।

जबसे उसने होश सँभाला था, माँ–बप्पा को कभी लड़ते–झगड़ते नहीं देखा। सुख–दुख में वे कैसे साथ–साथ रहते हैं? बप्पा अपना फटा कुरता या बनियान माँ को पकड़ाते हुए कितने अधिकार के साथ कहते हैं–"लो, जरा दो टांके तो लगा दो। साला कुर्ता, अभी कुछ दिन पहले ही सिलाया है, अभी से फटने लगा। और यह बनियान, यह तो धोते समय तुमने ही फाड़ी है, अब तुम्हीं सिलाई करो।" बप्पा की बातें सुनकर माँ मुस्कराती है। माँ मुस्कराये, इसीलिए बप्पा ऐसी बातें कहते हैं। यही तो जीवन का रस है, यही जीवन का सुख है। जीने के लिए और क्या चाहिए? प्रेम, विश्वास, अपनापन, अपना होने का अधिकार ...!

जब माँ खाना परोस कर बप्पा को देती है, तब बप्पा माँ से कहते हैं–"तुम भी खा लो, यहीं ले आओ अपनी थाली।" माँ–बप्पा की बात कभी मानती है, कभी नहीं। वह बच्चों को खिलाने के बाद ही खाने में सुख मानती है। भले ही उसके लिए कुछ बचा हो या न हो। माँ होने का सुख, पत्नी होने का सुख। दुख में भी सुख, सुख में भी सुख है–सब दुखों से पार, मात्र एक अनुभूति का एहसास!

गद्दा और रजाई को सहलाते नमिता के हाथ रुक गये। उसे लगा, अपनी फुलवारी में काँटे ऊग आये हैं। काँटों की चुभन हाथों में, हृदय में

होने लगी। विरक्ति के साथ उसने अपने हाथ समेट लिए। झटपट वह कमरे से बाहर आयी।

□

सास का हुक्म है–"सुबह सबसे पहले स्नान करोगी, तभी घर की किसी वस्तु को छुओगी।" सास ऐसा क्यों कहती है? क्योंकि वह पति के कमरे में सोती है। तो इससे क्या? क्या वह कोई पाप करती है?

'पाप' की बात सोचकर उसे अपनी माँ की कही बातें याद आयीं। माँ कहती है–"कोई लड़की या औरत किसी पराये मर्द को देखती है या उसके पास जाती है, तो इससे स्त्री को पाप लगता है।" माँ की ऐसी शिक्षा–दीक्षा ने उसके चरित्र का निर्माण किया है। माँ ने यह शिक्षा भी दी थी–"पति को ही परमेश्वर समझना।"

नमिता ने सोचा, सास की नजर में पति के साथ राजी–खुशी रहना पाप है, तो बेटे की शादी क्यों की? क्यों बहू लायी? ऐसे ही रहने देती तो अच्छा रहता। उसे गुस्सा आया–"मैंने कौन–सा पाप किया, जो मैं इतनी सुबह ठण्डे पानी से नहाऊँ? सास–ननद के लिए तो यह नियम नहीं है। केवल नयी बहू के लिए नियम सास ने बनाया है। यह सब परेशान करने वाली बातें हैं और कुछ नहीं।"

हर इन्सान विचार करने के लिए स्वतन्त्र है। नमिता भी स्वतन्त्रता के साथ इन बातों पर विचार करती है, मगर उजागर रूप में एक शब्द भी कहने की उसकी हिम्मत नहीं है। शादी के बाद, ससुराल आने पर, हर क्षण उसने अपनी सास का गुस्सा कठोरता और नियमबद्धता की बात को देखा है। वह उससे डरती तो नहीं है, मगर वह जानती है, सास से टकराना न तो उसके बस की बात है और न ही हितकारी। क्योंकि पानी में रहकर मगरमच्छ से बैर नहीं किया जाता। धीरे–धीरे प्रेम और सौजन्यता के साथ ही, इन बातों को बदलना लाभकारी हो सकेगा।

नमिता को अपनी सास और ननदों से शिकायत नहीं है। वह जानती है, सास–ननदें ऐसी ही होती हैं। उसे सबसे बड़ा दुख यह मिला–"जिससे शादी हुई, वह तो उससे बात ही नहीं करता है। न प्रेम का स्पर्श, न प्यार के दो बोल। क्या जिन्दगी ऐसे ही बीतेगी?" अपने सोच–विचार समेटते हुए, नमिता गुसलखाने में गयी।

हर समय लम्बे घूँघट में रहने के कारण वह इस घर की रचना मुश्किल

से समझ पायी है। बाहर बरामदा है, बीच का बड़ा कमरा है। पीछे छप्पर डालकर किचन बनाया गया है। किचन से लगा हुआ उनका कमरा है। किचन के बगल में टट्टे–फट्टे जोड़कर बाथरूम बनाया गया है। टीन का दरवाजा, टीन की छत बाँस बल्ली के सहारे टिकी है। पत्थर सीमेन्ट का फर्श है। दरवाजा बन्द रहने पर भी सब खुला–खुला–सा लगता है। नमिता को यहाँ नहाने में शर्म आ रही हैं, मगर नहाना तो है। वह अच्छी तरह नहाकर, अपने बदन पर छाई हवा की उस परत को निकाल देना चाहती है, जो रातभर नवीन को छूकर उसे छूती रही। नमिता को इस बात पर भी गुस्सा आता है कि उसके लिए अलग कमरा क्यों नहीं? जो पति अपनी पत्नी से बात नहीं करता, उसे प्यार नहीं करता, फिर पत्नी क्यों पति के कमरे में रहे? रात में उसके साथ रहकर, क्यों सबको यह बताये कि वे पति–पत्नी ही हैं।

गुस्से के साथ वह पानी भर–भर कर अपने ऊपर डालती रही। तभी बड़ी ननद ने दरवाजा पीटना शुरू कर दिया–''अरी चन्द्रमुखी, कितना नहायेगी? ज्यादा साबुन घिसकर इन्द्रलोक की परी बन जायेगी क्या? निकल बाहर, कितना पानी फेंक रही है?''

नवीन सांवला है, नमिता गोरी है, दुल्हन के रूप में देखकर सबने उसकी प्रसंशा की थी। इस समय बड़ी ननद की बात सुनकर नमिता ठगी–सी रह गयी। वह यह क्या सुन रही है? ये बातें किससे कही जा रही हैं? क्या उससे? तो क्या सभी लोग उससे इस तरह अपमानपूर्ण बातें करेगें? ऐसा बुरा व्यवहार करेगें? उसकी आँखों में आँसू भर आये। ननद दरवाजा पीटती रही। वह इतनी भी मोहलत नहीं दे रही है कि नमिता कपड़े पहनकर बाहर आ जाये।

दरवाजा लगातार पीटने की आवाज से नमिता घबरा गयी। उसे सूझ ही नहीं रहा था, कपड़े कहाँ हैं, कैसे उन्हें जल्दी पहने, ननद को थोड़ा रुकने के लिए क्या कहे, कैसे कहे? तब तक सास, ससुर, देवर सभी वहाँ आ गये।

सास ने कहा–''बहू का नहाना मिनटों में होना चाहिए। बहू घण्टों नहायेगी तो घर के काम क्या खाक करेगी?''

भाभी को संकट में देखकर, देवर विनय ने सहानुभूति जताई–''अरे माँ, तुम भी क्या? बस पीछे ही पड़ जाती हो। नयी–नयी भाभी है, कम से कम दो–चार दिन तो आराम से रहने दो। बाद में अपने सब नियम कानून

समझा देना। नयी जगह में सब कुछ समझने में भी समय लगता है।''

छोटे बेटे को बहू की तरफदारी करते देखकर, माँ ने भविष्य का खतरा भाप लिया। 'एक मार दो टुकड़े' करते हुए जोर से दहाड़ी–''हाँ रे, तेरी लुगाई को मेरे सिर पर बिठा देना, मगर नवीन की बहू को मैं अपने सिर पर नहीं बैठने दूँगी। तेरी भाभी क्या करोड़पति के घर से आयी है, जहाँ बारह लाख का बाथरूम था? और यहाँ उसको कुछ समझ में नहीं आ रहा है?''

विनय ने माँ को समझाना चाहा–''माँ, तुम भी क्या?'' तभी विनय की इस हरकत पर उसके पिता दहाड़ उठे–''नालायक, न पढ़ाई न नौकरी। अब बहू की अरदली करेगा? घर की मान–मर्यादा कुछ है या नहीं? हमारे घर के मर्द औरतों को सिर पर नहीं चढ़ाते। पैरों की जूती सिर पर नहीं रखी जाती।'' नमिता के ससुर आवेश में यह बात कह गये, मगर ध्यान आते ही, अपनी पत्नी के सामने सिर झुकाकर, चुप हो गये।

गुसलखाने के सामने चल रहे संवाद को सुनकर नमिता पानी–पानी हुई जा रही है। यह नमिता के जीवन की पहली घटना है। इसके पहले अपने मायके में वह हमेशा बेरोक टोक अपने काम करती रहती थी। और यहाँ...? –''क्या ससुराल ऐसी जगह है, जहाँ हर बात मे डाँट फटकार, नियम, बन्धन होते हैं?'' इस समय वह समझ नहीं पा रही है, उन सबके सामने गुसलखाने से बाहर कैसे निकले? समय बीतता जा रहा था, तभी नवीन की काकी गुसलखाने के सामने आकर बोली–''तुम सब यहाँ से हटो, तो बहू बाहर निकले। गुसलखाने से बाहर निकलकर ही वह साड़ी पहनेगी। लहँगा पोलका में कैसे देवर, ससुर के सामने बाहर आये? इतनी समझ नहीं है तुम्हें?''

काकी की बात सुनते ही नमिता को अपनी स्थिति समझ में आयी। वह जैसे अपनी सुरक्षा के लिए गुसलखाने में दरवाजे से चिपककर खड़ी थी। उसने जल्दी से गीले कपड़े बदलकर सूखे कपड़े पहने। किसी तरह साड़ी लपेटकर वह बाहर निकली। काकी सास को सामने देखते ही, उसने उनके पैर छुए। साथ में खड़ी सास और ननद के पैर छुए। भाभी को देखकर देवर आँगन में आ गया। नमिता अपने कमरे में चली गयी। यह कमरा भी उसका कहाँ है? यह तो नवीन का कमरा है। किचन से लगा हुआ छोटा कमरा, जहाँ न खिड़की है, न रोशनदान। दरवाजा बन्द करने पर दिन में भी अँधेरा हो जाता है। वहीं शादी के दहेज का पलंग

बिस्तर लगा है। वहीं दहेज में मिले बर्तन और अन्य सामान अस्तव्यस्त रखे हुए हैं।

कमरे में आने के बाद, नमिता ने दरवाजा उड़काया। अँधेरे में उसे सब कुछ घूमता हुआ नजर आने लगा। कितनी देर से वह इस विकट स्थिति में फँसी थी, राहत मिलते ही उसका सिर चकराने लगा। वह सब कुछ भूलने के लिए घुटनों पर सिर रखकर बैठ गयी। उसे पता है, थोड़ी ही देर में, घर के काम के लिए उसकी पुकार होगी। फिर भी वह बैठी रही, बैठी रही। मानो यही उसका दृढ़निश्चय है–''अब वह अपनी जगह से हिलेगी नहीं, चाहे धरती कितनी भी घूम ले।''

मगर नमिता का निश्चय डिग गया। जैसे ही नवीन कमरे में आया, नमिता कमरे से निकलकर किचन में आ गयी। उसने अपने काम को क्रमबद्ध रूप में एक बार फिर से याद किया–सबसे पहले चाय बनाना है, फिर नाश्ते के लिए आलूपोहे तैयार करना है। सबको चाय, फिर नाश्ता देने के बाद कुकर में दाल चावल पकाना है। दाल गलने के बाद प्याज, लहसुन हरी मिर्ची का छौंका देना है, इसके बाद सब्जी। किचन की साफ–सफाई और जूठे बर्तन माँझने धोने का काम वह रात में ही कर लेती है। सब्जी क्या बनेगी? सोचते हुए वह चाय नाश्ता बनाने लगी।

❐

सप्ताह कैसे बीता? शादी के बाद के वे दिन? उफ, कभी किसी बहू को ऐसे दिन न देखने पड़ें। एक एक दिन कितने कष्ट के साथ बीते थे– भय, घबराहट से तृस्त करते, अनबूझ पहेली से दिन! घर में सबका व्यवहार उसे अजीब लगता। जो उसने कभी देखा नहीं, सुना नहीं, वह उसके साथ प्रतिदिन घटता रहा। सास–ननद गुस्से से उसे कहतीं–''कितना घटिया सामान मिला है, कितना कम दहेज मिला है।'' फिर वे तुरन्त हँसकर कहतीं–''हमें किसी का दहेज नहीं चाहिए। हमारे घर में सब कुछ है।'' नमिता उनकी बातें समझ नहीं पाती। हर बात पर वह यही सोचती रही–''यह क्या है? ऐसा क्यों?'' मगर उसकी किसी बात का कोई जबाब नहीं मिला, जैसे सब कुछ शून्य में खोता जा रहा है। वह स्वयं शून्य में खो रही है। उसकी भावनाएँ शून्य हो चुकी थीं।

नौवें दिन बड़ी अजीब बात हुई। सुबह नमिता की नींद देर से खुली। उसने देखा, नवीन पलंग पर बैठा उसी को देख रहा है। वह जल्दी से

उठ गयी। उठते ही उसने अपनी दरी और चादर को तह किया। पलंग के पैताने रखते समय नवीन ने उसका हाथ पकड़कर अपनी तरफ खींचा। नमिता लड़खड़ा कर पलंग के सहारे सँभली। वह नवीन के हाथ से अपना हाथ छुड़ा कर बाहर जाने लगी। नवीन ने रहस्य के साथ कहा–

"आज मैं तुमसे एक खास बात पूछने वाला हूँ।"

नमिता उसकी बात को अनसुना करके, पहनने के कपड़े लेकर गुसलखाने की तरफ आयी। पूरे घर में, पूरे परिवार के लिए एक ही गुसलखाना है। एक के बाहर निकलने तक, दूसरा व्यक्ति अपना नम्बर लगाये राह देखता रहता है। गुसलखाने का दरवाजा खुला देखकर, खाली गुसलखाने में नमिता आयी। दरवाजा बन्द करते ही, नवीन की कही बात उसके कानों में गूँजने लगी– "आज मैं तुमसे एक खास बात पूछने वाला हूँ।" बार–बार यह ध्वनि उसके कानों से टकराती रही। गुसलखाने से बाहर आने तक वह इस बात का मतलब समझ नहीं पायी।

"कौन–सी खास बात? ऊँह, जाने दो। जो होगा देखा जायेगा।" इस तरह ऊँहापोह में डूबी, वह अपने मन को समझाती रही। नहाकर कमरे में आयी, तब वहाँ नवीन नहीं था। इत्मीनॉन के साथ गीले बालों का जूड़ा खोलकर, लम्बे बालो को झटकते हुए, वह उन्हें सुखाने लगी। तभी नवीन कमरे में आया। नमिता ने बालों को समेटकर जूड़ा बाँध लिया और सिर पर साड़ी का पल्लू ले लिया। अचानक नवीन को कमरे में देखकर, नमिता का दिल धड़क उठा। पिछले आठ दिनों में नवीन ने उससे कुछ भी बातें नहीं की थी, सिवा पहली रात के। वह भी इतने कठोर व्यवहार के साथ, कटु बातें। उसके बाद प्रतिदिन नवीन दिनभर कमरे से बाहर ही रहा। रात में भी नमिता के आने के पहले ही सो जाता। नींद न आने पर भी, वह नमिता की ओर पीठ करके लेटा रहता। आज उसके मन में क्या है? नमिता समझ नहीं पायी।

नवीन उसके पास आकर मुस्कराया। फिर धीरे–से बोला–तुम्हारा महीना किस तारीख को आता है?" नमिता कुछ समझ नहीं पायी–"मेरा महीना? कौन–सी तारीख? क्या मतलब?" वह चुपचाप उसे देखती रही।

नवीन ने थोड़ा झिझकते हुए कहा–"तुम्हारा पीरियड, एम.सी. पीरियड?" यह सुनते ही नमिता ने शर्म के साथ सिर झुका लिया। छिः, यह भी कोई पूछने की बात है? फिर उसने विचार किया, मुझसे यह बात क्यों पूछ रहे हैं? नमिता नजरें उठाकर उसे चुपचाप देखती रही। उसे

लगा, कमरे का अँधेरा बहुत बढ़ गया है और वहाँ की हर चीज डरावनी हो गयी है। नमिता ने अपनी आँखे बन्द कर लीं। यह देखकर नवीन ने अचानक गुस्से के साथ कहा–''सुना नहीं तुमने? मैंने क्या पूछा है? जबाब क्यों नहीं दिया?'' नवीन के हाथ पैर फड़कने लगे, जैसे अभी मारने पीटने लगेगा। नमिता ने आश्चर्य के साथ उसे देखा और कहा–

''आप ऐसा क्यों पूछ रहे हैं?''

''क्यों, मैं पूछ नहीं सकता? मैं तुम्हारा पति हूँ। तुम पर मेरा पूरा अधिकार है। तुम्हारी हर बात पर मेरा पूरा अधिकार है, तुम्हारी हर साँस पर भी...''

नमिता ने नवीन की फुँफकार से भरी इस बात का कोई जबाब नहीं दिया। नवीन का गुस्सा बढ़ गया। उसने एक हाथ से नमिता की बाँह पकड़ी और दूसरे हाथ से सिर के बालों को खींचते हुए, उसके सिर को झटका देकर बोला–''क्यों, छिपाने वाली कोई बात है क्या? शादी के पहले किसी के साथ...?''

आवाज धीमी थी, मगर बात बहुत तीखी और कड़वी थी। नमिता ने झटके के साथ नवीन के हाथ से अपने बाल छुड़ाये और अपनी बाँह से उसके हाथ को झटककर दूर खड़ी हो गयी। क्षणभर में उसका दिमाग सुन्न हो चुका था। प्रेम और अपनेपन के बदले, ये कैसी बातें कही जा रही हैं उससे?

नवीन को कमरे में आया देखकर, उसके मन में प्रेमांकुर मचलने लगे थे। उसने सोचा था–''नवीन अभी आगे बढ़कर, मुझे अपनी बाँहों में भर लेगा। वह मुझको प्यार करेगा, पिछले दिनों के गिले शिकवे दूर करेगा और अपने प्रेम में सराबोर कर देगा मुझे। मगर यह क्या? ये कैसी बातें हैं?''

बाल खींचने से नमिता का सिर दुखने लगा था। उसने दोनों हाथों से अपना सिर दबाया। उसके मन, मस्तिष्क में तूफान उठने लगा–''मेरे लम्बे बालों को देखकर, आज तक सभी ने उनकी प्रशंसा की है, मगर यह दुष्ट मेरे बालों को पकड़कर खींच रहा है। यह मुझ पर अपना अधिकार किस तरह जता रहा है? जबरदस्ती का अधिकार, अनाधिकार। और नवीन की कही वह बात–'शादी के पहले किसी और के साथ...।' छीः, कितनी घिनौनी सोच है।''

नमिता का मन, नवीन के प्रति घृणा और तिरस्कार से भर गया। दिन के समय में, कमरे का अँधेरा असह्य हो उठा। उसने आगे बढ़कर

ट्यूबलाईट का स्विच ऑन कर दिया। तेज रोशनी में नवीन क्षणभर चुप रहा, फिर नमिता के व्यवहार में अपने प्रति उपेक्षा को देखकर, नवीन गुस्से से आगबबूला हो उठा–

"हाँ, मेरा इस तरह सोचना गलत नहीं है। कुछ चरित्रहीन लड़कियाँ शादी के पहले दूसरों के साथ मौज–मजा करती हैं। उनसे रहे गर्भ को शादी के बाद अपने पति का बताकर, आराम से पवित्र बनी रहती हैं। मगर मेरे सामने ऐसी कोई भी चालाकी नहीं चल सकती। मैं सच देखकर ही सच मानूँगा। इसके बाद तुम जब भी मायके जाओगी, तो सिर्फ मेरे साथ। तुम्हें कहीं भी अकेले जाने की छूट नहीं मिलेगी।" नवीन के चेहरे पर क्रूरता के साथ विद्रूपता छलक रही थी।

नवीन की बातें सुनकर नमिता दंग रह गयी। उसने घृणा के साथ सोचा–"ओह! यह पुरुष किस युग में जी रहा है?" उसने पढ़ा था और सुना भी था–'प्राचीन काल में, जब पुरुष घर से दूर यात्रा पर जाते थे, तब अपनी पत्नी को घर में ताले से बन्दकर, चाबी अपने साथ ले जाते थे, ताकि उनकी अनुपस्थिति में पत्नी भाग न सके, अथवा किसी अन्य पुरुष से कोई सम्बन्ध न बना सके। विदेश जाने वाला या व्यापार रोजगार के लिए घर से दूर गया पुरुष कई बरसों तक अपने घर न लौटे, फिर भी उसका अपनी पत्नी के ऊपर पूरा स्वामित्व का अधिकार रहता था। ऐसे पुरुष अपनी अनुपस्थिति के समय में, अपनी पत्नी की कमर में लोहे की ऐसी मेखला या कवच पहनाकर, ताला लगाकर चाबी अपने साथ ले जाते थे, जिससे वह नित्यकर्म से निवृत तो हो सके, मगर किसी अन्य पुरुष के साथ सम्बन्ध न बना पाये।'

नमिता ने ऐसी कथा कहानियों को जब पढ़ा था, तब वह आश्चर्य से चकित रह गयी थी, यह सोचकर–"क्या ऐसी पत्नियाँ अपने पति की खरीदी हुई गुलाम होती हैं? क्या ऐसी पत्नियों का अपना जीवन, अपनी खुशी कुछ नहीं होते? अपने ऐसे पति से क्या वे कभी बदला नहीं लेतीं? पति तो मुक्त रूप से समाज में विचरण करते हैं। कुछ लोग कभी छिपकर, कभी खुलेआम अन्य स्त्रियों से अवैध सम्बन्ध भी रखते हैं। तब उनके लिए समाज में कठोर नियम क्यों नहीं बनाये गये? केवल स्त्रियों के लिए ही क्यों हैं, ऐसे नियम? फिर ये कथाएँ तो प्राचीनकाल की हैं। आज की इक्कीसवीं शताब्दी में भी, पुरुष की यह सोच?"

नमिता को विचार–मग्न और चुप देखकर, नवीन का साहस बढ़

गया। उसने गुस्से के साथ नमिता को कन्धों से पकड़कर झिंझोड़ते हुए कहा–"याद रखो, मेरे लिए यह विवाह कोई मायने नहीं रखता। मायने रखता है, तुम्हारा पवित्र होना। उसके बाद ही, मैं तुम्हें पत्नी रूप में अपना सकता हूँ, अन्यथा कभी नहीं। तुम ऐसी ही पड़ी रहना मेरे घर में, सिर्फ नौकरानी की तरह। तुम्हें पता है, रावण के घर से लौटने के बाद, राम ने भी सीता की 'अग्निपरीक्षा' ली थी। मैं तुम्हारी कोई 'अग्नि–परीक्षा' नहीं ले रहा हूँ। बस, यह देखना चाहता हूँ, कहीं तुम पहले से गर्भवती तो नहीं हो?"

नवीन द्वारा लगातार झिंझोड़ने और उसकी इतनी तीखी, कटु बातें लगातार सुनने से नमिता का सिर चकराने लगा। नवीन ने उसके कन्धे छोड़े, तो वह धड़ाम से फर्श पर गिर गयी। "साली नाटककार..." कहने के साथ नवीन ने उसे एक ठोकर लगायी और हँसते, मुस्कराते, सीटी बजाते हुए वह कमरे से बाहर चला गया।

सदियों से यही परम्परा है, सदियों से यही चल रहा है, पुरुष प्रधान समाज में सारे अधिकार पुरुषों को ही मिले हैं। इसी के बल पर वह स्त्री को शोषित पीड़ित करता है और अहंकार के साथ अपने इस व्यवहार पर खुश होता है। अपने परिवार के साथ, अपने घर में रहते हुए, नवीन को कोई भय नहीं है। वह निरंकुश है। अपने ऐसे हर काम के बाद वह मुस्कराता है। आज भी उसके चेहरे पर विजयी भाव की वही मुस्कराहट है।

❑

नमिता को कुछ भी होश नहीं था। वह न जाने कब तक फर्श पर बेहोश हालत में पड़ी रहती, वह तो उसकी काकी सास न जाने क्यों उसके कमरे में आयी। उसने नमिता को इस तरह फर्श पर पड़ी देखकर, उसे आवाज दी। उसे बेहोश देखकर उसने हल्ला मचाया। सास, ननद ने कमरे में आकर नमिता को देखा, साथ ही यह घोषणा कर दी–"इसको तो फिट आते हैं। यह बीमार है। ऐसी बीमार लड़की को जबरदस्ती हमारे गले मढ़ दिया है?" उन्होंने नमिता के माँ–बाप और भाई को कोसना शुरू कर दिया–"इनके सब मर जायें, इनको हमीं मिले थे, अपनी आफत हमारे सिर पर रखने के लिए?"

काकी सास ने नमिता के मुँह पर पानी के छीटे मारे, साथ ही हवा करते हुए, उसके सिर को सहलाया। थोड़ी देर में नमिता उठकर बैठ गयी, मगर अभी भी उसका सिर चकरा रहा था। वह समझ नहीं पा रही

थी–"सब लोग उसके कमरे में क्यों आये हैं? सास और ननद गुस्सा क्यों कर रही हैं? वे उसके माता–पिता और भाई को गालियाँ क्यों दे रही हैं?" यह सब देखकर नमिता की घबराहट बढ़ गयी।

काकी सास ने अपनी जेठानी राजेश्वरी को समझाया–"जरा चुप रहो जीजी। किसी दूसरे की लड़की को अपनी जिम्मेदारी पर अपने घर लाते हैं। अगर कुछ कम–ज्यादा हुआ, तो तुम्हीं फँसोगी। आजकल कानून सब महिलाओं के हक में बन गये हैं। अगर दुल्हन थाने में तुम्हारे विरोध में दो बात कह देगी, तो माँ–बेटे को हथकड़ी लग जायेगी। जरा धीरज रखो। क्या बीमारी है? तो हर बीमारी का इलाज भी होता है। अब यह तुम्हारे घर की है, इसे अच्छा रखना तुम्हारा काम है।"

देवरानी की बात सुनकर, राजेश्वरी और उसकी बेटियाँ हुंकार भरती, झमकती हुई कमरे के बाहर चली गयीं। इसके साथ ही किचन में खटपट की आवाज बढ़ती गयी, जैसे नमिता को सुनाने के लिए जानबूझकर सामान पटकने की आवाज की जा रही हो। सुबह के दस बज रहे हैं। नमिता को भूख का एहसास होने लगा। काकी ने नमिता को हाथ पकड़कर उठाया और पलंग पर बैठा दिया। वह उसके नजदीक बैठ कर पीठ सहलाती रही, फिर उसके सिर पर हाथ फेरते हुए कहा–"बेटी, सुबह से चाय नाश्ता कुछ नहीं किया। भूखी प्यासी रहेगी तो चक्कर आयेगें ही। यहाँ तुम्हारी फिक्र करने वाला कोई नहीं है। अपनी फिक्र खुद को करना पड़ता है। अच्छा खाओ–पियो और घर के दो काग ज्यादा करो। तुम भी खुश और घर के सब लोग भी खुश। समझी मेरी बात?"

काकी जी के प्यार, अपनापन और शुभचिन्ता को देखकर, नमिता उनके गले से लिपट गयी। काकीजी देर तक उससे पूछती रही–"क्या बात है बेटी? कुछ तो बता, क्या हुआ है? क्या नवीन ने तुझसे कुछ कहा है?"

नमिता बस रोती रही। काकी का अपनापन होने के बाद भी, वह उनको कुछ नहीं बता सकी। बचपन से उसे इस तरह मानसिक रूप से संस्कार मिले थे। वह सोच ही नहीं सकी कि नवीन की इन ज्यादातियों को अपने ससुराल के लोगों को बताये। वह जानती है, अपने मायके वालों को भी वह पति की ये बातें नहीं बता पायेगी। तब उसने सोचा–"अपने जीवन की इन समस्याओं का सामना मैं खुद करूँगी और इनका निराकरण भी करूँगी।"

काकी ने समझाया–"बेटी, पहली बार ससुराल आयी हो। अपने माता–पिता से दूर रहने से मन घबराता है। तुम तो इतनी बड़ी हो, जवान

हो। जब मेरी शादी हुई थी, मैं बस 11 साल की थी। मुझे कपड़ों का भी होश नहीं रहता था। मेरी सास ही मुझे अपनी बच्ची की तरह सँभालती थी। तुम्हारे काका ससुर बड़े प्रेम के साथ मेरा हौसला बढ़ाते थे। तब से आज तक उनका प्रेम कम नहीं हुआ। मेरे बाल–बच्चे नहीं हुए, तब भी सास और पति का प्रेम कम नहीं हुआ। कहते हैं, तुम्हीं हमारे लिए सब कुछ हो..."

काकी सास की ये बातें सुनते हुए, नमिता की आँखें बरस गयीं। वह हिचककर रोते हुए बोली–"काकी जी, मेरे साथ ही ऐसा क्यों? मैंने क्या कसूर किया है? मुझे क्यों नहीं ऐसा प्यार मिला?" काकी ने प्यार से उसका सिर सहलाते हुए समझाया–"अरे बेटी, अभी तुम्हें आये जुम्मा–जुम्मा आठ दिन तो हुए हैं? धीरे–धीरे प्यार भी बढ़ेगा। मन में विश्वास रखो, सब ठीक हो जाता है।"

फिर काकी ने मानो रहस्य की बात बताते हुए कहा–"औरत का दिल तो धरती की तरह है। वह सब कुछ सहकर भी, अपनी धुरी पर घूमती रहती है। ऐसी ही औरत जात होती है। इसी में उसकी मर्यादा है, इसी में उसकी भलाई है।"

काकीजी की यह बात सुनकर नमिता को गुस्सा आया, मगर वह चुप रहकर अपनी स्थिति पर और नवीन की बातों पर विचार करती रही– "इन बातों के बीच, मैं कैसे जी पाऊँगी? कैसे नवीन को अपना पति मान पाऊँगी?" गुस्से के साथ नमिता के मन में विरोध जागा, मगर स्वयं को अकेली पाकर, अपने भविष्य की चिन्ता से, ऊँची हिचकी के साथ उसकी रुलाई फूटती रही। काकी ने उसे प्यार से धीरज बँधाया। उसका मुँह धुलवाया। फिर अपने हाथों से चाय नाश्ता लाकर उसे खिलाया पिलाया, तब कहीं नमिता की तबीयत थोड़ी ठीक हुई।

नमिता कल की राह देख रही है–"कल उसके माँ–बप्पा उसे लेने आयेगें। वह अपने मायके जायेगी, फिर यहाँ लौटकर कभी नहीं आयेगी। वह अपना जीवन अपनी मर्जी से अपने ढ़ंग से जीना चाहती है।" वह मन ही मन, इस बात का दृढ़ निश्चय करती रही। उसने अपनी काकी सास से एक वायदा ले लिया–"काकीजी, आज मैं, रात में तुम्हारे पास सोऊँगी। मुझे यहाँ कमरे में नींद नहीं आती है।" काकी ने दुलार के साथ नमिता को गले लगा लिया–"अच्छा बेटी, आज रात में हम ढेर सारी बातें करेंगे।"

नमिता की काकी सास का घर पड़ोस में ही है। जबसे नमिता इस घर में आयी है, उन्हें दिन में, रात में इसी घर में देख रही है। वह बहुत

ही समझदार और ममतामयी है। काका ससुर भी समझदार और नर्मदिल इन्सान हैं। इनके विपरीत नमिता के सास–ससुर बड़े कठोर स्वभाव के हैं। काकीजी के दिलासा देने से, नमिता का दुख से भारी मन, फूल की तरह हल्का हो गया। वह उठी और धीरे–धीरे घर के काम में हाथ बँटाने लगी। सास–ननद खुसुर–पुसुर करती रहीं। काकी सास का नमिता के प्रति इस तरह प्रेम जताना, नमिता की सास और ननदों को पसन्द नहीं आ रहा है। वे आपस में कह रहीं हैं–"इस तरह तो वह हमारे घर की बहू को बिगाड़ देगी, हमारे हुकुम के बन्धन से उसे आजाद कर देगी। आज मिल लेने दो, कल से कभी इन्हें साथ नहीं रहने देगें।"

नमिता की काकी सास भी यह जानती है–"नमिता की सास और ननदें अपने कुटिल व्यवहार के लिए, छल प्रपंच करना जानती हैं। किसी को कैसे अपने बन्धन में रखा जाये, कैसे उस पर अपना शासन किया जाये–इन बातों के सभी पैतरे वे जानती हैं। उन्हें अपने हथकण्डों पर पूरा विश्वास है। साथ ही उन्हें विश्वास है–उनका नवीन कभी उनकी बात से पीछे नहीं हटेगा। वह तो गाँव की इस लड़की को अपने जूते तले रखेगा।" नवीन ऐसा ही था। वह माँ और बहनों की खुशी के लिए कुछ भी कर सकता था।

दिन भर नवीन नमिता पर नजर रखते हुए, पूरे घर में जूते चटकाता घूमता रहा। नमिता दिन भर खाना बनाने, खिलाने और बर्तन माँजने धोने का काम करती रही। रात के भोजन में उस दिन उसने आलू बैगन की सब्जी, दाल भात, बेसन के पकोड़े और रोटियाँ बनायी थी। साथ में पापड़, अचार भी परोसा था। भोजन के बाद देवर और ननदें टी. व्ही. देख रहे थे। सास–ससुर सोने की तैयारी करने लगे। सबके खाने के बाद उसने भी थोड़ा खाना खाया। जब वह चौका सँभालकर, बर्तन धोकर संजोकर, काकी सास के पास पहुँची, तब तक वह भी गहरी नींद में सो चुकी थी। नमिता चुपचाप उनकी बगल में लेट गयी। माँ की याद आने से, आँखों से आँसू बहते रहे। वह चिड़िया के नन्हें बच्चे की तरह, सारी रात अपनी माँ की राह देखती रही, सुबह का इन्तजार करती रही।

❑

नमिता की आँखों में रात ठहर कर जागती रही थी, मगर कब तक? धीरे–धीरे भोर होने लगी। खिड़की के काँच के उस पार, फैलते दूधिया

उजाले को देखकर नमिता ने गहरी साँस भरी, फिर दिल थामकर अपने आप को ढ़ाढस बँधाया। नींद न होने पर भी उसने खुशी महसूस की–"आज सुबह की गाड़ी से उसके माँ–बप्पा और मामा–बुआ आयेगें। आज शाम की ट्रेन से वह अपने मायके वापस जायेगी। फिर कभी लौटकर यहाँ नहीं आयेगी।"

दृढ़ निश्चय के रूप में कई बार दोहराई गयी इस बात को उसने फिर से दोहराया और जल्दी से उठकर अपने प्रतिदिन के काम करने लगी। पंख लगाकर उड़ने वाला समय, आज बड़ी मंथर गति से चल रहा है। देखते ही देखते उसके सब काम हो गये, मगर सूरज अभी तक नहीं निकला। वह सूरज की राह देखने लगी।

"सूरज...अरे, सूरज तो मामा का बेटा है। शायद मामा के साथ वह भी आये?" वह ऐसे ही शब्द जोड़कर गीत की कड़ी गुनगुनाने लगी–"एक सूरज आसमान का है एक सूरज धरती का हमारा सूरज हमारे साथ है..." नमिता याद करने लगी, वह सूरज के साथ बचपन से खेली है। तभी उसे शैला की याद आयी, वह शैला के साथ पढ़ती थी। मैट्रिक के बाद उसके कॉलेज जाने पर रोक लगा दी गयी। कितना समझाया था शैल और सूरज ने उसके माँ–बाप को, मगर उनकी बात किसी ने नहीं सुनी। और अब ससुराल में उसकी यह हालत है। यह देखकर सूरज क्या कहेगा? क्या करेगा? शैला क्या कहेगी? आगे की बात वह सोच नहीं पायी।

सही समय पर ट्रेन आयी। निश्चित समय पर नमिता के मायके से उसके माँ, बप्पा, मामा–मामी और बुआ–फूफा आये। नमिता उन सबके गले मिलकर खूब रोयी। "बेटी तो पराई है"–यह कहकर वे भी रोये। फिर उन्होंने अपने दिल को ढ़ाढस बँधाया–"यही दुनिया की रीत है–रोओ या हँसो, जीवन के दुख–सुख भोगना पड़ता है।"

नमिता के बप्पा और मामा फूफा बरामदे में बैठे, नमिता के देवर पति और ससुर से बातें करते रहे। नवीन बड़ी शालीनता और अदब के साथ बातें कर रहा था। बड़े कमरे में नमिता की सास और ननदें नमिता की मामी–बुआ और माँ से हँसी–मजाक करने लगीं। कभी वे नमिता की तारीफ करतीं, कभी उसके मायके वालों की हँसी उड़ातीं। नमिता सबकी बातें सुनती हुई, चाय, नाश्ता, खाना पकाने खिलाने का काम करती रही और सोचती रही–"लोग कैसे बहरुपिया होते हैं? अपने चेहरे पर कितने मुखौटे लगाकर रखते हैं?"

नमिता ने देखा, दिन भर यही सब चलता रहा। नमिता के मायके के लोगों के आने के समय से, उनके जाने तक, नमिता के ससुराल के लोग रूप बदल बदलकर बातें करते रहे। नमिता की छोटी ननद मीना नमिता की माँ से कह रही है–''हम अपनी भाभी को नहीं जाने देगें। भाभी के बिना, अब हमको एक दिन भी अच्छा नहीं लगेगा। आप हमारी भाभी को नहीं लेकर जाईए।''

मीना की प्यार भरी बातें सुनकर, नमिता की माँ फूली नहीं समाई। उसने सोचा–''नमिता को ससुराल में आते ही इतना प्यार दुलार मिलने लगा, इससे बढ़कर और क्या चाहिए?'' वे खुशी से भरकर बोलीं–''हाँ बेटी, हमारी नमिता अब तुम्हारे घर की चीज है। उसे यहीं रहना है। तुम लोग ऐसे ही प्रेम के साथ रहना बेटी।''

नमिता की माँ मध्यप्रदेश के एक छोटे गाँव की सीधी सरल, पुराने आदर्शवादी विचारों की है। नमिता की सास और ननदें महाराष्ट्र के नागपुर जैसे बड़े शहर की चतुर, चालाक, होशियार और तेज–तर्रार हैं। वे नमिता की माँ को बड़ी चालाकी से अपनी बातों के जाल में फँसा रही हैं। नमिता की सास ने प्यार भरे उलाहने के साथ, नमिता की माँ से कहा–''अपनी बेटी को ले जाओगे और दामाद को जाने के लिए नहीं पूछोगे?'' नमिता की माँ हर्ष विभोर होकर तुरन्त बोली–''समधन जी, अब हमारी बेटी हमारी नहीं, आपकी है और दामाद जी हमारे हैं। हम तो अब अपनी बेटी को नहीं, दामाद जी को ही पूछेंगे। वे भी हमारे साथ चलेंगे। वे जैसा कहेंगें, वही होगा।''

राजेश्वरी अपनी चालाकी पर मन ही मन मुस्कराती रही। नमिता मन ही मन कुढ़ती रही। जिससे पिण्ड छुड़ाना है, वही साथ चल रहा है, तब वह कैसे अपने मायके में रुक पायेगी? वह माँ के भोलेपन को देखकर, मन ही मन माँ पर गुस्सा करती रही–''माँ, तुम कितनी भोली हो? इन दुष्टों की चालाकी तुम क्यों नहीं समझतीं? ये भेड़िए, तुम्हारी बेटी को जिन्दा नहीं छोड़ेगें।''

नमिता की माँ बड़ी उदारता के साथ कह रही है–''समधनजी, आपकी अमानत हमारे पास थी, पाल पोसकर बड़ा किया और आपको लौटा दिया। अब अपनी अमानत आप सँभालो। हमको अब नमिता की कोई चिन्ता नहीं है।''

बड़ी ननद प्रभा, नमिता की माँ से खोद–खोदकर पूछ रही है–

"मौसीजी, आपकी नमिता क्या कभी बीमार हो जाती है? उसे चक्कर–वक्कर आने लगते हैं क्या?" यह सुनकर नमिता की माँ घबरा गयी–"नहीं बेटी, ऐसा तो कभी नहीं हुआ। आपने ऐसा क्यों पूछा? नमिता की तबीयत यहाँ आकर क्या खराब हो गयी थी?"

"नहीं, नहीं मौसीजी, मैं ऐसे ही पूछ रही हूँ। यदि आगे कभी ऐसा हुआ तो हम उसका ख्याल रखेगें।" नमिता की माँ समझ नहीं पा रही थी, बातों को इस तरह घुमा फिरा कर क्यों उससे पूछा जा रहा है? चिन्ता और परेशानी के कारण उसके माथे पर पसीना आ गया। उन्होंने साड़ी के पल्लु से माथा पोछा। नमिता की मामी और बुआ आपस की बातें करने में ही मगन थीं। नमिता की माँ बरामदे में चल रही बातों को ध्यान से सुनने की कोशिश करने लगी। वहाँ सभी हँस–हँस कर बातें कर रहे हैं। प्रभा ने मीना को इशारे से कुछ कहा। मीना रसोई में गयी और चाय नाश्ते की ट्रे लेकर आयी। बरामदे में बैठे सभी को उसने चाय नाश्ता दिया। बड़े कमरे में चाय नाश्ता नमिता लेकर आयी। इस बीच प्रभा चुप रही।

राजेश्वरी और मीना बड़े मनुहार के साथ पोहा और जलेबी का नाश्ता सबको देती रहीं। इसके बाद अदरक इलायची की स्पेशल चाय पीकर, मेहमानों का दिल खुश हो गया। फिर भी नमिता ने देख लिया, माँ के माथे पर चिन्ता की रेखायें हैं। आज नमिता की काकी सास भी नहीं आयी। शायद उसे यहाँ आने से रोक दिया होगा।

प्रभा अपना नया प्रश्न उछालने का अवसर देख रही थी। तभी प्रभा ने पूछा–"मौसी जी, आपके बड़े दामाद क्या आपके घर में रहते हैं?" माँ ने तुरन्त कहा–"नहीं बेटी, वे हमारे घर में ऐसे नहीं रहते। जब बेटी आती है, तब दामाद भी साथ आते हैं और बेटी दामाद साथ ही साथ लौट जाते हैं।"

नमिता की माँ समझ गयी थी कि प्रभा यह सब क्यों पूछ रही है। मगर उन्हें नमिता पर पूरा विश्वास है। प्रभा ने फिर पूछा–"आपकी नमिता मुहल्ले में क्या सबके घर जाती है? कौन–कौन सहेली के घर वह ज्यादा देर तक रहती है?"

माँ ने तत्परता के साथ कहा–"हमारी बेटी मोहल्ले में किसी के घर नहीं जाती। हमारा घर भला और वह भली। किसी के साथ उसका कोई लेनदेन नहीं है। घर से स्कूल और स्कूल से घर। बस यही उसका रास्ता था और यही उसका काम। इसके बाद शादी हो गयी।"

प्रभा ने पीछा नहीं छोड़ा, वह डटी रही। उसे जो पूछना है, दुस्साहस के साथ पूछती रही। उसने पुनः पूछा–"नमिता के स्कूल में क्या लड़के भी पढ़ते थे?" प्रभा की यह बात सुनकर माँ का मन खटक गया। एक तो प्रभा अपने बड़े भाई की दुल्हन, नमिता को भाभी न कहकर नमिता कह रही है। दूसरे, लड़कों के बारे में उसका जाँच पड़ताल करना भी अच्छा नहीं लगा। उन्होंने थोड़े कठोर भाव के साथ कहा–"बेटी, लड़के तो दुनिया में हजारों हैं। कुटुम्ब परिवार में भी हैं, घर में भी हैं और बाहर भी हैं। मगर इससे क्या? अपन अच्छे तो दुनिया अच्छी। किसकी मजाल है, जो बिना किसी लड़की की मरजी के, एक कदम भी आगे बढ़ा सके। हमारी नमिता तो लाखों में एक है। उसके जैसा हीरा, चिराग लेकर ढूँढ़ने से भी नहीं मिलेगा।"

नमिता की माँ की गम्भीरता के साथ कही इस बात को, छोटी ननद मीना ने मजाक के साथ उछाला–"मौसीजी, हीरा ढूँढ़ने का काम, दिया लेकर ढूँढ़ने से नहीं होता। इसके लिए बड़े–बड़े सर्चलाईट लगाने पड़ते हैं।"

माँ भौंचक होकर, मीना की चालाकी भरी बातों को सुनकर, चिन्तित हो गयी और चुप रह गयी। नमिता बर्तन धो रही थी। माँ उसके पास चली आयी। माँ को परेशान देखकर, नमिता हाथ धोकर माँ के पास आ गयी और हँसकर माँ का हाथ थाम लिया। माँ ने बेटी का चेहरा गौर से देखा। वहाँ उसे कोई हँसी खुशी नजर नहीं आयी। उसने दामाद की तरफ देखा, वे भी नमिता से कटे–कटे और दूर–दूर नजर आ रहे हैं। पल भर में माँ का हृदय अनेक शंकाओं से भर उठा। वह चिन्तित होकर बेटी से धीरे से बोली–"नमिता, सब ठीक तो है बेटी?"

नमिता माँ की परेशानी को भाँप रही थी। वह उन्हें अधिक परेशान करना नहीं चाहती। वह तुरन्त बोली–"नहीं माँ, ऐसी कोई बात नहीं है। सब ठीक है। आप मीना दीदी और प्रभा दीदी की बातों का बुरा मत मानो। घर के सभी लोग अच्छे हैं।"

"और दामाद...?"

नमिता ने शरमाकर कहा–"माँ, क्या सभी बातें अभी पूछ लोगी? छोड़ो न, घर जाकर बातें करेगें।" नमिता को हँसते मुस्कराते देखकर, माँ को धीरज बँधा। फिर भी अब वह सबके व्यवहार को गम्भीरता के साथ देखने लगी।

"नागपुर से इटारसी होकर भमेड़ी लौटना है। ट्रेन रात के 10.00 बजे

की है, जो उन्हें सुबह 5.00 बजे तक इटारसी पहुँचायेगी। वहाँ से दूसरी ट्रेन से आगे जाना है। 'भमेड़ी' गाँव तक जाने के लिए ट्रेन नहीं, बस है।'' यह सोचते हुए नमिता अपनी जाने की तैयारी करती रही।

शाम के भोजन के पहले समदौड़ा की रस्म भी पूरी की गयी। पके गरम भात पर घी शक्कर डालकर दो थालियों में शकराना बनाया गया। एक थाली समधियों के लिए और एक थाली समधनों के लिए बनायी गयी। समधन ने समधनों को और समधी ने समधियों को, घी–शक्कर का मीठा चांवल अपने हाथों से एक–दूसरे को खिलाकर मुँह मीठा किया। इसके बाद वे गले मिलकर अपना प्रेमभाव और रिश्तेदारी का महत्त्व जताते रहे। फिर सभी ने खाना खाया। आज उनकी बिदाई की दावत के लिए चिकन करी, रूमाली रोटी और जीरा राईज बनवाया गया था। नमिता खुशी–खुशी सबसे मिल रही थी। नवीन भी उनके साथ भमेड़ी जा रहा है, इस बात से सभी खुश थे मगर नमिता नहीं। उसने यह सोच लिया था–''वह नवीन के साथ वापस नहीं आयेगी।''

❐

नमिता के दूल्हे का, ससुराल तुरन्त आना, नमिता के मायके वालों के लिए बड़ी खुशी की बात है। वे कह रहे हैं–''दामाद बहुत समझदार हैं, दामाद अपनी ससुराल वालों का बहुत ख्याल रखते हैं, वे हमारी बेटी को भी सुख से रखेगें।''

विवाह के बाद जब बेटी पहली बार ससुराल से मायके लौटती है, तब उसी समय दामाद के हाथों मण्डप की तोरण खुलवाने का रिवाज, न जाने कब से चला आ रहा है। कुछ अनपढ़ ग्रामीण लोग कहते हैं–यह दामाद द्वारा मण्डप झाँकने की रस्म है। शादी के बाद दामाद पहली बार ससुराल आता है, तभी यह रस्म पूरी होती है। दामाद तोरण खोलता है तभी मण्डप खोला जाता है।

नमिता के घर नवीन आ तो गया, मगर उसे यहाँ एक–दो घण्टा रहना भी दूभर हो रहा है। वह बार–बार वापस अपने घर लौटने के लिए बेचैन हो रहा है। नमिता के पिता और भाई उसकी सेवा में हाथ बाँधे खड़े हैं–''दामाद को क्या चाहिए, तुरन्त हाजिर करो।'' पिताजी का आदेश है।

यह सब देखकर और सुनकर नमिता को बहुत गुस्सा आ रहा है। वह एक बार शैला और सूरज से मिलकर, नवीन की शिकायत करना

चाहती है कि उन दिनों में उसके साथ नवीन ने कितना दुर्व्यवहार किया है। मगर शैला भमेड़ी में नहीं है, अपनी ससुराल में है। सूरज मैट्रिक के बाद से ही अपनी उच्च शिक्षा पूरी करने के लिए इन्दौर में रह रहा है। शायद नौकरी लगने के बाद भी वह वहीं रहेगा। नमिता को अपने सूरज भैया पर और अपनी सहेली शैला पर पूरा विश्वास है। वे जब भी आयेंगे, नमिता को न्याय जरूर दिलवायेंगे। वह इसी आशा में है।

नवीन ने नखरे दिखाते हुए किसी तरह खाना खाया। खाना खाने के बाद वह गाँव में घूमने गया। कहाँ नागपुर शहर और कहाँ भमेड़ी गाँव? नवीन को यहाँ कुछ अच्छा नहीं लगा। गाँव का बाजार याने बस, चार–छः दुकाने थीं। चाय की छोटी टपरी देखकर नवीन की इच्छा चाय पीने की हुई। दुकान के सामने जाकर नवीन ने देखा दूध की बढ़िया चाय उबल रही है। उसने एक कप चाय का आर्डर दिया।

बूढ़े दुकानदार ने उसे गौर से देखा। नवीन उसे पहचाना नहीं लगा। उसने नवीन का सूट बूट देखकर, सम्मान के साथ पूछा–भैयाजी, आप कौन हैं? किसके घर आये है?''

नवीन ने अकड़ के साथ कहा–''मैं हरिसिंह जाटव का दामाद हूँ।'' यह सुनते ही चाय की दुकान का पर्दा गिराकर वह बोला–''चाय नहीं है साब। चाय घर के लिए बनी है। दूध खत्म हो गया है। अब चाय नहीं बन सकती।'' यह सुनकर नवीन को बहुत गुस्सा आया–''गाँव के इस गरीब चाय वाले ने उसे यह झूठ क्यों कहा? नागपुर में तो अब ऐसा नहीं होता। कितना घटिया गाँव है यह?''

वह भुनभुनाते हुए लौटा और भुनभुनाता ही रहा। मुश्किल से रात बीती। सुबह होते ही जैसे सबका एक ही काम था, नवीन को खुश रखना। कहीं वह नाराज न हो जाये, कहीं वह रूठ न जाये। नमिता के माता–पिता और भाई इसी चिन्ता में डूबे सतर्क रहकर नवीन की आवभगत करते रहे–''दामाद जी खीर पूड़ी खायेगें या हलुआ पूरी? दामाद जी, चिकन पसन्द है या मटन बिरयानी?'' फल मेवे मिष्ठान सभी उनके सामने सजा सजाकर रखे गये। मगर दामाद जी की अकड़ कम नहीं हुई। गाँव में हुए अपने अपमान से वह अधिक चिढ़ गया था।

फिर वह समय आया, घर से दामाद जी को बिदाई देनी है। दामाद ने अपनी बात अकड़ के साथ कही–''मेरे साथ आपकी बेटी को भी भेजिए।'' नमिता के माता–पिता ने दामाद के सामने हाथ जोड़कर विनती

की–"लालाजी, बेटी को एक दो महीना हमारे साथ रहने दो। फिर हम उसे आपके घर लाकर छोड़ देगें।" दामाद जी अड़ गये। ज्यादा अकड़कर बोले–"यदि उसे ससुराल भेजना चाहते हो, तो अभी मेरे साथ भेजो, नहीं तो हमेशा के लिए अपने घर में ही रख लो।"

नमिता के माता–पिता घबरा गये–"बेटा, यह क्या कह रहे हो? ऐसे भी कोई नाराज होता है भला?" दामाद नवीन कुमार उठकर चलते हुए बोला–"सोच लीजिए, या तो उसे अभी भेजिए, या फिर कभी नहीं।"

नवीन कुटिलता के साथ मुस्कराया। वह जानता है, जो डरते हैं, उन्हें ही आसानी से डराया जा सकता है। गाँव के सीधे सादे लोग घबरा गये। दामाद के पैर पकड़कर बोले–"थोड़ी देर रुकिए, हम बेटी को आपके साथ ही बिदा कर रहे हैं।"

नमिता ने यह सुना, तो उसने ससुराल जाने से साफ इन्कार कर दिया। यह सुनकर माँ रोने लगी। माँ को रोते देखकर, नमिता का छोटा भाई भी रोने लगा। पिता अलग परेशान–"आखिर कारण तो बताओ बेटी?"

वह गुस्से से बोली–"न तो मैं नवीन के साथ रहना चाहती हूँ और न ही उसके घर के लोगों के साथ। मैं यहीं रहूँगी, अपनी आगे की पढ़ाई करूँगी और नौकरी करके अपने दम पर जिऊँगी। माँ ने समझाया–"बेटी पढ़ाई भी कर और नौकरी भी कर, मगर ससुराल तो जाना ही पड़ेगा।" नमिता ने जैसे अपना फैसला ही सुना दिया–"मैं नवीन को अपना पति नहीं मानती।"

यह सुनकर नमिता के पिता ने उसे डाँटा–"ऐसे यह क्या कह रही हो? क्यों नहीं जाओगी ससुराल? हमें इसका कारण बताओ।" बेटी कारण क्या बताये? कितने शर्म की बात है, अपने लिए यह सोचा जाना। कैसे बताये वह, पति उसके बारे में ऐसा सोचता है कि वह कहीं किसी दूसरे से...? शर्म के कारण वह चुप ही रही। आखिर समझा बुझाकर बेटी नमिता को नवीन के साथ बिदा कर दिया गया। और नमिता अपनी ससुराल आ गयी।

❐

शैला औरंगाबाद से छात्रों को लेकर लौट आयी है। वह नमिता की शादी में नहीं जा सकी, इसका उसे अफसोस है। नमिता भमेड़ी से अपनी ससुराल नागपुर आ गयी है, यह मालूम होने के बाद शैला पति के साथ नमिता

के घर पहुँच गयी। बाहर का गेट बन्द था। श्यामलाल स्कूटर रख रहे हैं, तब तक शैला लोहे का गेट खटखटाने लगी। "कौन आये हैं?" कहते हुए नमिता के ससुर और सास आँगन में आये। शैला और श्यामलाल को देखते ही हीरालाल खामोश हो गये। उनके आने से जैसे वे खुश नहीं हुए। राजेश्वरी भी चुप रह गयी। गेट खोलकर औपचारिकतावश कहा–"आओ, बैठो।" कहने के बाद भी वह दरवाजे पर खड़ी रही।

नमिता से मिलना है, इस खुशी को सँभालते हुए शैला हँसती मुस्कराती हुई राजेश्वरी के पास आयी। उसने पहले झुककर राजेश्वरी के पैर छुए, फिर हाथ जोड़कर नमस्कार किया। राजेश्वरी ने कोई जवाब नहीं दिया। फिर भी शैला उनके गले से लग गयी। उनके बीच ऐसे ही कुछ मुँहबोले रिश्ते हैं, जिससे एक रिश्ते से राजेश्वरी उसे भाभी कहती है, क्योंकि वह श्यामलाल को भाई मानती है। और दूसरे रिश्ते से देवरानी। क्योंकि श्यामलाल हीरालाल को मित्र के साथ, बड़ा भाई जैसा मानते हैं। नवीन और विनय शैला को मामी कहते हैं। लेकिन प्रभा और मीना उसे चाची कहती हैं। ये सभी वैसे तो मुँहबोले रिश्ते हैं, फिर भी इन्हें बनाने में और बनाये रखने में शैला अतिरिक्त प्रयास भी करती है।

शैला की विनम्रता देखकर राजेश्वरी ने अपने तेवर थोड़े ढ़ीले किये और शैला का हाथ पकड़कर घर में ले आयी। श्यामलाल भी घर में आकर सोफे पर बैठ गये। हीरालाल को खामोश देखकर श्यामलाल चहककर बोले–"भाईसाहब मुबारक हो, हम दोनों ही नागपुर में नहीं थे, इसलिए नवीन की शादी में नहीं आ सके। आपके घर बहू आ गयी है, यह बड़ी खुशी की बात है। खुशी यह भी है कि अब हमारे रिश्ते और भी बढ़ गये हैं।" श्यामलाल की बात सुनकर हीरालाल उठकर बाहर चले गये। श्यामलाल कुछ समझे नहीं।

शैला ने खुशी के साथ राजेश्वरी से कहा–"कैसी है हमारी नमिता? अब तो हम बार–बार आपके घर आते रहेगें।" राजेश्वरी ने पहले तो बुरा मुँह बनाया, फिर बात सँभालते हुए बोली–"शैला, तुम तो हमारी अपनी थीं, तुमने कभी बताया नहीं, नमिता के बारे में। हम तो नवीन की शादी करके पछता रहे हैं।"

शैला अचानक भौंचक्की रह गयी। वह घबराकर बोली–"ऐसा क्या हुआ दीदी? हमारी नमिता तो बहुत अच्छी है, स्वभाव व्यवहार, घर के काम सभी में। आप बताओ तो सही, क्या बात है?"

राजेश्वरी ने गहरी साँस ली–"अब क्या बताऊँ मैं? कोई एक बात हो तो कहूँ। क्या क्या बताऊँ तुम्हें?" गुस्से से उसका चेहरा तमतमा गया। नमिता से मिलने आयी, खुशी से झूमती शैला ने उन्हें देखा, तो जैसे आसमान से गिरी। अब वह क्या करे? क्या कहे? कैसे कहे? शायद प्रभा और मीना से ही कुछ जानकारी मिल सके। यह सोचकर शैला ने पूछा–"क्या प्रभा अपनी ससुराल जबलपुर चली गयी है? मीना कहाँ है? क्या वह स्कूल गयी है?" बार–बार फेल होने के कारण मीना अभी आठवीं में ही पढ़ रही है। शैला ने सहज ही पूछा–"अब कैसी चल रही है मीना की पढ़ाई?" राजेश्वरी ने जबाब नहीं दिया। उसकी नाराजी कम नहीं हुई। थोड़ी देर चुप रही, फिर बोली–

"हाँ, विनय प्रभा को जबलपुर पहुँचाने गया है। नवीन ऑफिस गया है। मीना भी घर में नहीं है।" राजेश्वरी पानी लाने के लिए उठी।

"और नमिता? नमिता कहाँ है?" शैला आतुरता के साथ नमिता से मिलने के लिए खड़ी हो गयी।

"महारानी जी अभी सो रही है। तबीयत ठीक नहीं है। आयी है, तब से कुछ न कुछ लगा है। न काम, न बातें कुछ भी नहीं। पता नहीं कौन–सा भूत लगा है उसे।" राजेश्वरी ने गुस्से से कहा।

शैला एकदम चिन्तित हो उठी। वह राजेश्वरी का हाथ अपने हाथों में लेकर बोली–"दीदी मुझे बताओ, मैं देखूँगी, नमिता को क्या हुआ है? उसे ऐसी कोई बीमारी नहीं है। शायद नयी जगह पर, नये वातावरण में उसे ही कोई परेशानी हो।"

शैला की आवाज किचन में सुनकर, नमिता तुरन्त अपने कमरे से किचन में आ गयी और नमिता के गले से लिपट गयी। नमिता को स्वस्थ देखकर शैला को राहत मिली। नमिता ने तुरन्त पानी के गिलास ट्रे में रखकर बड़े कमरे में पहुँचाए, फिर वह चाय बनाने लगी। राजेश्वरी किचन से बाहर आ गयी। नमिता ने शैला को इशारे से अपने पास रोक लिया। राजेश्वरी और श्यामलाल बातें करते रहे। हीरालाल भी आ गये।

नमिता ने नाश्ते के लिए नमकीन चूड़ा बिस्कुट की प्लेट सजाई। इसके साथ ही, कुछ शब्दों में अपनी ससुराल का कच्चा पक्का चिट्ठा शैला के सामने खोल दिया। शैला क्षणभर चुप रही, फिर नमिता से बोली–नमिता, अब यह तेरी जंग है, इसे तुझे ही लड़ना है और जीतना है।" नमिता ने मुस्कान के साथ कहा–"मेरी जंग शुरू हो गयी है शैला

दीदी। अब देखना, आगे–आगे होता है क्या?'' यह सुनते ही शैला मुस्कराई। उसने धीरे से कहा–''शाबाश नमिता। बिल्कुल सही रास्ते पर चल रही हो।'' वह मन ही मन मुस्कराती हुई किचन से आकर राजेश्वरी के पास बैठ गयी। वह चहेरे पर गम्भीरता ओढ़े रही।

राजेश्वरी ने धीरे से पूछा–''क्या कहती है नमिता?''

शैला तपाक से बोली–''कुछ तो नहीं, मुझे तो कुछ नहीं कहा।'' तभी नमिता हाथ में चाय नाश्ते की ट्रे लेकर आ गयी। उसे देखते ही राजेश्वरी चुप हो गयी, साथ ही वह दूसरी तरफ देखने लगी। नमिता ने बड़ी शालीनता के साथ टी टेबल पर सबके लिए चाय नाश्ता रखा। फिर श्यामलाल को देखकर बोली–''नमस्ते जीजाजी।'' श्यामलाल मुस्कराये। तब तक राजेश्वरी भड़क उठी–''तेरे जीजाजी कैसे हो गये? यहाँ रहकर हमारे रिश्ते मानना पड़ेगा। चलो बहू, दोनों के पैर छुओ।''

शैला ने तुरन्त बात सँभाली–''रहने दो दीदी, सभी रिश्तों का महत्त्व है। आपके हमारे रिश्ते जो पहले से हैं, वही रहेगें। ये तो आजकल का रिश्ता है।'' नमिता दूरदृष्टि के साथ, शैला के घुटने छूने झुकी, यह देखकर उसके सास–ससुर खुश हो गये। शैला ने उसे गले से लगा लिया। श्यामलाल ने नमिता को पैर छूने से पहले ही मना कर दिया। नमिता किचन में गयी, फिर अपने कमरे में चली गयी।

किचन की तरफ देखते हुए राजेश्वरी बड़े रहस्य के साथ बोली–''शैला, तेरे आने से आज कैसा जादू हो गया? नमिता तो आज भली चँगी दिख रही है।'' शैला ने राजेश्वरी को समझाया–''दीदी, मेरे पास नमिता आती जाती रहेगी, तो भली चँगी ही रहेगी। वैसे क्या किया है उसने?''

राजेश्वरी ने इधर–उधर देखा, कहीं नमिता सुन न ले, फिर सावधानी के साथ धीमे स्वर में बोली–''पहली बार मायके गयी थी तब नवीन साथ गया था और साथ ही लिवा लाया था। न जाने क्या गुस्सा था उसके मन में कि तोबा–तोबा। ऐसे ऐसे नाटक रचे उसने कि हमारे तो तोते उड़ गये। कहाँ तो पहले की दुल्हन बनी वह सीधी–साधी लड़की, और कहाँ अभी की चुड़ैल। हम तो डर ही गये हैं कि कहीं सच में कोई भूत चुड़ैल तो साथ नहीं आ गये?''

''भूत चुड़ैल कहाँ होते हैं दीदी? वे तो मन का वहम हैं।'' शैला बीच में बोल पड़ी। शैला की बात सुनकर राजेश्वरी भड़क उठी–''अरे भूत चुड़ैल नहीं तो क्या है? जो हम जैसों को, हमारे पूरे परिवार को इस लड़की ने

हिलाकर रख दिया है। नवीन को नजदीक आते देखते ही, ऐसे चीखती है कि पड़ोस के दस घरों तक आवाज जाती है। लोग भागते चले आते हैं, कारण पूछने। बेचारा नवीन इतना डरा सहमा है, वह उसके नजदीक ही नहीं जाता। एक दिन वह ऐसे हिलने लगी, जैसे सिर पर देवता सवार हों। कहती है–'नमिता के साथ बुरा व्यवहार करोगे, तो ठीक नहीं होगा।' उसका वह रूप देखकर हमारी प्रभा और मीना दोनों बेटियाँ भी डर गयी हैं। नवीन के पापा तो उसके सामने एक शब्द भी नहीं कहते। पता नहीं, कब क्या रूप धारण कर ले? कब कौन–सा तमाशा करने लगे? मोहल्ला पड़ोस में अपनी इज्जत है या नहीं? अब तो हम अपनी इज्जत को डरने लगे हैं। शैला, तुम्हीं बताओ, ऐसा कब तक चलेगा?"

शैला ने मुस्कराहट दबाकर गम्भीरता से कहा–"सब ठीक हो जायेगा दीदी। आप चिन्ता मत करो। वैसे यह मुहावरा भी सच है, भूत के डर से शैतान भी ठीक हो जाते हैं। मेरा मतलब है, भूतों से भगवान भी डरते हैं। है न दीदी?"

राजेश्वरी ने आगे बताया– "हमारी देवरानी याने नवीन की काकी ने ही इसे बहुत सिर चढ़ाया है। उसके साथ नमिता पुलिस थाने चली गयी, हमारे खिलाफ रिपोर्ट लिखाने। कहती है, मेरा पति मुझे जान से मार डालना चाहता है, वह मेरे ऊपर शक करता है और मेरे ऊपर झूठे इल्जाम लगाता है। तुम्हीं बताओ शैला, हमारा नवीन कितना सुशील है।"

शैला ने सिर हिलाते हुए जल्दी से कहा–"हाँ हाँ, यह तो आपने ही हमें कई बार बताया है।" राजेश्वरी तुरन्त बोली–"शैला, नमिता ने तो हम सबको कानून के कटघरे में खड़ा कर दिया है। उसने थाने में जाकर सास–ननद और ससुर पर भी इल्जाम लगाया है कि–ये सब लोग मुझे जलाकर मार डालना चाहते हैं। और सुनो तो सही, कहती है, हम दहेज के लिए इसे मारते पीटते हैं। जरा–सी बात होने पर थाने पहुँच जाती है। शैला, कानून की हथकड़ी से हम सभी डरते हैं। हमने तो अपने कान को हाथ लगा लिया है। मारना पीटना तो दूर, हम तो अब उसे एक शब्द भी नहीं बोल सकते हैं। "

यह सुनकर शैला सब कुछ समझ गयी, फिर भी उसने आश्चर्य से पूछा–"मगर दीदी, नमिता ने ऐसा क्यों किया? आप सब लोग भी थाने में जाकर अपनी सच्चाई बताईए न।" शैला ने राजेश्वरी के हाथ पकड़कर अपनापन जताया।

"क्या बतायें शैला? हमारे पड़ोसी और रिश्तेदार हमसे कितना जलते हैं? उन्होंने ही यह मुसीबत खड़ी की है। अब वे ही नमिता के सगे रिश्तेदार बन गये हैं और हम हाथ मुँह बाँधे चुपचाप हो गये हैं।" राजेश्वरी हाथ मलती रही।

"मगर दीदी... " शैला सही बात राजेश्वरी से उगलवाना चाहती है। अन्त में राजेश्वरी ने बता दिया–"जिस दिन नमिता मायके से लौटी, उसी दिन नवीन ने रात में उसके लम्बे बाल काट दिये। तब तो उसने ऐसा तूफान मचाया कि पूरे घर को हिला दिया। हम तो कहें, जरूर कोई भूत शैतान होगा, जो बाल काटने से बिफर गया है।"

यह सुनते ही श्यामलाल ने आश्चर्य के साथ राजेश्वरी को देखा। वे कुछ कहना चाहते थे, मगर चुप रहे। हीरालाल टी टेबल पर रखा सुबह का पेपर उठाकर पढ़ने लगे। श्यामलाल ने दीवार घड़ी देखी, शाम के पाँच बज रहे हैं। कमरे में धीमी आवाज में टी.वी. चल रहा है। श्यामलाल टी.वी. सीरियल देखने लगे।

"नवीन ने नमिता के बाल क्यों काटे थे?" शैला ने राजेश्वरी से गुस्से से पूछा। नमिता के साथ नवीन के इस अन्याय को सुनकर ही शैला भड़क उठी। 'नारी जागृति आन्दोलन' का काम करते हुए, उसने ऐसे कई दुष्टों को देखा है। राजेश्वरी अपनी सफाई देती हुई बोली–"उसी दिन, मायके से आने के बाद, दोपहर के समय घर के काम करना छोडकर नमिता कंघी चोटी करते बैठी थी। प्रभा ने टोका, तो उसकी बात नहीं सुनी। फिर तो प्रभा और मीना को गुस्सा आ गया, दोनों ने मिलकर उसकी पिटाई कर दी। नवीन शाम को घर आया, तो उसने भी नमिता को ही पीटा। बस, वह तो गुस्से में भरी बैठी थी। रात में थोड़े बाल काटते ही, क्या चीख पुकार मचाई उसने कि पूछो मत। उसकी आवाज से घबराकर पड़ोसी पुलिस को बुला लाये। खूब तमाशे हुए हैं हमारे घर। अब तुम्हीं बताओ, क्या हम नमिता की पूजा करें?"

राजेश्वरी ने श्यामलाल की तरफ देखा, जबाब शैला ने दिया– "पूजा मत करो, मगर मारना पीटना, बाल काटना ठीक बात नहीं है न?" राजेश्वरी तमक उठी, हाथ नचाते हुए बोली–"बाल ही तो काटे थे, कोई हाथ पाँव तो नहीं तोड़े, जो ठीक नहीं होते। बालों का क्या है, फिर बढ़ जाते, मगर ऐसा तूफान मचाया। क्या यही संस्कार दिये है इसकी माँ ने?" राजेश्वरी का चेहरा तमतमा गया। गुस्से के साथ वह

तेजी से उठी, उसने चाय नाश्ते के खाली बर्तन समेटे और किचन में रखने चली गयी।

संस्कार के नाम पर शैला को शम्मा की याद आ गयी—"अन्याय सहन करने के संस्कारों ने ही शम्मा को अपाहिज बनाया था। तब नमिता के ये संस्कार और यह व्यवहार गलत कैसे हो सकते हैं? हर इन्सान को अधिकार है अपनी रक्षा करने का। तब नमिता ने क्या गलत किया है? कुछ गलत नहीं किया।"

राजेश्वरी सौंफ सुपारी ले आयी। शैला को चुप देखकर राजेश्वरी ने सौंफ सुपारी की प्लेट उनके सामने टेबल पर रख दी। शाम हो रही थी। कमरे में उजाला कम हो गया था। तभी मीना स्कूल बैग लेकर अन्दर आयी। आते ही उसने लाइट ऑन की। साथ में पंखा भी चला दिया। पंखे की हवा की जरूरत नहीं थी, मौसम ठीक ही था, न ठण्डा न गरम। मगर उस समय मीना को पंखे की जरूरत महसूस हुई। घर में आते ही वह भयभीत हो गयी थी, बस्ता टेबल पर रखकर माँ से चिपककर बैठ गयी। वह सोलह साल की है, मगर आठवीं कक्षा से आगे नहीं बढ़ सकी है।

आज मीना बहुत बदली हुई दिख रही है। शैला ने देखा, उसकी वह पहले की चालाकी और दुस्साहस का भाव गायब है। प्रभा ससुराल चली गयी है। अब वह डरी सहमी माँ के सहारे बैठी है। पुलिस–कानून के डर से ही झगड़ालू प्रभा को तुरन्त जबलपुर भेजा गया था। मीना को देखकर शैला को बड़ा आश्चर्य हुआ। वह मुस्करा कर मन ही मन बोली—"कमाल है, यह तो नमिता ने सचमुच कमाल कर दिया है।" अब शैला की, नवीन से मिलने की इच्छा बलबती हो गयी। वह सौंप सुपारी बाजू सरकाकर, आराम से बैठ गयी और मुस्कराते हुए मीना से बातें करने लगी—"मीना, आप कैसी हो? आपकी पढ़ाई कैसी चल रही है?"

यह सुनकर मीना धीरे से मुस्कराई, फिर माँ से बोली—"माँ, आपने शैला चाची और चाचाजी को चाय पिलाई? आज मैं अपने हाथों से चाय बनाऊँगी।" कहते हुए वह किचन में चली गयी। नमिता अपने कमरे में थी। चाय नाश्ते के जूठे कप प्लेट किचन में रखे थे। उन्हें धोने के बाद मीना चाय बनाने लगी। राजेश्वरी ने मीना को पुकारकर कहा—"मीना बेटी, स्कूल से दिन भर की थककर आयी है। चाय रहने दे, चाय सबने पी ली है।"

तभी हीरालाल ने राजेश्वरी को टोका—"लड़की काम करती है, तो करने दो। तुम्हीं ने बच्चों की आदत बिगाड़कर रखी है। अगर हमारे ही

बच्चे गलती नहीं करते, तो हमारे साथ यह सब नहीं होता।'' हीरालाल ने इतनी देर में पहली बार कुछ कहा और सही कहा, यह सुनकर शैला को बहुत खुशी हुई। राजेश्वरी ने पति की बात सुनकर सिर झुका लिया।

श्यामलाल अनायास ही कह उठे–''हाँ भाई, अपने बच्चों को हर बात में स्ट्रांग बनाना चाहिए। ताकि आगे चलकर कोई उन पर अन्याय न कर सके।''

शैला को चिन्ता हुई, कहीं इस बात का बतंगड़ न बने। मगर तभी नवीन के आने से बात बदल गयी। नवीन को देखते ही श्यामलाल कह उठे–''हैलो नवीन, कैसे हो? शादी मुबारक हो। हमें शादी के लड्डू तो खिलाओ भाई? और नयी खुश खबर कब सुना रहे हो?''

नवीन ने संकोच के साथ उन्हें 'नमस्ते' कहा, फिर सिर झुका लिया। शैला ने देखा, अब नवीन पहले जैसा नहीं है, जैसे किसी ने बिगड़े साँड की नाक में नकेल डाल दी थी। तभी मीना सबके लिए चाय ले आयी। नवीन ने ठण्डी साँस ली, फिर मीना से धीरे से कहा–''मीना, एक कप चाय तुम्हारी भाभी को कमरे में ही दे आओ।''

नवीन की यह बात सुनकर शैला का मन गद्‌गद हो गया। अब उसे नमिता की कोई चिन्ता नहीं है–''यही चाहिए, ऐसा ही चाहिए, जैसे के साथ तैसा। तभी लोग सही राह पर चल पाते हैं।'' शैला को विश्वास है, घर के लोगों को ठीक करने के बाद, नमिता अपना व्यवहार बदल लेगी। वह ऐसी बुरी नहीं है कि बेमतलब किसी का दिल दुखाये। शैला ने सन्तोष की गहरी साँस ली। नवीन मुँह हाथ धोने चला गया था। राजेश्वरी ने मीना से कहा–''भैया का चाय नाश्ता तैयार करके यहाँ ले आ।'' यह सुनकर शैला मुस्कराई।

शैला ने उठते हुए श्यामलाल से कहा–''चलिए, अब हम भी अपने घर जायेंगे।'' साथ ही उसने हीरालाल और राजेश्वरी से बिदा माँगी। तभी टॉवेल से गीले मुँह हाथ पोछते हुए नवीन ने आकर कहा–''मामी जी नमस्ते, और आईए, आते रहिए, मामा जी आप भी।''

शैला ने हँसकर कहा–''हाँ जी, हम जरूर आयेगें। आप भी नमिता को लेकर हमारे घर आइए।'' इस बात पर नवीन चुप रह गया। उसे डर था, क्या नमिता अब उसकी बात सुनेगी? उसे अपने किये पर बहुत पछतावा था–''उसी के बुरे व्यवहार से नाराज होकर नमिता उन सबसे बदला ले रही है। काश! वह उसके साथ शुरू से अच्छा व्यवहार करता,

तो यह सब नहीं होता।'' राजेश्वरी ने बात सँभालते हुए कहा–''हाँ, हम सब आयेगें, नमिता भी आयेगी।''

शैला मुस्कराते हुए वहाँ से बाहर आयी। श्यामलाल उसकी मुस्कराहट का राज समझ नहीं पाये। उन्होंने शैला से पूछा–''क्या बात है? किस बात पर मुस्करा रही हो?'' शैला ने हँसकर कहा–''मैं कहाँ मुस्करा रही हूँ?''

श्यामलाल ने स्कूटर की स्पीड बढ़ा दी। शिवाजी नगर से जवाहरनगर बहुत दूर है। शिवाजी नगर पश्चिम नागपुर में है और जवाहर नगर पूर्व नागपुर में। शिवाजी नगर से गाँधीनगर, शंकरनगर, सीताबर्डी होते हुए वे कांग्रेसनगर से मेडीकल चौक आये। वहाँ से राष्ट्रीय विद्यालय से तुकड़ोजी चौक, वहाँ से सीधा जवाहर नगर।

अधिक दूर होने के कारण शैला नमिता के घर अधिक बार नहीं जा पाती है। अब नमिता अपने घर में अच्छी रहती है, यह जानने के बाद शैला निश्चिन्त हो गयी है। तभी शैला गम्भीर होकर सोचने लगी–''नमिता इतनी जल्दी अपनी जंग में जीत गयी। और मैं? मैं अभी तक अपने आदर्शो का बोझ उठाये, धीमी चाल चल रही हूँ। खैर, कोई बात नहीं। हम भी जीतेगें जरूर।''

शैला मुस्कराई, फिर गम्भीर हो गयी। घर के लिए चलते ही शैला को घर और बच्चों की चिन्ता सताने लगी। साथ ही उसे याद आया, ममता से मिलने जाना है।

ममता

शैला छुटटी के दिन ममता से मिलने गयी। ममता शैला की मुँहबोली बहन है। नारायणपुर में नगर निगम के पास ममता के पिता मनीराम खटीक की मटन की दुकान है। दुकान के पास ही ममता की माँ रूपा मटन मसालों को एक पट्‌टे पर सजाकर बेचती है। उनके दोनों बेटे पिता के साथ दुकान को सँभालते हैं। रूपा और मनीराम से 'भीमपुरा' के सभी लोगों की पहचान है। शैला के माता–पिता के साथ उनका भाईचारा अधिक है। शैला उन्हें मामा–मामी कहती है। ममता दसवीं तक ही पढ़ सकी थी। भमेड़ी में उनका घर है। शैला के विवाह के बाद, शैला के माता–पिता के साथ ममता के माता–पिता नागपुर आते थे। इस तरह उनकी बेटी का

रिश्ता भी नागपुर के सोनकर खटीक परिवार में हो गया। उसकी ससुराल गाँधीनगर में है।

अभी तो इस एरिया की जमीन बहुत मँहगी है। ममता की सास कमला और ससुर किशोरीलाल ने मिलकर बहुत पहले पन्द्रह सौ फुट का एक प्लाट खरीद लिया था। घर बनाने के लिए रुपये नहीं बचे, तब आधा प्लाट बेच कर उन रुपयों से उन्होंने अपना यह तीन कमरे का घर बनाया था छोटा बरामदा, बीच का कमरा और किचन। बाद में किचन के पास की खुली जमीन पर एक छोटा कमरा बना लिया था। ममता और राजेश का यही कमरा है। ममता बस यही तक सीमित है। अपनी सास के आदेश के बिना न तो वह कहीं जा सकती है, न ही किसी से मिल सकती है।

ममता की शादी को चार माह हो गये हैं। इन दिनों शैला की व्यस्तताएँ भी बहुत रहीं। वह ममता से मिलने आज पहली बार आयी है। उसे उम्मीद है कि "ममता उसे देखते ही खुशी से गले मिलेगी। शायद ममता की सास भी यह शिकायत करेगी कि वह ममता से मिलने पहले क्यों नहीं आयी?" अपने ही विचारों में खोई शैला ममता के घर पहुँच गयी।

उनके घर जाने पर सबसे पहले ममता की सास कमला से शैला की मुलाकात हुई। "नमस्कार" के बाद उन्होंने उसे बरामदे में ही बैठाया। कमला घर में ही रहती है। उसके पति किशोरीलाल सोनकर की लाण्ड्री की दुकान है। छोटा बेटा पिता के साथ काम करता है। बड़ा बेटा राजेश किसी प्रायवेट परिवहन संस्था के ऑफिस में बाबू है।

शैला बरामदे में बैठी बहुत देर तक ममता की सास के साथ बातें करती रही। वह उनसे बार–बार कहती रही–"ममता कहाँ है? उसे बुला दो। मैं उससे मिलने आयी हूँ।" कमला बड़ी मीठी मुस्कान के साथ शैला की बात को सुनकर भी जबाव नहीं देती और तुरन्त दूसरी बात शुरू कर देती–

"आपके तरफ के मार्केट में सब्जी भाजी का क्या भाव चल रहा है? हमारे यहाँ के मार्केट में सभी सब्जी के भाव आसमान छू रहे हैं–प्याज, टमाटर, भिंडी, करेला...बाप रे बाप..." शैला को मजबूर होकर उनकी बात का जबाब देना ही पड़ता। एक बात का प्रसंग खत्म होते ही, दूसरा प्रसंग शुरू हो जाता–

"आजकल तो शादियों का ही मौसम है। इतनी शादियों की निमन्त्रण पत्रिकाएँ आयी हैं कि पूछो ही मत। आजकल बच्चे तो कम पैदा होते हैं,

एक या दो, बस, मगर शादियाँ हर साल ढेर की ढेर। कहाँ जाये कहाँ नहीं, समझ ही नहीं आता। गोकुलपेठ, धरमपेठ, रामनगर, हजारी पहाड़, गड्डी गोदाम, इंदोरा, कपिलनगर, टी.वी. टावर–कितनी दूर–दूर हैं सब जगह। हम तो हर जगह के वर वधू के नाम लिखकर, सप्रेम भेट के लिफाफे तैयार कर लेते हैं। हर जगह लिफाफा देकर, मुलाकात करके दूसरी शादी में चले जाते हैं। वहाँ भी लिफाफा देकर अगली शादी में। बड़े शहरों में यही मुश्किल है–लोगों की बड़ी संख्या है, तो शादियाँ भी बहुत निकलती हैं।''

शैला चुपचाप सुनती रही। कमला बताती रही–''खाना भी ऐसा खिलाते हैं कि पूछो मत, क्या खायें और क्या नहीं? गरीब से गरीब भी सबकी बराबरी करने के लिए कर्जा लेकर, बढ़िया रिशेप्सन देते हैं। पहले तो शादी के लिए सभागृह लेना ही बड़ी बात थी। आजकल लॉन में शादियाँ करते हैं। खुले आकाश के नीचे, हरे भरे लान में, बिजली की रंग बिरंगी रोशनी में, न चाहने पर भी मन खुश हो जाता है।''

शैला जानती है–''यह सच है, आजकल बड़े शहरों में दलित पिछड़े वर्ग के लोग भी अपने घर परिवार की शादियों में इसी तरह का इन्तजाम और आयोजन करते हैं। भले ही कर्ज लेकर करें, मगर जरूर करते हैं, जिसका परिणाम होता है, कई बरसों तक कर्ज में रहना। वे कर्ज लेकर फ्रिज वाशिंग मशीन जहाँ तक कि मोटर साईकल भी अपनी बेटी को देते हैं। बेचारे गरीब लोग झूठी शान में और कभी मजबूरी में भी इतना खर्च करते हैं।''

कमला कह रही थी–''मगर गाँव में ये सब कहाँ हैं? जमा पूँजी न होने पर लोग गरीबी से ही शादी ब्याह करते हैं। गरीबी से ही सादा खाना खिलाते हैं–दाल चावल, एक सब्जी और बस पूड़ी। ज्यादा से ज्यादा एक लड्डू या जलेबी बस। न ज्यादा लोग, न शान न शौकत। भई बड़े शहर का हमारा बेटा राजेश और हम गाँव में शादी करके ममता को लाये। सारे रिश्तेदारों के अरमान फीके रह गये। न बाजा, न बत्ती, न घोड़ा, समय पर कुछ भी नहीं। बड़ी मुश्किल से लड़ झगड़कर इन्तजाम करवाया। हमने तो कह दी–'हम शहर के लोग हैं, हमें पूरी तरह, सही इन्तजाम चाहिए। नहीं तो हम अपनी बारात अभी वापस ले जायेंगें।''

शैला यह सुनकर चौंकी–''तो क्या इन लोगों ने बारात लगाने के समय ऐसी बातें कही थीं? समझदार लोग ऐसा कभी नहीं कहते। वे सामने

वालों की परेशानी भी समझते हैं। तो ऐसे है, ममता के ससुराल वाले?" शैला सोच में पड़ गयी।

कमला बताने लगी—"अब तो नागपुर में, अपने जाति—समाज की शादी के रिशेप्शन में खिलाने पिलाने का हिसाब ही बदल गया है। आजकल अपने यहाँ गोलगप्पे, दोसा, चाइनीज, आईस्क्रीम क्या क्या नहीं खिलाते? पकवानों और मिठाई के साथ झुनका भाकर भी रखते हैं। बताओ भला, इतने बड़े ब्याह—बारात में ज्वार की रोटी के साथ बेसन भी लोग शौक से खाते हैं। तरह—तरह के पकवान..."

कमला की बातें सुन सुनकर शैला के कान दुखने लगे। शैला कमला के लिए अनजान नहीं है। शैला का पति ममता के ससुर को बहुत आदर भाव देता है। उनके अपनेपन और भाईचारे का बड़ा कारण है, दोनों ही 'समाज जागृति' के कार्यक्रमों में मिलते रहते हैं।

समाज के जागरूक नेता सामाजिक जागृति के लिए, वर्ष भर में कुछ विशेष कार्यक्रम करते रहते हैं। जैसे विद्यार्थियों को प्रोत्साहित करने के लिए 'पुरस्कार योजना' का कार्यक्रम, पारिवारिक रूप से 'स्नेह सम्मेलन' का कार्यक्रम। 'पर्दा प्रथा' और 'दहेज प्रथा' के विरोध में भी विशेष कार्यक्रमों के आयोजन होते हैं। ऐसे कार्यक्रमों में शैला को सम्मान के साथ भाषण उद्बोधन के लिए आमन्त्रित किया जाता है, तब वह अपने जोरदार भाषण में पर्दा प्रथा दहेज प्रथा और कर्ज लेकर अधिक खर्च करने का विरोध करती है। तब तो समाज के सभी लोग उसकी बातें ध्यान से सुनते हैं और प्रशंसा भी करते हैं। मगर बाद में फिर वही करते हैं, जो उन्हें अच्छा लगता है।

इस तरह के कार्यक्रमों में मिलने वालों के बीच सामाजिक भाईचारे का रिश्ता रहता ही है। ममता के कारण भी अलग रिश्ता जुड़ गया है। मुँहबोले रिश्तों से भी आपस का प्रेमभाव, भाईचारा बढ़ता है। मगर राजेश की शादी के बाद, कमला अपने इन पुराने रिश्तों को महत्त्व नहीं दे रही है।

शैला को अपने घर लौटने की भी चिन्ता है। बच्चों को घर में छोड़कर आयी है। घर जाकर खाना भी बनाना है। गाँधीनगर से शिवाजी नगर नजदीक है मगर जवाहर नगर बहुत दूर है। शैला सोचती है, वे जवाहर नगर का मकान बेचकर पश्चिम नागपुर में अपना घर खरीद लें। वह अच्छे मकान की तलाश में है। मगर उसका 'महाविद्यालय' पूर्व नागपुर में होने

से वह जवाहर नगर का घर छोड़ नहीं रही है। प्रतिदिन बस, आटो से इतनी दूर आना भी कष्टदायक है।

वह ममता से मिलने दो बस बदलकर बस से आयी है। इतनी व्यस्त दिनचर्या होने के बाद भी, समय निकालकर ममता से मिलने इतनी दूर आना, फिर भी ममता से न मिल पाने से शैला का मन दुखी हो गया।

वह बार–बार उठने का विचार करती, फिर रुक जाती। वह समझ गयी कि यह कुटिल महिला जानबूझ कर उन बहनों को मिलने नहीं दे रही है। शैला बार–बार अन्दर के कमरे की तरफ झाँक लेती, मगर ममता कहीं दिखायी नहीं दे रही है।

बरामदे से लगे हुए बड़े कमरे में, घर के अन्य लोग बैठे, टी.वी. पर चल रही फिल्म देख रहे हैं। ममता के ससुर सोफे पर बैठे हैं। देवर कुर्सी पर बैठा है। ननदें काजल और किरण नीचे चटाई पर बैठीं, तनमय होकर फिल्म देख रही हैं।

माँ के कहने पर काजल पहले पानी और फिर दो कप चाय बरामदे में दे गयी थी। इसके बाद बस, बातें ही बातें। शैला को सिर्फ ममता से मिलना है, जो आज सम्भव नहीं दिख रहा है। ममता घर में है या नहीं, यह भी उसे बता नहीं रहे हैं। शैला को उन सब पर, मन ही मन बहुत गुस्सा आ रहा है।

शैला को यह मालूम है–"अधिकतर घरों में बहुओं के लिए यह आदेश रहता है कि बाहर से आने वालों के सामने वे न आयें, जब तक उन्हें बुलाया न जाये। कहीं ममता के साथ भी ऐसा तो नहीं? इक्कीसवीं शताब्दी में आने के बाद भी, हमारे दकियानूसी लोग अभी भी ऐसी घटिया परम्पराओं को, न जाने क्यों बरकरार रखना चाहते हैं। दलित परिवारों में बहुओं पर इस तरह के बन्धन नहीं होते हैं, मगर कुछ लोग सवर्णो की नकल करते हुए, उनकी परम्पराओं का अन्धानुकरण भी करते हैं और यह मानते हैं कि वे भी बड़े लोग हैं। इसका फायदा तो नहीं होता, मगर अन्जाम घर की नयी बहुओं को भोगना पड़ता है। यही कारण है कि दलित परिवार की बेटी और दलित परिवार की बहू होने के बाद भी, ममता को सामन्ती काल के नारी शोषण के बन्धनों में जकड़कर रखा जा रहा है।" यह सोचकर शैला का मन कड़वा हो गया। उसे वहाँ बैठना दूभर लगने लगा।

शैला ने देखा है, अधिकतर घरों में घर का पूरा काम बहू ही करती है। उनका अधिकांश समय किचन में बीतता है। सम्भव हुआ तो किसी

बहू को अलग अपना कमरा मिल जाता है, नहीं तो सारा दिन काम के बाद, सबके सोने के पश्चात्, रात में किचन में फर्श पर बहू अपना बिस्तर बिछाकर सोती है। वहाँ उसका पति परिवार के लोगों से चोरी छिपे, थोड़ी देर के लिए आ जाता है। थोड़ी देर अपनी पत्नी से बोलने–बतियाने के बाद, चुपचाप पिता और भाई के बिस्तर के साथ लगे, अपने बिस्तर पर चला जाता है। घर छोटा होने के कारण, परिवार के लोग माता–पिता, बहन–भाई एक ही कमरे में सोते हैं।

जो सदियों से अभावों में रखे गये, सभी सुख–सुविधाओं से वंचित भी, वे भी परम्परा के रूप में अपने घर की बहुओं पर जुल्म सितम करके खुशी पाते हैं। यहाँ राजेश और कमला ने ममता पर ऐसे ही बन्धन लगाकर रखे हैं। कमला इन्हीं तानाशाही अधिकारों के कारण सुख पाती है और बहू को कष्ट देती है। ममता बहू आयी है, जैसे मात्र घर के काम और किचन सँभालने के लिए। इस घर का जो हाल है, वह शैला को समझ आ रहा है। जहाँ कमला जैसी चतुर महिला के हाथ में घर की कमान हो, वहाँ क्या पति और क्या बेटा? सब एक ही लकड़ी से हाँके जाते हैं।

ससुराल में ममता की स्थिति को शैला समझ रही है। उसे भी यही सब आदेशों का पालन करना पड़ता होगा। अगर पति अच्छा है, पत्नी पर ध्यान देता है, उससे प्रेम करता है, तब तो पत्नी के ऐसे कठिनाई के दिन भी किसी तरह निकल जाते हैं। यदि पति अपनी पत्नी के विरुद्ध, माँ की आज्ञा का पालनकर्ता हो, तब तो 'नीम पर करेला' की बात हो जाती है। शायद यहाँ भी राजेश ममता के साथ कुटिलता और कपट के साथ दुष्टता का व्यवहार करता है। कितने घरों में इस तरह बहुएँ कष्ट और दुख दर्द से भरा जीवन जीती हैं, छटपटाती रहती हैं, कभी–कभी तो उनका पूरा जीवन ही ऐसे कष्टों में बीत जाता है। बेटा बेटियों की शादी के बाद भी, बुढ़ापे तक तकलीफ!

बड़े कमरे में चल रहे टेलिविजन की फिल्म में ब्रेक हुआ। विज्ञापन आने लगे, उसी समय ममता की ननदें किरण और काजल एक साथ उठकर किचन में चली गयीं। शायद उन्हें भूख लगी होगी। दिन के 2:00 बज चुके हैं। शैला 10.00 बजे अपने घर से चली थी। वैसे तो वह रोज 11.00 बजे अपनी नौकरी पर जाती है और 6.00 बजे तक लौटती है। मगर यहाँ घण्टों बैठकर वह बहुत थक गयी, तन से भी और मन से भी।

उसी समय राजेश अन्दर के कमरे से बाहर निकला। शायद वहाँ

भी चल रहे टेलीव्हिजन में ब्रेक हुआ होगा। उसने शैला पर नजर डाल कर–"नमस्ते" कहा और बाहर चला गया। हताश होकर शैला ने अन्तिम कोशिश करते हुए कमला से कहा–"दीदी, ममता कहाँ है? वह क्या कर रही है?"

कमला ने चेहरे पर गम्भीरता लाते हुए शालीनता के साथ कहा–"ममता कुछ काम कर रही है। काम खत्म हो जाने के बाद आयेगी।"

शैला को बड़ी हैरत हुई–"ऐसा कैसा काम है, जो ममता को पकड़कर बैठा है कि वह दो क्षण के लिए भी बाहर नहीं आ सकती? कि अपने घर आयी बहन से नहीं मिल सकती?" मगर वह चुप रही। अन्त में बहुत आग्रह के साथ शैला बोली–"ममता को बुला दो न, बस दो मिनिट मिलकर चली जाऊँगी। मुझे देर हो गयी है। घर जाकर मुझे भी रसोई के काम करना है।" कमला टस से मस नहीं हुई। धीरे से मुस्कराकर बोली–'अभी आ जायेगी।"

शैला उसे देखती रह गयी। कोई अपने घर दूसरों को इतना उपेक्षित कर सकता है? या इस तरह अपनी बहादुरी बता सकता है? शैला का यह पहला अनुभव है। उसे ऐसे लोगों से नाराजी होने लगी। उसके भी चेहरे के भाव बदल गये। वह तमककर खड़ी हो गयी और झटके के साथ बोली–"अब मैं अपने घर जा रही हूँ। फिर कभी आऊँगी।"

अपने मन का गुस्सा समेटकर शैला बरामदे से बाहर निकल आयी, वह दुखी है। शैला समझ रही है–"कमला नहीं चाहती कि उनकी बहू मुझसे मिलने आये। इसमें उसकी दूर की छलनीति है कि हम दोनों को आपस में न मिलने दिया जाये। मैं उच्च शिक्षित हूँ, साहसी हूँ, नौकरी करती हूँ, नारी सबलता की बातें करती हूँ। कमला नहीं चाहती कि उसकी बहू कभी ऐसी सबल बने। यदि बहू सबल बन जायेगी, तब सास की सबलता का क्या होगा? अपनी सत्ता बचाये रखकर, वह अबला बहू पर शासन करना चाहती है।"

शैला जानती है–"कमला की तरह उसकी दोनों बेटियाँ बोल्ड हैं, चतुर, चालाक, वाकपटु और व्यावहारिक। उन्होंने स्कूल की पढ़ाई में कम, इन चालाकियों में अधिक ध्यान लगाया है। वे भी अपनी भाभी पर यथासम्भव शासन करना चाहती हैं। इसीलिए वे गाँव की सीधी सरल भोली लड़की को ब्याह कर लाये हैं। राजेश भी क्या कम है? वह एक नम्बर का कठोर, जिद्दी, शक्की और नखरेबाज है।"

❑

ऐसा कई बार हुआ। शैला ममता के घर आकर, घण्टों बैठी रही, मगर ममता से नहीं मिल सकी। एक बार तो काजल ने उसे दरवाजे पर ही कह दिया–"माँ घर में नहीं है। भाभी भी घर में नहीं है। आप बाद में आकर मिलो।" यही बात राजेश ने भी कही थी। पूरा एक साल हो गया, वह ममता से नहीं मिल सकी।

शैला का मन हुँकार से भर उठा–"यह कोई बात हुई? ससुराल है या जेल? ममता घर की बहू है या गुलाम? बहू ब्याह कर लाये हैं या दासी खरीदकर लाये हैं?"

शैला 'महिला मुक्ति' और 'दलित मुक्ति' के कार्यक्रमों में जोरदार भाषण देती है, ऐसे पति और उसके परिवार को कटु शब्दों से लताड़ती है। मगर ममता के मामले में वह सोच में पड़ जाती है। वह नहीं चाहती कि ममता की स्थिति ज्यादा बिगड़े या ममता की माँ उसे ही दोषी ठहराये। वह सोच समझकर काम करेगी।

फिर भी शैला गुस्से से भर उठती है–"ममता की ही गलती है। घर में रहकर क्या उसे पता नहीं लगता कि घर में कौन आया है? मैं उससे मिलने आयी हूँ, यह मालूम होने पर, वह अपने कमरे से बाहर आकर मुझसे क्यों नहीं मिलती? ऐसा भी क्या डर है कि वह अपने मन से एक कदम भी नहीं उठा सकती?"

शैला को इस बात पर गुस्सा आता है–"हमारे समाज में, अपने घर परिवार में स्त्रियों का, इस तरह का शोषण अत्याचार होता है। उनके साथ ऐसा दुर्व्यव्यहार किया जाता है। एम.पी., यू.पी. में तो यह घर–घर की बात है, मगर महाराष्ट्र में भी? जब तक स्त्रियाँ स्वयं सबल नहीं बनतीं, स्वयं अन्याय का विरोध नहीं करतीं, तब तक यही होता है। चाहे सवर्ण हों या दलित स्त्री, शोषण होता ही है।"

शैला को मामी पर गुस्सा आता है–"यही सिखाया है उन्होंने अपनी बेटी को? अरे, पिता और भाई तो हमेशा यही कहते हैं, लड़कियाँ चुप रहें, घर के अन्दर रहें, जो कहा जाये वही करें और अपने मन से कुछ न करें। मगर माँ का फर्ज है, वह अपनी बेटी को व्यावहारिक बनाये, जागरूक बनाये, हिम्मत वाली बनाये और ऐसी बनाये, जो सब विरोधी परिस्थितियों के बाद भी, खुद सामने आकर, अपनी बात कहे, डटकर अन्याय का विरोध

करे। अपने पिता, भाई और पति के लगाये बन्धनों का विरोध करे।" शैला जब इन बातों पर विचार करती है, तो गुस्से से भर उठती है–"समाज में आखिर कब तक यही चलता रहेगा? कब बदलेगीं लड़कियाँ? कब होगा उनका सबलतापूर्ण मानसिक विकास?"

शैला समाज में सबको बताती है–"हम अपनी स्त्रियों पर अन्याय करके अपने समाज की उन्नति को रोकते हैं। स्त्रियों के विकास से ही समाज का विकास हो सकता है। मगर पुरुष अपने स्वार्थ के कारण, इस बात को महत्त्व नहीं देते, दुष्ट सास–ननदें भी...।"

दो बार वह ममता के न मिलने पर, चुपचाप लौट आयी थी। तीसरी बार घर में ताला देखकर लौटी। चौथी बार उसे गुस्सा आ गया। उसने ममता की सास को जरा ऊँची आवाज में कहा–"आप लोग तो मिलते ही हैं, मैं ममता से मिलने आयी हूँ। आप उसे दो मिनिट के लिए बुला दीजिए।" कमला ने धीरे से, मगर स्पष्ट शब्दों में कहा–ममता के साथ राजेश अन्दर है। वह अभी नहीं आ सकती।"

शैला का गुस्सा बढ़ गया–"ऐसी क्या बात है कि ममता पति के सामने मुझसे मिलने नहीं आ सकती?" शैला का चेहरा तमतमा उठा। कमला चुप रही। शैला ने आगे की बात सोचकर, नरमी से कहा–"राजेश और ममता को हमारे घर भेजिए। आज मैं ममता को अपने साथ, अपने घर ले जाऊँगी।"

कमला ने बेरुखी के साथ कहा–"तुम चाहो तो ममता को हमेशा के लिए अपने घर ले जाओ।" उसकी आवाज ऊँची हो गयी। माँ की आवाज सुनकर, काजल और किरण आकर माँ के पास खड़ी हो गयीं। शैला ने काजल किरण की ओर ध्यान नहीं दिया। कमला की बात अभी भी उसके कानों में गूँज रही थी। उसने पुनः अपनी बात कही–"हमेशा के लिए क्यों? मैं उसे हमेशा के लिए कैसे ले जा सकती हूँ? दो सहेली, दो बहनें क्या थोड़ी देर के लिए मिल नहीं सकतीं? क्या वे एक–दूसरे के घर नहीं जा सकतीं? ममता मेरी बहन है। क्या बहन के घर–"

तभी शैला ने देखा, ममता के सास–ससुर, देवर और ननदें चारों ओर से उसे घेर कर खड़े हैं। शैला आश्चर्यचकित रह गयी। तभी अन्दर के कमरे से किसी अबला नारी का करुण चीत्कार सुनायी दिया, साथ ही धमाधम की आवाजें। सास, ससुर, ननद, देवर ने अन्दर से आने वाली मारने और रोने सिसकने की आवाज पर ध्यान नहीं दिया। वे शैला को ऐसे ताक रहे हैं, जैसे शिकारी अपने शिकार को देखता है।

शैला समझ गयी–"वह अकेली है और ये इतने लोग। अगर कोई और समय होता और वह ममता को पिटते हुए, रोते हुए देखती, तो शायद अपने आप पर काबू न रखकर, सीधे अन्दर के कमरे में जाकर राजेश को दो झापड़ लगाती। राजेश उसे मामी कहता है, उनके बीच मामी भान्जे का रिश्ता है। क्या वह राजेश को नहीं रोक सकती? रोक सकती है, मगर इस समय नहीं। यह पूरे परिवार की साजिश है। वह आज अकेली इन लोगों से जीत नहीं पायेगी, मगर एक दिन वह इस पूरे परिवार को अच्छा सबक सिखायेगी।"

उसे ममता के ससुर पर गुस्सा आया–"बड़े समाज सेवक बनते हैं, समाज जागृति की बड़ी–बड़ी बातें करते हैं, घर की बहू पर इतना अन्याय अत्याचार?"

शैला ने अपने आप को समझाया–"इस बात की जाँच पड़ताल और सवाल जबाब बाद में किये जा सकते हैं।" यह सोचकर वह तुरन्त उठ खड़ी हुई और तेजी से बरामदे से निकलकर सड़क पर आ गयी।

शैला समाज व्यवस्था की विषमता कठोरता और नारी जाति की कमजोरी के विषय में सोच कर क्रोधित होती रही। उसे समाज व्यवस्था पर आक्रोश तो है ही, साथ ही नारी की कमजोरी पर अधिक गुस्सा आता है। वह कहती है–"अबला जीवन की इन बातों ने, समाज के ऐसे दृष्टिकोण ने ही नारी को कमजोर बनाया है।"

शैला दलित और ग़ैरदलित समाज में जब स्त्रियों की ऐसी शोषित पीड़ित स्थिति देखती है, तो हृदय आक्रोश से भर जाता है। 'नारी मुक्ति आन्दोलन' के कार्यक्रमों में वह ऐसी महिलाओं का उदाहरण बताकर, नारी जागृति का सन्देश देती है। वह अपने भाषण में महिलाओं का हौसला बढ़ाने के लिए यह बात, आवेश के साथ जरूर कहती है–"हम भारत देश की नारी हैं, हम फूल नहीं, चिनगारी हैं।" "आवाज दो, हम एक हैं।"

घर से बाहर आने के बाद शैला ने विचार किया–"वह पुलिस थाना जाकर ममता के ससुर, सास और पति की शिकायत करेगी।"

मगर वह ठहर गयी–"इस मामले में उसे पहले ममता के माता–पिता से बात करनी पड़ेगी। ममता से मिलकर भी बात करनी होगी कि वह क्या चाहती है?" यह सोचकर वह अपने घर की तरफ चल दी। उसका मन कई दिनों तक बेचैन रहा।

❑

शैला को निमन्त्रण पत्र मिला–''राजेश और ममता की प्रथम सुपुत्री के 'नामकरण कार्यक्रम' में आप सहपरिवार सादर आमन्त्रित हैं।'' शैला आश्चर्य से उछल पड़ी–''ममता को बेटी हो गयी? कब? कैसे? अरे, क्या इतने दिन बीत गये, ममता से बिना मिले? पूरा एक साल? नहीं, इस बीच वह कई बार ममता के घर जा चुकी है। सब लोग मिले, सास, ससुर, ननद, देवर मगर वह नहीं मिल सकी।

पिछली बार शैला ममता से मिलने उसके घर गयी थी, इस बात को मात्र दो महीने हुए हैं। इन दो महीने में पुत्री का जन्म और उसका नामकरण? बच्ची अभी सिर्फ सवा महीना या चालिस दिन की ही है। –''तो क्या राजेश अपनी गर्भवती पत्नी को इतने बुरे तरीके से पीट रहा था? गर्भवती याने पूरे दिनों में, नवें महीने के सबसे कठिन और कष्टपूर्ण दिनों में! जिन दिनों उसे शारीरिक और मानसिक रूप से सबसे अधिक आराम, सुविधा, व्यवस्था के साथ प्यार और हमदर्दी की जरूरत होती है, उन दिनों वह इस तरह पीटी जाती रही? वह पति की कठोरता, सास–ससुर की उपेक्षा और ननद देवर की दुश्मनी सहती रही?'' शैला का मन दुख से भर गया। उसे स्वयं पर भी क्रोध आया–''वह उस दिन अपने कानों से सुनकर आयी थी। उसी समय उसने उनके विरुद्ध कठोर कदम क्यों नहीं उठाया?''

शैला अपने घर परिवार की परिस्थितियों पर विचार करने लगी–''उसकी वह मुलाकात–ममता के घर जाने की बात 20 फरवरी के बाद की है। उन दिनों उसके कॉलेज में टेस्ट एक्जाम चल रहे थे। लगभग 15 दिन परिक्षाओं में बीत गये। इसके बाद 15 दिनों में उत्तर पत्रिकाएँ जाँचकर लौटाना था। एक माह ऐसे ही बीत गया। अप्रैल के दूसरे सप्ताह में बेटे की तबीयत खराब रही, खाँसी बुखार–तीन बार डॉक्टर के पास बेटे को लेकर जाना पड़ा। पूरे पन्द्रह दिन इसी में निकल गये। इसके बाद...?''

शैला ने निमन्त्रण पत्रिका को फिर से देखा–''बच्ची का नाम निम्मी रखा जायेगा? हिन्दी फिल्मों की निम्मी हीरोइन को लोग सुन्दर नाजुक और अच्छी अदाकारा कहते हैं। जरूर यह बच्ची निम्मी अभिनेत्री की तरह ही सुन्दर और नाजुक सी होगी।'' शैला ने ममता का चेहरा याद किया, फिर राजेश का चेहरा। वह दोनों के चेहरे को मिश्रित कर, एक नन्हे सुकुमार

चेहरे की कल्पना करने लगी–"राजेश सांवला है, ममता गोरी है। राजेश छरहरे बदन का है, ममता थोड़ी ठिगनी और मोटी है–तब यह बच्ची जरूर पिता की तरह दुबली और माँ की तरह गोरी होगी..."

अपने इन विचारों पर वह हँसी–"हट् तेरी तो, यह क्या बकवास है? बच्ची तो बच्ची है, किसी के भी समान हो। यह भी कोई इतने चिन्तन–मनन का विषय है? असली विषय है, यह सोचना कि वह ममता के घर जाये या न जाये?"

शैला को खुद पर गुस्सा आया। ममता की ससुराल में बार–बार मिले अपमान को शैला जब भी याद करती है, उसका मन क्रोध से भर जाता है–"कैसे इन्सान हैं वे लोग? अपने परिवार की सदस्य, अपनी बहू के साथ कितना अमानवीय व्यवहार करते हैं? ऐसे लोगों से कभी कोई रिश्ता नहीं रखना चाहिए। ऐसे लोगों को उनके दुर्व्यवहार के लिए दण्डित करना चाहिए।"

ममता के विषय में सोचकर, शैला का मन वेदना–संवेदना से भर गया। साथ ही, उसकी नन्हीं बेटी के आने की बात ने, शैला को ममता के घर जाने के लिए मजबूर कर दिया। आखिर शैला ने निर्णय ले लिया–"वह ममता के घर जायेगी। इस बार वह उसके घर जाकर, उससे मिलेगी, उसे नारी सबलता और जागरूकता की बातें समझायेगी। उसे यह बात अच्छी तरह समझायेगी कि वह अपनी बेटी को, अपनी तरह निर्बल, लाचार, शोषित, पीड़ित अबला नारी नहीं बनाये। वह स्वयं सबल बने, अपनी बेटी को भी सबल बनाये।"

❑

दलित पिछड़े परिवारों में बेटा हो या बेटी–उनके जन्म की खुशी समान रूप से मनायी जाती है। ममता की बेटी के 'नामकरण' का कार्यक्रम भी बहुत खुशी के साथ धूमधाम से मनाया जा रहा है। उसकी ससुराल के सभी लोग और उनके रिश्तेदार भी कार्यक्रम में मौजूद हैं। ममता के मैके से उसकी माँ और भाई आये हैं। ममता की माँ अपनी नातिन, याने नन्ही बच्ची निम्मी को गोद में लेकर, लाड़ प्यार कर रही है। साथ ही उसके सुन्दर होने और भाग्यवान होने की बात सबसे कह रही है।

शैला ने सरसरी नजर से सबकी ओर देखा। राजेश शैला को देखता रहा, मगर कुछ बोला नहीं। राजेश अपनी शादी के पहले उससे हमेशा

अच्छी बातें करता था–''मामी कैसी हो? बहुत दिन में आयीं। मामा कैसे हैं?'' जैसी अनेक बातें कहता था। ममता के साथ शादी होने के बाद, राजेश का उसके प्रति व्यवहार बदल गया है। राजेश के माता–पिता भी शैला के साथ ठीक से बात नहीं करते हैं। औपचारिकता के लिहाज से, बस थोड़ी मान मर्यादा रख लेते हैं। शैला इनसे अधिक अपेक्षा भी नहीं रखती।

राजेश को सामने देखकर शैला मुस्कराई। वह अपने रिश्ते और अपनेपन को जता रही है। राजेश क्षण भर के लिए अचकचाकर खड़ा रहा, फिर धीरे–से सिर झुकाकर बाहर निकल गया। शैला ने देखा, वह खुश नहीं है। बेटी आयी है, शायद इस बात की उसे शिकायत है। अपनी शिकायत का बदला पत्नी से लेना, वह हर तरह से जानता है। मगर इन दिनों वह मजबूर है, इतने लोगों के सामने, पत्नी को डाँटने, मारने जैसे काम नहीं कर पा रहा है। आगे की योजना उसके मन में क्या है, पता नहीं। मगर इस समय वह चुपचाप अपनी हीरोहोंडा गाड़ी के पास जाकर, गाड़ी पर बैठ गया और बैठा रहा। शैला उसे देर तक देखती रही। वह जानना चाहती है–''राजेश आगे क्या करना चाहता है?''

शैला ने ममता की सास को देखकर कहा–''नमस्ते।''

शैला को देखकर कमला मुस्कराई और बोली–''आओ, बैठो।'' इतना कहने के साथ ही वह शामियाने के बाहर, उस तरफ चली गयी, जहाँ रसोइया खाना बना रहा है। भट्टी पर एक कड़ाही में पूड़िया बन रही हैं, एक कड़ाही में जलेबियाँ बन रही हैं। चासनी में डूबी जलेबियों की महक सब तरफ फैल रही है। सब्जी और पुलाव तैयार हैं।

ममता की सास ने सलमें सितारे की चमकदार गहरे हरे रंग की साड़ी पहनी है। इसमें उसकी भव्यता और खुशी दोनों ही चमक रहे है। ममता की माँ ने ऐसे खुशी के अवसर पर भी सूती नारंगी रंग की साधारण साड़ी पहनी है, जिसमें उसकी गरीबी, सरलता और बैरागी भाव दिख रहे हैं। यद्यपि ममता की सन्तान होने की खुशी उसके चेहरे पर चमक रही है। ममता की ननदें खूब बनी ठनी चटक मटक के साथ घूम रही हैं। शैला ने स्वयं को देखा–वह ऐसे ही चली आयी थी, जैसे रोज कॉलेज सिम्पल साड़ी पहनकर जाती है, न कोई चमक दमक, न गजरा, न कजरा। हल्के प्रिन्ट की नीले रंग की कॉटन साड़ी में वह मात्र शिक्षिका दिख रही है। ममता की सास और ननदें कुछ न होकर भी, भारी भरकम दिख रहीं हैं।

शैला को देखकर ममता की आँखें खुशी से भर उठीं। ममता की माँ

ने शैला को देखते ही पुकार लिया—"आ गयी बेटी? बड़ी देर में आयी? अब आयी है, इतने दिन बाद? पहले आकर मेरी बेटी की सेवा सँभाल कर लेती, जच्चा—बच्चा को सँभाल लेती।"

मामी की शिकायत को सुनकर शैला चुप रह गयी। क्या कहती? ममता भी सच्चाई जानती है। वह भी चुप रही। दो दिन के लिए माँ आयी है। वह माँ को अपने दुख, दर्द बताकर दुखी करना नहीं चाहती। उसके जीवन की कड़वी सच्चाई को जानकर भी माँ क्या कर सकेगी? कुछ नहीं। बस, दुखी होकर यही कहेगी—"बेटी, यह तेरी किस्मत है। अपनी किस्मत का लिखा भोगना पड़ता है। दुख—सुख साथ जुड़े रहते हैं। तुमको निभाना यहीं पर है।"

ममता माँ से यह सब सुनना नहीं चाहती—"यह सुन सुनकर ही वह इतनी कमजोर बन गयी है कि अपने मन से कुछ कर ही नहीं पाती है। शादी के पहले वह ऐसी दुखी नहीं थी। छोटा घर, अभावपूर्ण जीवन, दिन भर घर के काम, माँ पिता की डाँट फटकार के बाद भी वह खुश थी। मगर यहाँ जानबूझकर तकलीफ दी जाती है। ससुराल आने के बाद से वह कितने तरह के कष्ट भोग रही है? फिर भी चुप है। कभी किसी को कोई जवाब नहीं दे पाती। कितने सपने लेकर आयी थी, वह अपनी ससुराल? मगर क्या देखा? क्या सुना, क्या पाया? जीवन के महत्त्वपूर्ण क्षण, मधुर अनुभूतियाँ, जीतन की अविस्मरणीय सुखद बातें—कुछ भी नहीं! इसके बदले में उसे क्या मिला? अन्याय, अत्याचार। वह इन बातों को कैसे भूले?" ममता अपनी स्मृतियों में खो गयी।

शैला ममता के पास बैठकर, मामी की गोद में सोयी निम्मी को लाड़ करने लगी। वह सोचती रही, ममता को कैसे समझाये? शैला धीरे से बोली—"ममता, अब तुम हिम्मतवाली बनो। किसी से नहीं डरना। जो मन में हो, ठोक बजाकर सबके सामने कहना। हम जितना डरते हैं, उतना ही हमें डराया जाता है।"

तभी जोर—जोर से बैण्ड बाजे बजने लगे। शैला की आवाज, उस शोर में खो गयी। ममता मुस्कराकर रह गयी, मानो कह रही हो—"तुम क्या जानो बहन, ससुराल में मेरी जो स्थिति है, उसका सामना करना कितना कठिन है। कोरे उपदेश देना अलग बात है, मगर इन बातों का सामना करना, तलवार की धार पर चलना है। जवाब न देने पर इतना दण्ड मिलता है, तब जवाब देने पर कितना दण्ड मिलेगा? मैं सह रही हूँ,

जब तक सहनशक्ति है। जब नहीं सह पाऊँगी, तब मैं भी उन्हें ईंट का जबाब पत्थर से दूँगी, फिर चाहे जो हो...।''

ममता अपने दुख–दर्द की बातें, शैला को बताना चाहती है, मगर कह नहीं पायी। बैण्ड बाजे का शोर, उसके ससुराल वालों की खुशी का इजहार है। सास, ससुर, ननद, देवर सभी खुश हैं। ममता कहने लगी– ''हमारे जीवन की फुलवारी में अभी एक फूल खिला है। बाद में दूसरा फूल भी खिलेगा। इन फूलों की महक ही, मेरे जीवन को महकायेगी।'' ममता के ह्रदय में आशा जागने लगी।

ममता ने सुर्ख लाल रंग की साड़ी पहनी है। साड़ी की जरी बार्डर को देख, ममता की माँ खुश हो रही है कि बेटी अच्छी रहती है। उस समय उसकी नजर में ममता शैला से अधिक सुखी सम्पन्न और खुश दिख रही है? ममता भी अब दुखों के बीच हँसना सीख गयी है। उसे विश्वास हो गया है, उसके दुख के समय में, उसकी यह नन्हीं बिटिया उसकी संरक्षक बनेगी। शैला ने भी समझ लिया, अब ममता अपनी समझदारी और मनोबल से ही उभर सकेगी।

शैला ने आश्वस्त भाव से इधर–उधर देखा। अचानक वह चौंक गयी। ममता की दोनों ननदें, ससुर और देवर ममता के चारों तरफ खड़े हैं–दायें, बायें, पीछे, आगे–पूरी चौकसी के साथ, कि उनके बीच हुए वार्तालाप का एक एक शब्द सुन सकें, कि उनकी हर हरकत पर नजर रख सकें, कि इन सबकी पूरी रिपोर्ट बेटा–बेटियाँ अपनी माँ को विस्तार के साथ दे सकें, और पति अपनी दबंग पत्नी को।

शैला ने ममता की तरफ देखा। उसकी मुस्कराहट कह रही है–''देख ले बहन, तुम्हारे भाषण और उपदेश यहाँ सब फीके पड़ जायेगें।''

शैला ने दाये बाये खड़ी काजल और किरण से कहा–''अरे, आप लोग खड़ी क्यों हैं? यहाँ अपनी भाभी के नजदीक बैठो। निम्मी को भी कुछ नया सिखाओ।'' वे दोनों हँस दीं, मगर भाभी की पहरेदारी के लिए तैनात, खड़ी रहीं।

शैला ममता के पास से उठ गयी। इस चौकीदारी के बीच उसे वहाँ बैठना अच्छा नहीं लगा। वह ममता को सबल और सक्षम बनने की बात कहना चाहती है, इसमें क्या गलत है? ममता की सास ने यह कभी नहीं चाहा कि उनकी बहू सक्षम बने। वह चाहती है, बहू ऐसी ही कमजोर और बेवकूफ बनी रहे, ताकि वे उस पर मनचाहा जुल्म ढाते रहें। शैला

के साथ रहकर, कहीं उनकी बहू भी जागरूक न बने–इस बात के प्रति, उनका पूरा परिवार सतर्क रहता है। शैला और ममता के बीच ऐसी कोई बात नहीं हुई, जिसका सन्ताप ममता को भोगना पड़े।

उसकी बच्ची के लिए शैला सुन्दर फ्राक और खिलौने लायी है। ममता के लिए साड़ी, ब्लाउज और राजेश के लिए पेन्ट शर्ट भी लायी है। काजल, किरण को दिखाते हुए, उसने सब कुछ ममता के हाथों में पकड़ाया और शामियाने से बाहर आ गयी। मामी पुकारती ही रही–"अरे बेटी शैला, कहाँ जा रही है? यहीं मेरे पास बैठ। अभी चली मत जाना। सुबह मैं तेरे साथ, तेरे घर चलूँगी।"

शैला जानती है, मामी उसके घर नहीं आयेगी। पिछले दिनों, वे लोग अपनी बेटी ममता के घर कई बार आये हैं, यहीं से लौट जाते हैं। मगर शैला को इस बात का दुख नहीं है, उसे दुख इस बात का है कि 'ममता के इतने नजदीक रहकर भी, वह उसके लिए कुछ कर नहीं पाती है।' शैला दुखी मन से उसी समय अपने घर लौट गयी।

❐

करीब डेढ़ साल बाद शैला को मालूम हुआ, ममता को दूसरी बेटी हुई है। यह सुनकर ममता से मिलने के लिए उसका मन बेचैन हो उठा–"पता नहीं वह कैसी है? कैसे रहती है? उसके ससुराल वाले उसके साथ कैसे रहते है?" यह जानने की जिज्ञासा तीव्र हो उठी।

अगले रविवार वह अपने पति के साथ ममता के घर गयी। उसने महसूस किया, पति के साथ जाने पर, स्त्रियों की मान मर्यादा को ज्यादा महत्त्व दिया जाता है। ममता के ससुर, देवर और पति घर में नहीं थे। ममता की सास ने उन दोनों को सम्मान के साथ बैठाया। बड़े आग्रह और आदर के साथ उन्हें पानी दिया, चाय दी, बातें की। चाय के बाद शैला ने कहा–"मैं ममता से अन्दर ही मिल लूँ?" और वह उसके कमरे की तरफ चल दी। माँ का इशारा मिलते ही काजल तुरन्त शैला के साथ–साथ चल दी। यह देखकर शैला मुस्कराकर रह गयी। काजल की छोटी बहन किरण उन दिनों अपनी विमला मौसी के घर भोपाल गयी है। नहीं तो वह भी इस चौकीदारी में तैनात रहती। कमला ने अपनी बेटियों की पढ़ाई की चिन्ता कभी नहीं की। और न ही उसे बेटियों की शादी की चिन्ता है। उसे बस यह चिन्ता है कि कोई उसकी बहू को कुछ सिखा पढ़ा न दे।

ममता के कमरे में उसकी बड़ी बेटी डेढ़ साल की निम्मी झूले में रो रही है। छोटी बेटी सवा माह की कम्मो उसकी गोद में रो रही है। ममता निम्मी को चुप कराने के लिए जोर–जोर से झूला हिला रही है और कम्मो को चुप करने के लिए, बैठे–बैठे, उसे गोद में हिला रही है।

शैला को दरवाजे पर देखकर वह चौंकी, फिर मुस्कराई। काजल ने तुरन्त आगे बढ़कर कम्मो को गोद में उठा लिया और पुचकारने लगी। काजल की गोद में जाते ही कम्मो चुप हो गयी। तभी कमला कमरे में आ गयी। उसने तुरन्त झूले में से निम्मी को उठाकर पुचकारा और गोद में बैठा लिया। वह भी चुप हो गयी। अब बड़बड़ाने की सास की बारी है। वह बहू को डाँटते हुए बोली–"दिन भर क्या करती है, पता नहीं? दो बच्चे भी सँभाले नहीं जाते। हम न हों, तो पता नहीं क्या करेगी? अकेली रहती तो पता नहीं कैसे सँभालती?"

काजल और किरण दोनों अपनी माँ की तरह सांवली और मोटी हैं। मगर वे चालाकी में अपनी माँ से भी तेज हैं। काजल तुरन्त बोली–"निम्मी अपनी दादी के पास ही रहती है और कम्मो मुझे देखकर ही खुश हो जाती है।" तभी माँ ने उसे झिड़का–"चुप रह, ऐसे मत बोल, बच्चों को नजर लग जायेगी।" शैला चुपचाप उनकी बातों को सुनती रही और उनकी व्यवहार कुशलता को देखती रही। वह ममता से अकेले में मिलना चाहती है, मगर यहाँ यह सम्भव ही नहीं है। तभी ममता की सास ने बहू को दिखावटी प्यार के साथ कहा–"ममता बेटी, तुम्हारी बहन आयी है, कुछ नाश्ता वग़ैरह बना लो। जाओ, किचन में जाकर देखो तो..."

शैला ने जल्दी से कहा–"नहीं नहीं, हम अभी खाना खाकर ही आये हैं। नाश्ता नहीं चाहिए।" मगर सास के हुक्म को सुनकर ममता को उठना पड़ा। वह किचन में चली गयी। शैला को अब उस कमरे में बैठना अच्छा नहीं लगा। वह बरामदे में आकर पति के पास, सोफे पर बैठ गयी। पीछे–पीछे कमला और काजल भी बरामदे में आ गयीं। काजल ने कम्मो को शैला की गोद में दिया। बच्ची को गोद में लेकर शैला को खुशी हुई। निम्मी की अपेक्षा यह बच्ची अधिक स्वस्थ और सुन्दर है बिल्कुल गोलगप्पे की तरह गोलमटोल।

शैला ने उसे प्यार किया–"मैं तुम्हारे लिए कुछ नहीं लायी" कहते हुए शैला ने बच्ची के हाथ में सौ रुपये का एक नोट पकड़ा दिया। यह देखकर ममता की सास बोली–"रहने दो, रुपये देने की क्या जरूरत है?

फिर कभी आओगी, तो कुछ ले आना।'' शैला जानती है, अब कब आना होगा? पता नहीं। साथ ही वह जानती है, ममता से बात न हो सके, तो आने का क्या मतलब? शैला का मन दुखी हो गया। वह कितनी बातें सोचकर आयी थी।

मौका मिलते ही शैला ने किचन में जाकर ममता से कहा–''अब बस, दो बच्चे ठीक हैं। ज्यादा बच्चे नहीं होना चाहिए। बाद में उनकी परवरिश करने में बहुत कठिनाई होती है।'' शैला ने ममता से यह भी कहा–''बेटियाँ ही ठीक हैं। बेटे की राह देखने की जरूरत नहीं है। अब फेमिली प्लानिंग कर लो।'' शैला की यह बात सुनकर ममता ने कहा–''बेटा नहीं होगा, तो बेटे के लिए वे दूसरी शादी कर लेगें, तब मेरा क्या होगा?'' ममता की इस बात के उत्तर में, शैला ने उसे समझाया–''तुम डरना नहीं। कानून हम स्त्रियों के संरक्षण के लिए बने हैं। एक पत्नी के रहते, पति दूसरी शादी नहीं कर सकता। यदि वह ऐसा करेगा, तो उसकी नौकरी चली जायेगी, उसे जेल की सजा हो जायेगी।''

शैला जानती है–''ममता यह कभी नहीं चाहेगी कि उसके पति की नौकरी छूटे, या उसे कैद की सजा हो। वह हर जुल्म के सामने चुप रहेगी, बेटे की आशा में और बच्चे पैदा करेगी और अपनी तकलीफ स्वयं बढ़ायेगी। क्योंकि बचपन से उसे ऐसे ही संस्कार दिये गये हैं।'' शैला ने उसे समझाया, मगर ममता उसे उस समय कुछ भी नहीं कह सकी। शैला आकर कमला के पास बैठ गयी। कमला और काजल श्यामलाल से बातें कर रही थीं।

ममता की दशा देखकर शैला को दुख होता है। वह जानती है–''हमारे संस्कार ही लड़कियों को इतना कमजोर बना देते हैं कि वे अपने ऊपर होने वाले अन्याय का भी प्रतिकार नहीं कर पाती हैं। ऐसी स्थिति में कोई दूसरा उन्हें कितनी मदद कर सकता है? लड़कियों को बचपन से दिये जाने वाले ऐसे संस्कारों का विरोध होना चाहिए।'' शैला कहती है–''जन्म के साथ ही, लड़कियों को भी लड़कों की तरह क्यों नहीं माना जाता? क्यों उन्हें बचपन से चूड़िया पहनाई जाती हैं? क्यों उन्हें बचपन से ही पायल पहनाकर, उसकी रूनझुन से बाँध दिया जाता है? उन्हें प्रगति के मार्ग पर आगे बढ़ने से क्यों रोका जाता है? सहनशक्ति का सन्देश केवल बेटियों को ही क्यों दिया जाता है?''

ममता बचपन से ऐसी ही लड़की है, इसलिए शोषण का शिकार बनती

रही। ममता की सास के विरोध के बाद भी, शैला ममता के घर जाती रही। वह हर बात के माध्यम से उसको समझाना चाहती थी–"ममता, इस तरह घुट–घुट कर मरने के बदले जीना सीख, साहसी बन मेरी बहन।"

काफी समय बीत गया, न नाश्ता आया, न ममता बाहर आयी। शैला समझ गयी, नाश्ते के नाम पर उसको वहाँ से हटाना मात्र बहाना था। शैला को वहाँ बैठना दूभर लगने लगा। उसने पति से कहा–"चलो, अब चलते हैं। फिर कभी बाद में आयेंगे।" यह सुनते ही ममता की सास ने उन्हें जल्दी–जल्दी बिदा कर दिया।

❑

मौसम आते रहे, जाते रहे, कभी ठण्ड कभी गर्मी कभी बरसात। शैला अपने कार्यक्रमों में व्यस्त रहती है। इसके साथ घर गृहस्थी और नौकरी के काम प्रतिदिन के नियमबद्ध कार्यक्रम हैं, समय नहीं मिल पाता है। शैला ममता से करीब दो साल नहीं मिल सकी। इस बीच उसने सुना, ममता के देवर की शादी की तैयारी चल रही है। उसे अच्छा लगा यह सुनकर, उसने सोचा–"घर में एक की अपेक्षा दो बहुएँ रहेगीं, तो काम करने में भी मदद होगी और सास–ननद की किटकिट से भी राहत मिलेगी।" शैला के मन में यह जिज्ञासा है–"ममता के देवर के लिए कहाँ की लड़की देख रहे हैं? कैसी लड़की है?" वह जानना चाहती है।

इसी बीच सन्देश मिला–"ममता को तीसरी लड़की के बाद, चौथी बच्ची आप्रेशन से हुई है।" शैला यह सुनकर हैरत में पड़ गयी–"चार बेटियाँ? वे भी इतनी जल्दी, कम बरसों में? ममता कैसे सँभालेगी उन्हें?" चौथी बेटी, आप्रेशन से हुई है, यह सुनकर शैला ममता के लिए चिन्तित हो गयी–"कितनी तकलीफ में होगी ममता?" कमला और राजेश का ख्याल आते ही शैला को गुस्सा आया। ममता के लिए वह क्या करे? वह उसको देखने तुरन्त अस्पताल गयी। अब तक ममता की हालत खस्ता हो चुकी है। वह अस्पताल के पलंग पर, आप्रेशन के बाद के कष्ट को झेलते हुए लेटी है। सास की गोद में तीसरी बेटी पम्मी है, जो अपनी मम्मी की गोद में जाने के लिए मचल मचल कर रो रही है। चौथी बेटी पलंग के पास रखे पालने में सोयी है। शैला ने सब कुछ ध्यान से देखा, फिर ममता की सास से पूछा–

"क्या ममता को और बच्चे होंगे?"

कमला ने निराशा के साथ कहा–"नहीं, अब तो फेमिली प्लानिंग का आप्रेशन भी कर दिया है। लड़कियाँ ही हैं। अब क्या करें? डॉक्टर ने बताया है, आगे डिलेवरी में जान को खतरा होगा। तब क्या करते?"

शैला ने व्यंग्य के साथ सोचा, वह यह भी पूछ ले–"बेटा के लिए, अब क्या राजेश की दूसरी शादी कराओगे?" मगर वह चुप रही। इस वक्त ममता की हालत बहुत कमजोर है। साथ ही उसकी सास भी दुखी लग रही है। ममता की तीसरी बेटी पम्मी सांवली है, बिल्कुल अपनी बुआ काजल की तरह। चौथी बेटी अपने चाचा की तरह दिख रही है, सांवली और मोटी। कमला उन्हें सँभालने में व्यस्त है। पम्मी को गोद में लिए वह अनजाने ही कमरे से बाहर निकल गयी।

शैला ने ममता से कहा–"यदि मेरे परामर्श से दो बच्चों के बाद ही फेमिली प्लानिंग कर लेते, तो कितना अच्छा रहता? बड़े परिवार के खर्च की परेशानियाँ खुद अपने हाथों नहीं बढ़तीं। दादा–दादी कितने दिन रहेंगे? कितने दिन सँभालेगें? बच्चों को सँभालना, पालना, पढ़ाना और शादी ब्याह तो माता–पिता को ही करना पड़ेगा। छोटी–सी कमाई, एक नौकरी में क्या क्या करोगे? इस मँहगाई के जमाने में एक बच्चा पालना भी कठिन होता है, यहाँ तो चार चार हैं। शक्की गुस्सेल पति, लड़ाई–झगडे की आग भड़काने वाली सास और हर समय चौकीदारी करने वाली ननदें हैं। कैसे जियेगी?"

ममता ने शैला की बातें ध्यान से सुनीं। वह चुप रही, मगर उसकी आँखों से आँसू बहने लगे। अपने जीवन की पीड़ा से वह दुखी है। सारा को कमरे में आते देखकर उसने तुरन्त अपने आँसू पोछ लिए। शैला ने सोचा–"अभी भी ममता अपनी सास से इतनी डरती है? कैसे निकाले उसके मन का डर? यह डर ही उसे कमजोर बना देता है।"

कमला पम्मी को गोद में लिए ममता के पलंग के पास स्टूल पर बैठ गयी। झूले में छोटी बच्ची जागकर रोने लगी थी। ममता तुरन्त उसे गोद में लेने के लिए बेचैन हो गयी। कमला ने पम्मी को ममता के पास पलंग पर सुला दिया और नन्हीं बच्ची को ममता की गोद में दे दिया। ममता उसे थपथपाने लगी।

कमला के सामने शैला दृढ़ता के साथ ममता से बोली–"अभी भी समय है, अपने आपको बदलो ममता। अब तुम अकेली नहीं हो, तुम्हारी चार बेटियाँ हैं। इन बेटियों का अच्छा भविष्य बनाने के लिए तुम्हें अपनी

जिम्मेदारी निभाना है, तुम्हें भी नौकरी करना है। स्वावलम्बी बनो, घर से बाहर निकलकर, दुनिया देखो। तुम में आत्मविश्वास आयेगा। आँसू बहाने से कुछ नहीं होता, अपने भविष्य के लिए सोचो। तुम निडर बनो, सबल बनो, तभी सफल हो सकोगी।'' शैला ने देखा, ममता के चेहरे पर आत्मविश्वास के भाव जाग रहे हैं।

कमला शैला के पास बैठ गयी। अपने हाथ मलते हुए वह धीरे से बोली–"शैला, अब तुम्हीं ममता की चिन्ता करो। बच्चों को मैं सँभाल लूँगी। चार महीने बाद यह भी घर से निकलेगी। कोई अच्छी नौकरी से इसे भी लगा दो।''

यह सुनकर शैला को बहुत आश्चर्य हुआ–''क्या यह वही कमला है? जो इन बहनों को कभी मिलने नहीं देती थी। आज इसे अचानक क्या हो गया?''

कमला स्वयं कई दिनों–महीनों से परेशान है। ममता बहू की हालत दिन पर दिन खराब होती जा रही है। राजेश की आदतों से भी कमला परेशान हो चुकी है। कम कमाई और अधिक खर्च से राजेश स्वयं परेशान है। अपना गुस्सा वह ममता पर निकालता है, उसके लड़ने झगड़ने और मारपीट करने का यही कारण है। हर साल एक नये बच्चे के आने से बढ़ते खर्च के कारण भी वह परेशान है।

कमला अभी तक इस बात से ही खुश थी कि मेरा बेटा अपनी पत्नी को काबू में रखता है, मार पीटकर उसे अपने पैरो तले रखता है। साथ ही उसे यह भी गुमान था कि बेटा बहू पर मेरा शासन कायम है। पति पर और पूरे घर पर अभी तक उसी का शासन है। बहू को कभी उसने सिर उठाने नहीं दिया। इसी कारण उसने अपनी बहू ममता को शैला से मिलने नहीं दिया। उसने कभी नहीं चाहा कि उसकी बहू हिम्मतवाली बनकर, उन्हें जबाब देने की गलती करे। मगर अब परिस्थितियाँ अपने आप ही बदली हैं। आखिर खाली घड़े में दही कब तक मथा जा सकता है?

अब राजेश ममता से झगड़ने के साथ, माँ और पिताजी से भी झगड़ने लगा है। उसकी शिकायत है–''आप लोगों ने ही मेरे गले में इसे बाँधा है। मैं कब तक इनका खर्च उठाऊँ? क्या मैं कोल्हू का बैल हूँ? जीवन भर आँख पर पट्टी बाँधकर इसी तरह घूमता रहूँ?''

कमला को भी समझ आने लगा था–''यदि ममता भी नौकरी करेगी, तो घर खर्च में, बच्चों के खर्च में हाथ बँटा सकेगी। चार बच्चों का खर्च

बहुत होता है।'' कमला यह भी सोचने लगी थी–''मेरा बेटा इतनी मेहनत करके नौकरी करता है, फिर बहू क्यों घर में आराम से बैठकर खाये? बहू भी नौकरी करके कमाई करे।''

लगातार डाँट फटकार और मारपीट के भय ने ममता को एकदम शून्य कर दिया है, जैसे वह कुछ है ही नहीं। जैसा रखोगे, वैसी ही रहूँगी, जो दोगे वही खाऊँगी–जैसी स्थिति में वह अपने अस्तित्व को ही भूल गयी है। वह शैला से मिलना चाहती थी मगर उसे किसी से भी मिलने नहीं दिया जाता था। न ही मायके जाने दिया जाता था। घर के काम और बच्चे बस, यही बन गया था उसका संसार।

अब वह भी इनसे ऊब गयी है, जिसके फलस्वरूप उसमें निष्क्रियता आ गयी है। वह घण्टों चुपचाप बैठी रहती या चुपचाप लेटी रहती। बच्चियाँ रोती रहतीं, घर का काम पड़ा रहता। सास चिल्लाती रहती, राजेश लात घूँसों से उसे पीटता रहता। फिर भी ममता चुपचाप रहती। थोड़ी देर रोने के बाद गुमसुम बनी रहती। उसकी यह हालत देखकर अब कमला को चिन्ता होने लगी थी–''यदि बहू को कुछ हो गया? या बहू ने खुद अपने हाथों कुछ गलत कदम उठा लिया, तब क्या होगा? इन लड़कियों को कौन देखेगा, कौन सँभालेगा?''

चौथा बच्चा होने के समय कमला को उम्मीद थी कि पम्मी के बाद ममता को बेटा ही होगा। उसने सोच लिया था–''इस बार ममता का फेमिली प्लानिंग का आप्रेशन करना ही है।'' कमला की उम्मीद के विपरीत बेटी हुई। कमला को दुख हुआ मगर वह और बच्चों के आने की बात नहीं सोच सकी–''अब बस, यही बस करना ही पड़ेगा। इसी में सन्तोष करना पड़ेगा।''

आज शैला के आने पर कमला थोड़ी उदास हो गयी थी। वह मन ही मन पछता रही थी–''अपने झूठे घमण्ड पर क्यों इतराती रही? दो बहनों को मिलने से रोककर मैंने क्या जीत हासिल की? उल्टे अपने ही पैरों पर कुल्हाड़ी मारी है।''

शैला ने ममता को चेतावनी देते हुए समझाया, तब कमला ने तुरन्त शैला की इस बात को मान लिया। वह समझ गयी–''अब शैला के परामर्श पर चलना ही ठीक रहेगा। आखिर ममता उसकी बहन जैसी सहेली है। क्या वह अपनी बहन के लिए कुछ नहीं करेगी? जरूर करेगी। वह तो शुरू से ही ममता के लिए बहुत करना चाहती थी, मगर हमने ही उसे कुछ करने नहीं दिया, इसमें हमारी ही गलती है। हमारे ही कारण ममता मिट्टी का

लोंदा बन गयी है। इसे जगाने का काम अब शैला ही कर सकती है।''

कमला ने अपने हाथ बढ़ाकर शैला के हाथ पकड़ लिए-''शैला, तुम समझदार हो, हम गुनहगार हैं तुम्हारी बहन के। हमें माफी दे दो और अपनी बहन को सँभाल लो।''

कमला से यह सुनकर शैला को बहुत खुशी हुई। उसने आश्वासन दिया-''आप चिन्ता मत करो, हमारी ममता अब अपनी जिम्मेदारी स्वयं सँभाल लेगी।'' उसने ममता को देखा, वह अपनी पीड़ा में भी मुस्करा रही थी।

निशा

शैला कई दिनों से किसी कार्यक्रम में नहीं गयी है। ऐसी स्थिति में उसे बेचैनी होने लगती है। अब यह उसकी आदत में शामिल हो गया है, क्योंकि वह जानती है-''अपना जीवन सिर्फ अपने लिए नहीं है, बल्कि समाज के लिए है, समाज के शोषित, पीड़ितों के लिए है। अपना यह कर्तव्य याद आते ही, वह अगले कार्यक्रम में भाग लेने की तैयारी शुरू कर देती है। इन दिनों उसे निशा की याद आ रही है।

शैला ने निशा को फोन लगाया-''हैलो निशा, कैसी हो? दिल्ली में क्या कर रही हो? वहाँ क्या चल रहा है?'' सामान्य बातों के बाद, निशा ने फोन पर कहा-''शैला, मैं मानती हूँ, आपके नागपुर में दीक्षाभूमि है। महाराष्ट्र की भूमि डॉ. अम्बेडकर की कर्मभूमि है, मगर दिल्ली पूरे देश की राजधानी है। एक बार अपने राष्ट्र नेता बाबासाहब डॉ. अम्बेडकर के 'जयन्ती समारोह' को दिल्ली आकर देखो, यहाँ के 'जयन्ती कार्यक्रम' में भी सहभागी बनो मैडम।''

''हाँ निशा...।'' शैला ने कहा। अब वह निशा के इस आमन्त्रण पर विचार करने लगी। इस वर्ष शैला ने तय किया, वह 14 अप्रैल को दिल्ली में 'अम्बेडकर जयन्ती' कार्यक्रम में भाग लेगी। एक माह पहले से उसने अपना टिकिट बुक करवाया और 13 अप्रैल को अकेली दिल्ली पहुँच गयी।

शैला निशा को कई बरसों से जानती है। वह जब भी दिल्ली जाती है, उन्हीं के घर ठहरती है। उनके बीच बहुत ही अपनेपन का रिश्ता है, बिल्कुल अपनी बहन की तरह। शैला इस बार भी निशा के घर ही ठहरी। घर में वह अकेली रहती है। निशा का घर दलित आन्दोलन और महिला

आन्दोलन से जुड़े सभी लोगों के ठहरने के लिए निश्चित स्थान है। यहाँ आने पर मेहमान नवाजी नहीं होती, बल्कि लगातार विचार विमर्श और विचारों का आदान प्रदान होता रहता है। यहाँ सब अपने काम खुद करते हैं और मिलजुल कर, अपने लक्ष्य की ओर आगे बढ़ने की बातें करते हैं। निशा स्वयं एक बड़े एन.जी.ओ. से जुड़ी है। उसकी संस्था का नाम है– 'अ.भा. दलित महिला जागृति'। इस संस्था के द्वारा वे अखिल भारतीय स्तर पर काम कर रही हैं और देश के सभी प्रान्तों की दलित पिछड़ी महिलाओं को अपनी संस्था से जोड़कर, उन्हें लाभान्वित कर रही हैं।

अपनी संस्था की सभी कार्यकर्ता और सदस्यों के साथ निशा भी इस 'जयन्ती समारोह' में भाग लेगी। 'जयन्ती समारोह' की पूर्व संध्या से ही उनके कार्यकर्ताओं ने संसद मार्ग पर अपना स्टॉल बनाकर, वहाँ अपना बेनर लगा दिया है। स्टाल लगाने की जगह उन्होंने कई दिन पहले ही बुक कर ली थी। कुछ बचे काम की तैयारी सुबह जल्दी पहुँचकर करना है।

देश की राजधानी में इस समारोह को देखने का शैला का पहला अवसर है। उसके हृदय में बहुत रोमांच है। उसे पता है, डॉ. अम्बेडकर सिर्फ महाराष्ट्र तक सीमित नहीं हैं, वे सिर्फ अपनी जाति तक सीमित नहीं हैं, बल्कि वे पूरे देश के नेता हैं। उन्होंने स्त्रियों के हित में 'हिन्दू कोड बिल' बनाया और इसे पारित भी करवाया। वे पूरे देश के दलित पिछड़े वर्ग के हितैषी हैं। ऐसे देशभक्त, मानवतावादी, महापुरुष का 'जयन्ती समारोह' देश की राजधानी दिल्ली में शैला ने अपनी आँखों से देखा।

14 अप्रैल को सुबह 7:00 बजे से ही लोग आने लगे। संसद भवन से काफी दूर तक, संसद सड़क के दोनों ओर लोगों ने अपनी दुकान और स्टॉल लगाये हैं। सुबह जल्दी पहुँचकर उन्होंने अपनी अपनी दुकाने और एजेन्सी के विज्ञापन के स्टॉल सजा लिए। सुन्दर पर्दो पर सुन्दर रंगीन आकर्षक रूप में उनकी संस्थाओं के नाम सजे हैं। सामने टेबल लगाकर वे अपनी संस्थाओं की जानकारी का साहित्य मुफ्त में बाँट रहे हैं। कहीं 'बैंक ऑफ इंडिया' के एस.सी., एस.टी. स्टॉफ की संस्था है, तो कहीं एल.आई.सी. कम्पनी का प्रचार है, कहीं दलित समाजसेवी एन.जी.ओ. के कार्यो की जानकारी का विवरण है, तो कहीं दलित साहित्य और दलित आन्दोलन की किताबों की दुकाने हैं। कई लोग डॉ. अम्बेड़कर के नाम के झण्डे, बिल्ले, लॉकेट और तस्वीरों का वितरण कर रहे हैं। इस बड़े समारोह में वे सभी अपने अपने ढ़ंग से अपना योगदान दे रहे हैं।

इनके बीच नारीवादी संस्था का भी एक स्टॉल है–'अखिल भारतीय दलित महिला जागृति' का बड़ा बैनर लगा है। बैनर के नीचे, सामने टेबल पर संस्था के कार्यो की जानकारी के अनेक पत्रक और बुकलेट रखे हैं, जिन्हें वहाँ उपस्थित संस्था की कार्यकर्ता महिलाएँ आने जाने वालों को दे रही हैं। यह संस्था का स्टॉल, वहाँ लोगों के लिए सबसे अधिक आकर्षण का केन्द्र बना हुआ है। लोगों के मन में यह प्रश्न है–"क्या दलित महिलाओं की अलग से इतनी बड़ी संस्था है? क्या यह संस्था इतना बड़ा काम कर रही है?" हर व्यक्ति वहाँ आकर रुकता है, बात करके जानकारी लेता है, वहाँ रखा साहित्य पढ़ने के लिए लेता है। अपना परिचय देते हुए वह संस्था की प्रशंसा करता है। देखते–देखते इस स्टॉल का साहित्य खत्म होने लगा। तब संस्था की प्रमुख निशा और पुष्पा जी ने तुरन्त झेरॉक्स करके पुनः सामग्री उपलब्ध करवाई। सभी अपने कार्यो में व्यस्त हैं।

शैला इसी स्टाल पर बैठी है। वह पिछले कई बरसों से इस संस्था से जुड़ी है। निशा इस संस्था की सक्रिय कार्यकर्ता अध्यक्ष और संस्थापक है। वह शैला को अपनी संस्था की कार्यपद्धति और संस्था द्वारा किये गये कार्यो की जानकारी दे रही है। वह लखनऊ, बनारस, पटना, इलाहबाद, पूना, मुम्बई, अहमदाबाद अनेक शहरों और छोटे गाँवों में आयोजित, संस्था के कार्यक्रमों के विषय में बता रही हैं, साथ ही उन कार्यक्रमों की तस्वीरें भी दिखा रही है।

शैला ने देखा, सुबह के 8:00 बजने के साथ ही 'संसद मार्ग' पर रैली निकलनी शुरू हो गयी। पूरे देश से, दूर–दूर के प्रान्तों से आये लोग अपनी संस्था का बेनर लगाकर, रैली निकाल रहे हैं। देखते–देखते संसद मार्ग पर वैसा ही माहौल हो गया, जैसा नागपुर में दीक्षाभूमि के चारों तरफ के मार्गो पर होता है। राजनैतिक पार्टियाँ अपने बैनर के साथ अपनी रैली निकाल रही हैं। सामाजिक संस्थाएँ अपने बैनर और लिखित बोध वाक्यों के साथ अपनी रैली लेकर चल रही हैं। शिक्षा विभाग से जुड़ी संस्थाएँ भी बाबासाहब डॉ. अम्बेडकर के योगदान और अपनी श्रद्धा भावना को व्यक्त करते हुए अपनी रैली लेकर चल रही हैं। कई संस्थाएँ बैण्ड बाजे और नगाड़ों की तुमुल ध्वनि के साथ अपने महत्त्व और 14 अप्रैल के 'जयन्ती कार्यक्रम' के महत्त्व को घोषित करते हुए आगे बढ़ रही हैं। पूरा संसद मार्ग नीली झण्डियों और तोरण से सजा है।

वहाँ सड़क के किनारे चाय नाश्ते और खाने पीने की वस्तुओं के

ठेले भी लगे हैं। 'जयन्ती समारोह–देखने आये लोग खाने पीने की चीजे, गोलगप्पे, भेल, चूड़ा, नमकीन, कचोरी, समोशा, ब्रेड पकोड़ा, आलू चीप्स, कटलेट, क्रीमरोल आदि अपनी पसन्द से लेकर खा रहे है। चाय, कॉपी, शरबत, कोकाकोला, लेमन, फ्रूटी भी ले रहे हैं। बच्चों के हाथों में रंग बिरंगे गुब्बारे हैं। इन सब चीजों ने लोगों की जरूरतों को पूराकर, उन्हें खुश कर दिया है। कई संस्थाएँ नाश्ता और पानी के पाउच मुफ्त में बाँट रही हैं। लोग अपनी ही मौज में खाते–पीते, अच्छे कपड़ों में शान के साथ संसद मार्ग से संसद भवन की ओर जा रहे हैं।

उस दिन संसद भवन में स्थित बाबा साहब डॉ भीमराव अम्बेडकर की मूर्ति को अपने हाथों माला पहनाने का लोगों का संकल्प देखने योग्य है। चींटी की चाल से आगे बढ़ रही बहुत लम्बी कतार में लोग धैर्य के साथ चल रहे हैं। सुरक्षा की दृष्टि से कई प्रकार की जाँच पड़ताल भी चल रही है। लोग अपना अधिकार मानकर बाबासाहब डॉ. अम्बेडकर को सम्मान और श्रद्धा के सुमन अर्पित करना चाहते हैं। लोग बहुत ज्यादा हैं, सभी आगे बढ़ने की जल्दी में हैं। शैला भी आगे बढ़ती रही। काफी समय लगा, मगर वह अपनी मंजिल तक पहुँच ही गयी।

शैला की इच्छा थी, वह इत्मीनान से बैठकर बाबा साहब डॉ. भीमराव अम्बेडकर की छवि को निहारे, उन्हें देखते हुए उनके योगदान का ऋण स्वीकार करे, अपने ह्रदय के श्रद्धा सुमन उन्हें अर्पित करे। लेकिन बाकी सबको भी तो समय देना था। सुरक्षा कर्मी उन्हें तुरन्त आगे बढ़ने के लिए बाध्य कर रहे थे। उस समय शैला वहाँ रुक नहीं सकी। फिर भी, आज उसे दिल्ली आना सार्थक लगा, वह इतनी खुश थी कि आज उसे अपना जीवन सार्थक लगा। बरसों का श्रम और संघर्ष जैसे आज सार्थक हो गया। संसद मार्ग पर उमड़ती भीड़ को देखकर, वह उनकी भावनाओं के सामने नतमस्तक होती रही।

देखते–देखते 12:00 बज गये। 1:00 बजा, फिर 2:00 बज गये। भीड़ कम ही नहीं हो रही है। जितने लोग वापस जा रहे हैं, उससे अधिक संख्या में लोग आते जा रहे हैं। यह माहौल, लोगों का उत्साह, उनकी तैयारी और भावना को देखकर शैला का मन गद्‌गद्‌ होता रहा। उसे अपने आप पर गर्व का आभास हो रहा है कि वह भी महत्त्वपूर्ण है, जो इस महत्त्वपूर्ण राष्ट्रीय कार्यक्रम में आयी है। वह तन्मय होकर 'संसद मार्ग' की सजधज को और लोगों के मनोभावों को देखती रही।

□

निशा के स्टॉल पर तीन पुरुष और तीन महिलाएँ आयीं। निशा ने तुरन्त उनको आदर के साथ आमन्त्रित किया–"आइए बहन जी, भाई साहब आईए।" निशा ने महिलाओं से कहा–"अपने नाम और पते बताइए। कहाँ रहती हो? क्या करती हो? आप भी हमारी 'महिला जागृति संस्था' से जुड़ो और अपने देश की दलित पिछड़ी महिलाओं को जगाने का काम करो?"

वे तीनों महिलाएँ हक्की–बक्की होकर निशा का मुँह देखने लगीं। वे तुरन्त अपने साथ आये पुरुषों के पीछे खड़ी हो गयीं। उनमें एक जोड़ा 25–30 वर्ष की उम्र का था। लड़की ने चटक लाल रंग की लिपिस्टि के साथ गहरा मेकअप किया था। वह चटक रंगीन और चमकीला सलवार सूट पहनी थी। दूसरी महिला 50 वर्ष की होगी। साधारण साड़ी पहनी थी, शायद अधिक शिक्षित नहीं थी। उसका पति साधारण कुर्ता पायजामा पहना था। तीसरा जोड़ा सम्पन्न दिख रहा था। महिला खूब मोटी तगड़ी भारी भरकम थी, शायद हरियाणा की थी। हरयाणवी ढंग का घेरदार सलवार कुर्ता का गुलाबी सूट पहने थी। उम्र साठ से ज्यादा थी। अधिक उम्र होने के बाद भी पति–पत्नी चुस्त दुरुस्त और तन्दरुस्त थे।

निशा ने पुनः ऊँची आवाज में उन तीनों महिलाओं से कहा–"बहनों, आप लोग सामने आकर अपना नाम पता बताओ। क्या आपको अपना नाम और पता भी नहीं मालूम?" बूढ़ी महिला पति के तरफ इशारा करते हुए बोली–"जी, इनके रहते, हम क्यों अपना नाम पता बतायें? इन्हीं से पूछ लो।"

निशा बोली–"इनसे नहीं, आपसे ही पूछना है।"

अधेड़ उम्र की महिला बोली–"हमारे नाम पता लेकर क्या करोगी? लेना ही है तो इनका (पति का) नाम पता पूछ लो। हमारे कर्ता धर्ता तो यही हैं।"

युवती महिला बोली–हमें क्या करना है जी, नाम पता बताकर? हमें तो घर के काम से ही फुरसत नहीं मिलती।"

शैला ने निशा से कहा–"ये लो, सुन लो, देश की राजधानी की महिलाओं की बातें और उनकी जागरूकता देख लो। एक नहीं तीनों पीढ़ी की महिलाओं का यही हाल है। काम से फुरसत मिल जायेगी, तो बनाव सिंगार में समय लगायेगीं। कोई समाज का काम करना चाहें, तब न?" निशा चुप रही।

शैला तीनों महिलाओं को देखती रही। तीनो पुरुष सामने आकर निशा को अपना नाम और पता बताने लगे। निशा ने कहा–''आप नहीं, ये महिलाएँ स्वयं अपना परिचय बतायेगीं।'' महिलाओं का ऐसा व्यवहार देखकर निशा की आवाज थोड़ी कठोर हो गयी थी।

शैला ने आश्चर्य से देखते हुए कहा–''ये लो, यह क्या?'' देखते ही देखते तीनों जोड़े आगे बढ़ गये। शैला ने निशा की तरफ देखा। निशा गुस्से से फुँफकार उठी–''ऐसी हैं हमारी महिलाएँ। इनके बीच काम करना बहुत कठिन है। पति के सामने पंगु बनी रहती हैं। पति की सेवा और सम्मान, बस यही उनका धर्म है। पिटती हैं, जूते खाती हैं, फिर भी पति को ही अपना कर्ता–धर्ता कहती हैं।''

निशा को बड़बड़ाते देखकर, संस्था की सचिव पुष्पा जी सामने आकर बोलीं–''क्या हुआ निशा? किस पर गुस्सा हो रही हो?''फिर वे शैला को देखकर मुस्कराने लगीं। शैला ने भी मुस्कराकर पुष्पा जी को प्रतिउत्तर दिया। शैला को मेहमान मानकर पुष्पा जी शैला का हर तरह से मान सम्मान के साथ ख्याल रख रही हैं। शैला और निशा अपने काम में व्यस्त हो गयीं।

भीड़ कम होने लगी थी फिर भी लोग इस संस्था के स्टॉल पर आकर, जानकारी लेने के लिए ठहर जाते हैं। निशा और पुष्पा जी उन्हें संस्था के कार्य और उद्देश्य अच्छी तरह समझाती हैं, साथ ही उनके घर की महिलाओं को संस्था की मेम्बर बनाने के लिए उनसे सदस्यता फार्म भरवा रही हैं। अनेक सभ्रान्त पुरुष खुशी के साथ उनकी संस्था की प्रशंसा कर रहे हैं, उन्हें अपना फोन नम्बर देकर संस्था को अपना सहयोग देने की इच्छा भी व्यक्त कर रहे हैं। निशा उनसे स्पष्ट शब्दों में कहती है–''हमारा उद्देश्य समाज को जागृत करना है, महिलाओं को सबल सक्षम जागृत बनाना है। आप इसके समर्थक हैं, तभी हम आपका सहयोग लेगें।'' लोग अपनी सहमति जता रहे हैं। यह देखकर निशा अपनी सफलता पर खुश है।

तभी उनके स्टॉल पर सबके लिए लंच बाक्स आ गये। सबके साथ शैला ने भी खाना खाया। आलू गोबी की सब्जी, पराठे, दही अचार छोले– सभी बहुत स्वादिष्ट था। इसके बाद चाय कॉफी भी आयी।

❒

बाबासाहब डॉ. भीमराव अम्बेडकर के जयन्ती कार्यक्रम के बाद, शैला दिल्ली में अनेक महिला कार्यकर्ताओं से मिली। वह जानना चाहती है, अपने देश

की राजधानी में, अपनी एन.जी.ओ. द्वारा महिला जागृति के कार्य करते हुए ये महिलाएँ कितनी सफल हो पायी हैं। शैला उनकी कार्य पद्धति भी देखना चाहती है।

दूसरे दिन दोपहर को पुष्पा जी अपने साथ शैला को अपने घर ले गयीं। मयूर विहार में उनका काफी बड़ा फ्लैट है। उनके पति किसी बड़े पद पर हैं। बेटा बहू भी किसी बड़ी कम्पनी में इंजीनियर हैं। घर में सुख आराम वैभव सब कुछ है। पुष्पा जी अपनी स्वेच्छा से महिला जागृति के अभियान से जुड़ी हैं। कभी बस, कभी आटोरिक्शा और कभी मेट्रो से लम्बे सफर करके वे तन मन धन से संस्था को अपना योगदान दे रही हैं। उन्होंने शैला का बहुत आदर सत्कार किया। चाय नाश्ते के साथ संस्था के कार्यो की चर्चा होती रही। शाम को शैला निशा के घर लौट आयी।

निशा रोज सुबह 10:00 बजे आफिस जाने के लिए निकलती है और दोपहर 3:00 तक वापस आ जाती है। आज उसे लौटने में देर हो गयी। खाना खाने के बाद, निशा अपने हाथों से अपने पैर दबाते हुए शैला से बोली–"कितना थक जाती हूँ। हर दिन भाग दौड़ रहती है। रोज समय पर आती हूँ, आज देर हो गयी। सोच रही थी, तुम अकेली बोर हो रही होगीं। आज शाम को चलो मेरे साथ, तुम्हें फील्ड में घुमाती हूँ।"

शैला इन बातों के लिए हमेशा तैयार रहती है। वह तुरन्त निशा के साथ चलने को तैयार हो गयी। निशा अधिकतर शाम के समय दलित बस्तियों और स्लम एरिया में बिजिट करती है, क्योंकि इस समय घरों में सभी लोग एक साथ मिलते हैं। सबसे बातचीत सलाह मशवरा और गिले शिकवे–शिकायतें सब एक साथ हो जाते हैं।

शैला को निशा के साथ फील्ड में जाने के कई अवसर मिले हैं। आज भी शैला निशा के साथ समाज जाग्रति के लिए दलित पिछड़ी बस्तियों में गयी। शैला पिछली भेट मुलाकातों के विषय में सोचने लगी–"घर–घर जाना, प्रत्येक परिवार की समस्याओं को सुनना, उनके निराकरण की बातों को उन्हें समझाना, उन्हें कानून की जानकारी देना–सरकार से अपने अधिकारों को कैसे लेना? सुविधाओं के अवसर कैसे प्राप्त करना?" इन सभी बातों को उन्होंने उन्हें अच्छी तरह समझाया था। बिजली और पानी की समस्या, नौकरी की समस्या–ये उनकी प्राथमिक समस्याएँ हैं। दिल्ली जैसे बड़े शहर में मकान या जमीन पा लेना आसान बात नहीं, फिर भी वे अपनी लड़ाई अपने तरीके से लड़ रहे हैं।

आज निशा के साथ शैला ने कई लोगों से मुलाकात की। स्लम बस्ती के छोटे घरों के सामने से बहती गन्दे पानी की नालियों को पार करते हुए, वे 'बुराड़ी' क्षेत्र में घूमती रहीं। वहाँ उन्होंने महिलाओं को इकट्ठा करके, अलग से उनकी समस्याओं पर बातें कीं। वे महिलाएँ बाहर की बड़ी समस्याओं के साथ, अपने घर की समस्याएँ और शिकायतें भी बताती रहीं—"गरीबी, अभाव, शराब पीकर पति द्वारा मारपीट, बच्चों की पढ़ाई, नौकरी—" अनेक समस्याएँ हैं। निशा और शैला उन्हें श्रम संघर्ष, संगठन और एकता का महत्त्व बताती रहीं।

वहाँ का कष्ट अभाव देखकर शैला का मन दुखी हो गया—'हमारे दलित समाज में कितनी गरीबी है, कितने अभाव और अपमान का जीवन जीते हैं हम? और बच्चे? बच्चों का वर्तमान कितना चिन्ताजनक है, और भविष्य? भविष्य भी क्या आसानी से सँवर पायेगा? आजाद देश में रहकर भी हमारी दशा ऐसी क्यों है? दलित आन्दोलन, नारी आन्दोलन कब से चल रहे हैं? फिर भी हमारी यह हालत है!' शैला भविष्य के कार्यक्रमों की योजनाओं पर निशा से बातें करती रही।

❑

महिला आन्दोलन से जुड़ी महिलाओं की कष्टपूर्ण स्थिति को देखकर निशा कहती है—"महिलाएँ कितनी कठिनाइयों के साथ, घर परिवार की जिम्मेदारी को निभाते हुए, महिला आन्दोलन का काम कर पाती हैं? हमें यहाँ तक पहुँचने में कितना संघर्ष करना पड़ा है? और अभी भी, हर दिन, हर समय संघर्ष का सामना करके ही हम अपना काम कर पाती हैं।"

शैला महिला आन्दोलन से जुड़ी सभी महिलाओं को अपनी बहन मानती है। वे सब मिलकर उन बहनों के लिए आन्दोलन करती हैं, जो अभी तक जाग्रत नहीं हो पायी हैं। वैसे तो शोषण अन्याय से पूरी तरह मुक्त कोई महिला नहीं है। वे सम्पूर्ण नारी समाज की मुक्ति का अभियान चला रही हैं।

निशा का जीवन भी स्वयं अपने आप में संघर्ष की मिसाल है। बचपन से ही वह संघर्षो से जूझती रही। दिल्ली के पंचकुइया क्षेत्र की दलित बस्ती में उसका जन्म हुआ। वे तीन बहनें और दो भाई हैं। उन्हें माता—पिता ने कठिनाइयों से पाला और पढ़ाया था। जब रुपयों की तंगी होती, तब लड़कियों की पढ़ाई रोक देने की बात होती। निशा की पढ़ाई पर खतरे

के बादल मंडराने लगे, मगर निशा ने इसका विरोध किया। बचपन से ही उसके स्वभाव में अन्याय के प्रति विरोध और प्रतिकार की भावना थी। जब भी निशा की पढ़ाई बन्द कर देने की बात होती, तब निशा गुस्से से कहती थी–क्यों, क्या लड़कियों को पढ़ने और आगे बढ़ने का अधिकार नहीं है? जो सहूलियत भाइयों को मिलती हैं, वे हमें भी चाहिए।''

अपनी पढ़ाई का खर्च उठाने के लिए, वह स्वयं मेहनत मजदूरी करती रही। वह अपने साथ अपनी दोनों छोटी बहनों का भी पढ़ाई का खर्च उठाती रही। ग्रेजुएट होने के बाद तीनों बहनों ने अपनी पसन्द से अन्तरजातीय विवाह किया। छोटी दोनों बहनों के पति समझदार हैं मगर निशा को यहाँ भी कष्ट उठाना पड़ा। तब निशा ने अपना जीवन अपने तरीके से जीने का निश्चय किया।

अभावग्रस्त मजदूर गरीब, अछूत परिवार की बेटी को कितनी यातनाओं से जूझना पड़ता है? निशा अपने इन अनुभवों को प्रेरणा के रूप में सबको बताती है–''सबसे पहले तो, अधिक मेहनत करके भी, पेटभर भोजन न मिल पाने का दुख, इसके साथ शिक्षा से वंचित कर दिये जाने का भय। मैंने सभी कष्ट सहे, मगर पढ़ाई नहीं छोड़ी। इसी का परिणाम है कि आज मैं सम्मान के साथ जी रही हूँ, सबल, स्वावलम्बी बनकर, दूसरों की भी मदद कर रही हूँ।''

निशा ने अपने जीवन में अनेक कष्ट उठाये हैं। पति को शिकायत थी–''मेरी पत्नी पत्नी होने के अपने कर्तव्य नहीं निभाती है।'' पत्नी का अर्थ है, पति की दासी, आज्ञाकारिणी, अनुगामिनी, सहनशील, मूकप्राणी। निशा अपना पूरा समय पति की सेवा में न लगाकर समाजसेवा का कार्य कर रही थी। निशा ने पति को समझाया, मगर पति का अहंभाव इसे सहन नहीं कर सका। पति के तानाशाही व्यवहार से तंग आकर निशा ने उससे अलग रहना ही ठीक समझा। इस तरह वह स्वतन्त्र रूप से अपना काम, अच्छी तरह कर रही है। निशा स्वस्थ्य है, दबंग है। अपनी बात हमेशा बुलन्द आवाज में कहती है। उसका व्यक्तित्व गरिमामय लगता है।

दिल्ली शहर में निशा ने बचपन से ही, डॉ. अम्बेडकर और उनके कार्यों के विषय में, अम्बेडकरवादी नेताओं के भाषण सुने थे। निशा अपने बड़े भाइयों से भी, इस विषय में अक्सर सुनती रहती थी। कॉलेज में पढ़ते समय निशा ने डॉ. अम्बेडकर को पढ़ा था। तभी से वह अम्बेडकरवादी दलित आन्दोलन और दलित महिला आन्दोलन से जुड़ गयी। निशा अबला

असहाय बहनों को सबल–स्वावलम्बी बनाने के लिए लगातार काम कर रही है। वह स्वयं जूझ रही है और नारी शक्ति को जागृत करके, उन्हें जूझना सिखा रही है। वह दलित शोषित पीड़ित हर महिला की मदद के लिए हमेशा तैयार रहती है। वह ऐसी पीड़ित महिलाओं को अपनी संस्था में कोई न कोई काम दिलाने का भी प्रयत्न करती है। उन्हें ट्रेनिंग दिलाकर, उनके पैरों पर खड़ा करने के कार्य भी वह कई बरसों से कर रही है। ऐसी समस्याग्रस्त महिलाओं की मदद करने के लिए, कुछ दिनों या महीनों के लिए वह उन्हें अपने घर में आश्रय देकर अपने पास रख लेती है। उनकी समस्या का निवारण करते हुए, वह उन्हें स्वावलम्बी बना देती है।

ऐसी ही एक समस्याग्रस्त महिला रेणुका सिंह इन दिनों निशा के घर में रह रही है। निशा की संस्था उसके अधिकार दिलाने की लड़ाई लड़ रही है। शैला निशा के इन कार्यों से बहुत प्रभावित है। निशा ने शैला का परिचय अनेक कार्यकर्ता और समस्याग्रस्त महिलाओं से करवाया है। शैला यहाँ रहकर, कई बातें समझ रही है।

रेणुका

शैला ने निशा के घर रेणुका को देखा। रेणुका सिंह बिहार प्रान्त की, यादव जाति के परिवार की बेटी और बहू है। अपने जीवन में अन्याय अत्याचार की शिकार बनने पर, वह किसी तरह अपने ही परिवार वालों से छिपकर दिल्ली आ सकी और निशा जी की इस संस्था का आश्रय पा सकी है। निशा अपनी एन.जी.ओ. 'अखिल भारतीय दलित महिला जाग्रति' के मार्फत राष्ट्रीय स्तर पर महिला जागृति का कार्य करती है। निशा ने शैला को रेणुका के विषय में संक्षिप्त रूप में बताया था। मगर शैला रेणुका से बात करके स्वयं उसके मुँह से उसके जीवन की व्यथा कथा सुनना चाहती है।

दूसरे दिन निशा अपनी संस्था के काम से कुछ घण्टों के लिए ऑफिस गयी। घर में शैला और रेणुका हैं। रेणुका निशा की अनुपस्थिति में उसके घर की पूरी जिम्मेदारी और सभी काम सँभाल लेती है। ये काम वह नौकरानी के रूप में नहीं, बल्कि सहयोगी बहन के रूप में करती है। शैला भी जब दिल्ली में निशा के घर में रहती है तब वह मेहमान की तरह नहीं, बल्कि उनके घर के सदस्य के रूप में रहती है। बातों–बातों में वे

मिल बाँटकर घर के काम कर लेती हैं, खाना भी मिलकर बनाती है और साथ बैठकर खाती हैं। संस्था के काम की बातें लगातार चलती रहती हैं, घर के काम भी होते रहते हैं।

उस दिन निशा के जाने के बाद, रेणुका ने जल्दी–जल्दी घर का काम समेटा, किचन में फैला सामान ठीक किया। डिब्बे बर्तन सही जगह पर रखे। शैला ने काम में हाथ बँटाना चाहा, मगर रेणुका ने शैला को घर के काम नहीं करने दिये। वह बोली–"दीदी, हम जब तक यहाँ हैं, तब तक हम ही ये सब काम करेगें। निशा दीदी पर हमको पूरा भरोसा है। वे हमको जरूर न्याय दिलायेगीं। उनके साथ रहकर हम बहुत सुरक्षा और शक्ति का अनुभव करते हैं। हम अपनी समस्याओं के मारे यहाँ आये हैं।" शैला ने उसे बहुत अपनेपन से देखा। रेणुका मुस्कराई फिर वह बहुत सम्मान के साथ शैला से बोली–"दीदी, आप अपने घर में सुखी हैं। आप हम जैसी महिलाओं के लिए काम करती हैं। हमारे रहते आप जैसी दीदी किचन का काम करें, यह शोभा नहीं देता है।"

शैला ने आश्चर्य के साथ रेणुका को देखा और कहा–"रेणुका, तुम ऐसा क्यों कह रही हो?" फिर उसने स्वयं को देखा। रेणुका की बातें सुनकर शैला हँस दी, फिर बोली–"अच्छा, आपको कैसे मालूम कि मैं अपने घर में सुखी हूँ? आपको मेरे घर की कोई बात मालूम नहीं है। मैं हँस बोल रही हूँ, खुश रहती हूँ, इसलिए आपको ऐसा लगता है कि मैं सुखी हूँ।"

शैला की बात सुनकर रेणुका चौंक गयी। बेसिन में कप गिलास धोते उसके हाथ थम गये। नल की तेज धार की गूँजती आवाज से उसे लगा कि वह शैला की बात ठीक से सुन नहीं पायी है। उसने तुरन्त नल बन्द कर दिया। वह शैला को ध्यान से देखती रही, फिर बोली–"क्या बात कहती हैं दीदी? हम इस बात पर विश्वास नहीं करेगें। आपको भला क्या दुख हो सकता है? दुख हो आपके दुश्मनों को।"

शैला बीच में बोल पड़ी–"अरे बहन, किसी को भी दुख न हो, ऐसी बातें कहो। अच्छा, अब मेरी बातें छोड़ो और मुझे अपनी बातें बताओ। सब रिश्तों से अलग, अपने रिश्ते हैं, बहन के, अपनेपन के, वेदना सम्वेदना के, दुख–सुख की अनुभूतियों के, समान जीवन अनुभव के रिश्ते। आप मन में कोई संकोच न रखिए।"

रेणुका ने शैला की बातें ध्यान से सुनी, फिर हँसकर बोली–"दीदी, आप पढ़ी लिखी हैं, बड़ी ऊँची बातें कहती हैं। मैं तो अनपढ़ हूँ, कुछ नहीं

जानती।" उसी क्षण हृदय की वेदना हिलककर उसके गले तक आ गयी। गला रुँध गया, आँखों से आँसू टपकने लगे।

यह देखकर रेणुका का हाथ पकड़कर शैला ने समझाया–"देखो बहन, रोओ नहीं। रोने से हम महिलाएँ कमजोर बन जाती हैं। इसलिए हमें हर बात में हिम्मत से काम लेना चाहिए। अपने हृदय को मजबूत बनाना चाहिए और उससे ताकत इकट्‌ठी करके, अपनी मुसीबत को दूर करने का प्रयत्न करना चाहिए।"

शैला की इस बात को सुनकर, रेणुका ने तुरन्त अपने आँसू पोछ लिए। गैस के एक चूल्हे पर दूध उबल रहा था। दूसरे चूल्हे पर रखे कुकर की तीन सीटी बज गयी थी। दाल चावल पक गये। शैला ने दोनों चूल्हे की बटन बन्द की और रेणुका का हाथ पकड़कर उसे बरामदे में सोफे पर बैठा दिया। यह देखकर रेणुका मुस्कराई, फिर वह अपनी कथा सिलसिलेवार सुनाने लगी–

"दीदी, अभी हमारी उमर चालिस से कम है। हमारी शादी हुई थी, तब हम बहुत छोटे थे–10 या 11 साल की उमर थी सिर्फ। उस समय हमारे पति होंगे 30 साल के। हम तो बिल्कुल बच्ची थे, कुछ नहीं समझती थी। शादी के दो साल बाद माँ पिताजी ने गौना के बाद ससुराल भेज दिया। तब मैं तेरह बरस की थी। कुछ नहीं जानती थी। वे तो बड़े थे। कभी प्यार से बतियाते थे, कभी जोर जबरदस्ती करने लगते थे। मैं उनसे बहुत डरती थी। बस ऐसे ही साल भर में पेट रह गया। धीरे–धीरे मुझे पता चला कि मेरा पति कई बरसों से बीमार चल रहा है। मगर मैं क्या कर सकती थी? कुछ जानती भी नहीं थी। शादी के बाद माँ–बाप के घर का आसरा भी छूट गया था। ससुराल में ही रहना था, वहीं सब सहन करना था। पता नहीं क्या बीमारी थी, खून की उल्टियाँ करता था। बहुत कमजोर हो गया था, मेरा बच्चा होने के पहले ही वह मर गया।"

यह कहते समय रेणुका बहुत तटस्थ थी, मगर रेणुका की व्यथा सुनकर शैला सहम गयी। वह दुखी होकर बोली–"आपके माँ–बाप ने टी.बी. के मरीज से आपकी शादी कर दी थी? आपकी इतनी छोटी उमर में शादी कर दी, वह भी आपसे 20 साल बड़ी उम्र के आदमी के साथ?"

रेणुका ने अपने दुख के आवेग को छिपाने के लिए अपने हाथों से चेहरा ढाँक लिया। उसकी आँखों से आँसू टपकते रहे। फिर अपने आँसू पोछ कर, वह गम्भीरता के साथ बोली–"जब शादी हुई थी, तब किसी को

भी उनकी बिमारी की बात मालूम नहीं थी। गौना के बाद ही यह बात समझ में आयी। और दीदी, छोटी उम्र में लड़कियों की शादी अभी भी हमारे गाँव में होती हैं। मैं बिहार के बहुत छोटे गाँव की हूँ, वहाँ बस भी नहीं जाती है। घर में सबसे बड़ी एक बहन है, फिर मैं हूँ। मेरे बाद पाँच बहने हैं, बाद में सबसे छोटा एक भाई हुआ। सात लड़कियों का बोझ माँ–बाप के सिर पर था। मुझे ही अन्धे कुएँ में धकेला गया। जो वर आया, जैसा आया, बिना सोचे समझे शादी कर दी। मेरी बड़ी बहन की शादी अच्छे घर में, अच्छे वर के साथ हुई। मेरे ही साथ ऐसा हुआ।''

कहते–कहते पुनः रेणुका की आँखें भर गयीं। उसने अपने आँसुओं को पोछा, फिर बताने लगी–''ससुराल में कुछ खेत बाड़ी थी, कुछ मजदूरी भी करना पड़ता था। चौदह बरस की उम्र में बच्चा हुआ, पति नहीं रहा। कुछ समझती भी नहीं थी। सास, जेठानी ने मुझे और बच्चे को सँभाला। मेरे बेटा को सब लोग लाड़ प्यार करते थे। मगर मैं औरत जात थी।''

इतना कहकर रेणुका चुप हो गयी। मन में उठे गुबार को शान्त करने के लिए उसने सोफे से अपनी पीठ टिका कर गहरी साँस ली। अपने बोझिल मन को हल्का करने के लिए वह दीवार पर लगी तस्वीरे देखने लगी। वहाँ डॉ. भीमराव अम्बेडकर, ज्योतिराव फुले और सावित्री फुले की तस्वीरें हैं। उन्हें देखने के बाद उसने बरामदे के कोने में रखी तथागत, गौतम बुद्ध की मूर्ति को देखा। टेबल पर सुन्दर कसीदाकारी से सजे मेजपोश पर ध्यान मग्न तथागत बुद्ध को देखकर रेणुका ने उन्हें नमन किया। फिर उसने शैला की ओर देखा। रेणुका के चेहरे पर दुख के भाव स्पष्ट दिखायी दे रहे थे। शैला रेणुका की भावना, वेदना और समस्याओं को समझ रही थी। वह सोचने लगी–''न जाने कितनी महिलाएँ इस तरह के कष्टों को सहती हैं।'' शैला के मन में भी जैसे दुख की लहर उठी और उसने गहरी साँस ली।

रेणुका ने अपनी व्यथा कथा बताते हुए धीरे–धीरे कहा–''दीदी, मेरा जेठ मेरे ऊपर बुरी नजर रखने लगा। वह मेरा सोना मुश्किल करता, लैट्रिन बाथरूम जाना मुश्किल करता। जहाँ मैं जाती, मेरे पीछे–पीछे रहता। उसके डर से मैं रात–रात भर सो नहीं पाती। जानबूझ कर वह मेरे पास आकर, मेरी छाती मसल देता। मेरे शरीर पर इधर–उधर हाथ फेरने लगता। मैं डरकर दूर भाग जाती। आखिर वह जेठ है, पति का बड़ा भाई, ससुर समान है, अपने पिता समान है। वह पापी है, हम पापी

नहीं हैं न।'' रेणुका ने शैला की ओर देखा, जैसे वह अपनी इस बात के समर्थन में शैला की सहमति चाहती है।

शैला उसी को देख रही थी और उसकी दुख भरी कहानी ध्यान से सुन रही थी। रेणुका की बातों में सन्ताप के साथ समझदारी को देखकर वह आश्चर्य चकित हुई–''जिस बात को एक नारी इतनी गम्भीरता के साथ समझती है, पुरुष इस बात को क्यों नहीं समझते?'' इस विचार के साथ शैला का मन क्रोध से भर उठा।

रेणुका बरामदे से उठकर किचन में आ गयी। दाल में छौंका लगाना है, सब्जी और रोटिया पकाना है। शैला भी किचन में आ गयी। काम करते हुए रेणुका अपनी कथा शान्त भाव के साथ सुनाती रही–''दीदी जेठ तो जेठ, मेरा बूढ़ा ससुर भी यह कोशिश करने लगा कि किसी तरह मैं उसकी ये बातें मान लूँ। दीदी, मैं नासमझ थी मगर यह जानती थी, अपना पति नहीं है। अगर ऐसे में किसी का मुझे पेट रह गया, तो बदनामी किसकी होगी? जेठ, ससुर तो अपना पाप कबूल नहीं करेगें। वे मुझे कुलटा, चरित्रहीन कहकर जान से मार डालेगें, जला डालेगें, ताकि मैं किसी को कुछ न बता सकूँ।'' यह कहकर वह चुप हो गयी।

रेणुका की बातें सुनकर शैला के मन में अन्याय के विरुद्ध, क्रोध भड़कने लगा। वह रेणुका से बोली–''तुमने यह बातें अपने रिश्तेदारों को नहीं बतायीं?'' वह बोली–''विधवा अबला की बात कोई नहीं सुनता दीदी।'' दुख के साथ रेणुका ने गहरी साँस छोड़ी, फिर गुस्से से बोली–''दीदी, हम यादव वंशी हैं, ऊँची जाति के, ऊँचे वर्ण के हैं, फिर भी औरत का कोई ऊँची जात, ऊँचा वर्ण नहीं होता, हर जगह उसका शोषण ही होता है। सास और जेठानी को भी कैसे बताऊँ? वे अपने पति को दोष नहीं देंगी, उन्हें कुछ नहीं कहेंगी। मुझे ही कहेंगी कि तू ही उनके पति को बिगाड़ रही है। तब मैं किसको अपनी विपदा सुनाती?''

रेणुका के हाथ तेजी से काम करने लगे। बातें करते हुए उसने सब्जी काट ली। आज वह आलू और गाजर की सब्जी बना रही है। सब्जी को छौंका लगाकर उसने आटा भी गूँथ लिया। इस बीच शैला ने किचन की बेसिन में पड़े बर्तन धो लिए। मगर उसका पूरा ध्यान रेणुका की बातों पर था। वह उसकी आगे की बातें सुनने के लिए, उसे उत्सुकता से देखने लगी।

क्षण भर रुककर रेणुका बोली–''आखिर उनसे तंग आकर मैंने अपनी दीदी को पटना खबर भेजी–'दीदी कुछ दिनों के लिए मुझे यहाँ से ले

जाओ, तो कुछ दिन सुख शान्ति से रह लूँ।' बहन और जीजाजी मुझे लेने आये। कुछ दिन के लिए मेरे ससुर जेठ ने भेज दिया कि आखिर जायेगी कहाँ? कुछ दिन के बाद लौटकर यहीं आयेगी। मैं कुछ दिनों के लिए पटना आ गयी।"

शैला ने राहत के साथ कहा–"अच्छा हुआ, तुम वहाँ से निकल आयीं।" "अरे कहाँ दीदी?" रेणुका तुरन्त बोली–"तब हमारी वही हालत हुई, आसमान से टपके और खजूर में अटके। वहाँ ससुर जेठ थे, तो यहाँ जीजा था। जीजा इतना बदमाश होगा, यह सोचा नहीं था। मेरी बहन के सामने, वह मेरे साथ अच्छा रहता था, मगर बाद में वह मेरा हाथ पकड़ लेता, कभी गाल मसल देता, कभी छाती। दरवाजे के बीच रास्ता रोककर खड़ा हो जाता। बाजू से निकलने पर कसकर पकड़ लेता। अब मैं बहन से भी यह बातें कह नहीं सकती थी।"

"बहन से क्यों नहीं कह सकती थीं? बहन को सब बातें बताना था।" शैला अधीरता के साथ बीच में बोल पड़ी। रेणुका शान्त भाव से बोली–"बहन कहेगी, तुम्हें अपने घर लाये हैं, तो तुम हमारे ही पति को बदनाम कर रही हो। मैं बहन का विश्वास कैसे तोड़ दूँ? उनके सुखी संसार में आग कैसे लगा दूँ? उन पति–पत्नी में लड़ाई कैसे लगाऊँ? उनके आपस के प्रेम भाव को कैसे तोड़ दूँ? यह सब सोचकर मैं चुप ही रहती थी। मगर मैं ऐसे वहाँ कब तक रहती? ससुराल जाने का भी कोई फायदा नहीं था। मेरा बेटा भी अब दो साल का हो गया था।"

"फिर ? फिर आपने क्या किया?" शैला अपनी जिज्ञासा को रोक नहीं पायी। उसने पूछा, फिर वह चुप हो गयी। वह जानती है–"किसी पीड़ित हृदय की वेदना को इस तरह कुरेदना, उसे फिर से पीड़ा पहुँचाना है।"

❐

बाहर गली में महिलाओं की बातें करने की आवाज आ रही थी। रेणुका ने दरवाजा खोला। घर के सामने गली में सब्जी वाला अपना ठेला लेकर खड़ा था। पड़ोस की तीन महिलाएँ मोलभाव करके सब्जी खरीद रही थीं। रेणुका ने भी आगे बढ़ कर सब्जी को परखा फिर गोभी आलू खरीद लिए। वह सब्जी लेकर घर में रुपये लेने आयी। शैला वहीं खड़ी रही।

ग्राउण्ड फ्लोर पर फ्लैट होने का यह फायदा है, दरवाजा खोलो और बाहर सड़क पर आ जाओ। नहीं तो सीढ़िया चढ़ते उतरते दम भर जाता

है। शैला ने देखा चार मंजिल अपार्टमेन्ट की यह बिल्डिंग बहुत ऊँची है।

उन पाँच मिनिट में ही शैला ने उन तीन महिलाओं से कई बातें कर लीं। कई बार आने से वे उसे पहचानती थीं। रेणुका ने आकर सब्जी वाले को रुपये दिये फिर शैला के साथ अन्दर आकर, दरवाजा बन्द कर लिया। घर में आने के बाद वह शान्तभाव से प्रतीक्षा करती रही–"रेणुका स्वयं उसे अपनी जीवन कथा बतायेगी।"

रेणुका सौंफ सुपारी की पुड़िया अपने पास रखती है। काम करते समय वह एक दो दाने मुँह में डालकर चबाती रहती है। दिल्ली में रहते हुए अब वह सलवार कुर्ता चुन्नी पहनने लगी है। घर में कभी–कभी गाउन या मेक्सी भी पहनती है। उसने सौंफ सुपारी की पुड़िया गाउन की जेब से निकाली। पुड़िया खोलकर शैला को दिखायी। उसका मौन निमन्त्रण था कि शैला पुड़िया में से थोड़ी सौंफ सुपारी लेकर खाये। शैला ने मुस्कराकर, गर्दन हिलाकर इन्कार किया। वे दोनों बैठक में आकर, सोफे पर बैठ गयीं। वह आराम से सौंफ सुपारी चबाती रही।

शैला को जिज्ञासा है, उसने पूछा–"आप दिल्ली कैसे आयीं? आपका बेटा कहाँ है?"

शैला उसे देखती रही। कुछ देर के लिए रेणुका ने आँखें बन्द कर लीं। शायद वह अपने उन दिनों को फिर से अपनी बन्द आँखों से देख रही है, अथवा अब वह स्मृति के उन दिनों को आँखें बन्द करके भुला देना चाहती है। पता नहीं, वह क्या सोच रही है। अचानक उसने आँखें खोली। उसकी आँखे बड़ी और सुन्दर हैं। उसने शैला को ध्यान से देखा, फिर पूछ बैठी–"दीदी, आपका चाय पीने का मन होगा, हम अभी बना देते हैं।"

"नहीं...नहीं–" शैला कहती रही, मगर रेणुका ने बहुत आग्रह के साथ कहा–"आज निशा दीदी को आने में बहुत देर हो गयी है। बस आती ही होगीं, तब तक थोड़ी चाय...दीदी, हम आपके लिए अभी चाय बना देते हैं।" कहते हुए वह तुरन्त उठकर किचन में चली गयी।

निशा सुबह के दस बजे संस्था के ऑफिस जाने के लिए घर से निकली थी। अब 2:00 बज रहे हैं। शायद आधे घण्टे में निशा लौट आयेगी, तब सब मिलकर खाना खायेंगे, यह सोचकर ही रेणुका उठ गयी थी। वह गैस चूल्हे पर चाय चढ़ाकर, बचे हुए काम निपटाने लगी। शाम का खाना बनाने की तैयारी भी करने लगी।

रेणुका धीरे–धीरे कोई कविता गुनगुना रही है। उसकी आवाज

बड़ी मीठी और सुरीली है। शैला ने सहज ही उसकी तारीफ करते हुए कहा–"अरे, आप तो बहुत अच्छा गाती हैं। जोर से गाईए न, कितनी मीठी आवाज है, जोर से सुनाईए।"

उसने तुरन्त ऊँची आवाज में गाकर सुनाया–"हमको इतनी शक्ति देना, मन विजय करे.." फिर उसने गाया–"वीणा वादिनी वर दे...।" वह बीच में रुक कर बोली–"ये हमारे गाँव के स्कूल की प्रार्थना है। सब बच्चे प्रार्थना के समय जोर–जोर से गाते थे। हम दूर खड़े होकर सुन लेते थे, तभी से सीख गये हैं। हम हमेशा इन्हें गाते हैं।"

शैला ने कहा–"यदि आपको पढ़ने के अवसर मिलते, तो आप कितना आगे तक पढ़तीं?" रेणुका मुस्करा दी। उसकी मुस्कराहट भी बड़ी मनमोहक है, बिल्कुल फिल्म अभिनेत्री राखी गुलजार की तरह। उसका चेहरा भी कुछ वैसा ही है। शैला ने उसकी प्रशंसा करते हुए कहा–"आप राखी जैसी सुन्दर दिखती हो।"

वह बोली–"अब कहाँ रही सुन्दरता! पहले सुन्दर थे, तब इतने जुल्म हुए। अब तो सब राख हो गया है। सब धूप में, चूल्हे में तप गया है।"

रेणुका ने एक बड़ा कप भरकर शैला को चाय दी। स्वयं छोटे कप में थोड़ी चाय ली। दोनों वहीं खड़े खड़े चाय पीती रहीं। चाय पीने के बाद भी शैला रेणुका के पास खड़ी रही। वह उसकी शेष बातें जानने के लिए उत्सुक है, यह देखकर रेणुका काम करते हुए स्वयं बताने लगी–

"उस समय बहन के घर रहते हुए, मैं एक बड़े बंगले में काम भी करने लगी थी, यही झाड़ू पोछा, बर्तन कपड़े धोने का काम। मालकिन को मैंने अपनी विपदा सुनायी थी। जीजा रोज तंग करता है, यह बात भी बतायी थी।" रेणुका उन दिनों की यादों में खोई रही।

वह थोड़ी देर चुप रही, फिर बताने लगी–"मालकिन के घर काम करने वाले कई लोग पटना से दिल्ली आते जाते थे। एक दिन मालकिन ने मेरे काम के रुपये दिये, साथ कुछ ज्यादा रुपये भी दिये और कहा–"बगीचे का माली हरि काका दिल्ली जा रहे हैं। तुम अपने बेटे को लेकर, उनके साथ चुपचाप दिल्ली चली जाओ। वहाँ हरि काका अपने पहचान वालों के घर तुम्हारा रहने का इन्तजाम कर देगें और तुम्हारा कुछ काम रोजगार भी लगा देगें। थोड़े दिनों बाद तुम अपनी व्यवस्था खुद कर लेना।"

इतना बताकर रेणुका चुप हो गयी। शैला को बड़ा आश्चर्य हुआ, रेणुका के जीवन में कितने मोड़ आये हैं? यह कहाँ थी और कैसे दिल्ली

आ गयी? शैला आगे की बात जानने के लिए उसे देखती रही। बेसिन के नल में कप और चाय बनाने का बर्तन धोकर रेणुका ने धुले बर्तन उठाकर रखे। शैला की जिज्ञासा को देखकर वह मुस्कराई। रात के भोजन के लिए गोभी, आलू काटते हुए रेणुका ने बताया–

''हरि काका बूढ़ा माली था, ईमानदार और दयालु मनुष्य। मुझे अपनी बेटी की तरह दिल्ली ले आये। दिल्ली आकर, यहाँ की सब चहल–पहल देखकर पहले तो मैं घबराई। फिर धीरे–धीरे सब बात समझने लगी। रहने को किराये की एक कोठरी मिल गयी थी। उन्हीं काका ने एक ऑफिस में चपरासी के काम पर लगा दिया था। मैं अपने बेटा को काम पर साथ ही ले जाती थी। दो तीन साल आराम से निकल गये। बेटा स्कूल जाने लायक हुआ, तब उसका नाम स्कूल में लिखा दिया। उसे स्कूल छोड़कर ऑफिस जाती और उसकी छुट्टी होने के पहले स्कूल जाकर उसे ले आती। मेरे जीने का सहारा मेरा बेटा ही था। उसके लिए मैं थी और मेरे लिए मेरा सब कुछ वही था।'' रेणुका के मुख पर ममता की चमक झलकी।

शैला ने सोचा–''यहाँ रेणुका की संघर्ष गाथा को विराम मिल गया है, फिर वह अपनी नौकरी और बच्चे को छोड़कर, निशा के घर क्यों रह रही है?'' शैला जानना चाहती है मगर रेणुका ने चुप्पी साध ली। जैसे वह अब आगे की कोई बात बताना नहीं चाहती।

तीन बज चुके थे। निशा अभी तक नहीं आयी। रेणुका ने शैला से पूछा–''दीदी, मैं आपके लिए खाना परोस दूँ? निशा दीदी को आने में अधिक देर हो गयी है।'' शैला ने मना करते हुए कहा–''नहीं रेणुका, निशा के आने के बाद हम सब साथ मिलकर खाना खायेगें।''

तब रेणुका ने पुनः थोड़ा चाय का पानी गैस सिगड़ी पर रख दिया। चाय बन गयी। चाय के साथ कुछ नमकीन और बिस्किट भी उसने शैला के सामने रखे। रेणुका सिर्फ चाय पीती रही। चाय पीते हुए वह बार–बार दरवाजे की तरफ देख लेती थी, जैसे उसे किसी का इन्तजार हो। शैला ने पूछा–''आपका बेटा कहाँ है? क्या वह यहाँ आता है?''

चाय के साथ बिस्कुट खाते हुए शैला ने बिस्कुट नमकीन की प्लेट रेणुका के सामने बढ़ा दी। मगर उसने कुछ नहीं लिया। वह सिर्फ चाय पीती रही। शैला को अपने प्रश्न के उत्तर का इन्तजार है, यह देखकर रेणुका उदासी के साथ बोली–''मैंने अपने बेटे को पाँचवी कक्षा से ही होस्टल में रहने भेज दिया था। ऑफिस का साहब बदल गया था। नया

साहब बच्चे को ऑफिस में ले जाने नहीं देता था। बच्चे को स्कूल से लाने–ले जाने की छुट्टी भी नहीं देता था। बच्चा घर के बन्द कमरे में भी अकेला नहीं रह पाता था। तब मैं क्या करती? पेट के लिए रोजी रोटी भी जरूरी थी।'' रेणुका ने चाय का आखिरी घूँट पीकर, खाली कप टी टेबल पर रख लिया।

''ओह–'' कहकर शैला चुप रह गयी। फिर उसने तुरन्त पूछा–''क्या आपने वहाँ की नौकरी छोड़ दी है?'' शैला ने यह बात कोमलता के साथ पूछी थी। मगर यह सुनते ही रेणुका के चेहरे पर तनाव आ गया। उसका चेहरा गुस्से से तमतमा उठा। वह बोली–''दीदी आप कहोगी, ये सारी घटनाएँ मेरे साथ ही क्यों हुईं? दुनिया में कितनी औरतें ऑफिस जाती हैं, सबके साथ ऐसा नहीं होता। सच कहूँ दीदी, अब तो मुझे सच बताने में भी शर्म आती है। दुनिया औरत को ही दोष देती है, पुरुषों को कभी कोई दोष नहीं देता। लोग कहते हैं, औरत ही आदमियों को बिगाड़ती है, मगर हमारा सच हम जानती हैं। मैंने इतनी कम उमर से सिर्फ अपने पति को ही पति माना और अभी तक किसी दूसरे को पति रूप में नहीं जाना। ससुर, जेठ कोशिश करके हार गये। गुस्से में उन्होंनें दूसरे काम के बहाने मुझे मारा पीटा भी। घर का काम, खेतों का बहुत काम करवाया। मगर मैं नहीं हारी। मैंने उनकी इच्छा पूरी नहीं की। जीजा को भी कभी उसकी मन्सा पूरी नहीं करने दी। तब क्या मैं ऑफिस के उन बाबू साहबों की बात मानती?''

शैला ने देखा, रेणुका के चेहरे पर आत्मविश्वास था, दृढ़निश्चय था। उसके चरित्र और जीवन संघर्ष की कथा सुनते हुए शैला प्रभावित थी। वह ऊँचे स्वर में बोली–''एक अकेली औरत अपने छोटे बच्चे के साथ, इस तरह पूरी जिन्दगी रह सकती है? कितना संघर्ष है, अकेले रहने में?''

शैला की यह बात सुनकर भी रेणुका अपने विचारों में खोई रही, अपने अनुभव अनुभूतियों को याद करती रही। रेणुका के भावी जीवन का विचार करते हुए शैला ने भावुकता के साथ कहा–''रेणुका, क्या आपका मन कभी नहीं होता कि कोई आपको प्यार करे, आपका साथी बने, आपको सहयोग दे? क्या आपने कभी अपने लिए कोई जीवन साथी नहीं चाहा?''

''कभी नहीं।'' रेणुका की तेज आवाज सुनकर शैला चौंक गयी। रेणुका ने आगे कहा–''जब पहले ऐसा नहीं किया, तब बाद में क्यों करती। सत्य में मेरी आस्था है, वह मुझे सही रास्ता दिखाता है। मैंने उस नौकरी को लात मार कर छोड़ दिया,मगर अपनी इज्जत नहीं छोड़ी।''

रेणुका ने विजय भाव के साथ शैला को देखा, फिर मानो शैला को समझाते हुए बोली–"दीदी, ऐसे लोग सिर्फ औरत की इज्जत से खेलते हैं। बाद में उसे अपमानित करते हैं। इनके दिल में मेरे जैसी औरतों के लिए न तो कभी प्यार मोहब्बत होता है और न ही अपनापन। ऐसे लोग बेसहारा औरत को कोई सुरक्षा नहीं देते। बल्कि एक के बाद दूसरे भी, हमारी इज्जत को लूटने का अपना अधिकार समझने लगते हैं।"

स्वाभिमान और विश्वास के साथ आक्रोश से तमतमाया रेणुका का चेहरा शैला आश्चर्य के साथ देखती रही। रेणुका चुप हो गयी और बाहर के दरवाजे पर आकर, निशा की राह देखने लगी। शैला सोचती रही–"यह अनपढ़ औरत दुनियादारी को और पुरुषों के मनोविज्ञान को कितनी बारीकी के साथ समझती है। जीवन के कड़वे अनुभव ही सब सिखाते हैं।" शैला ने कप प्लेट किचन में रखे और निशा का मोबाइल नम्बर मिलाने लगी।

❑

निशा ऑफिस से लौट आयी है। रेणुका ने तुरन्त निशा दीदी के लिए चाय बनाकर दी। निशा जोर से बोली–"शैला तुमने चाय पी? और पी लो। रेणुका, चाय तुम भी पी लो।" उसने रेणुका को देखा। रेणुका बोली–"दीदी, हम अभी चाय पिये हैं। शैला दीदी कहें तो और दे देते हैं।" कहने के साथ ही, उसने एक प्याला चाय शैला को दी। शैला ने देखा, रेणुका गम्भीर है, मगर उसके मन में दुख के सैलाब उमड़ रहे हैं। रेणुका ने खाना गरम किया, सबके लिए थाली परोसी। सबने खाना खाया।

निशा दलित बस्तियों में भेंट मुलाकात के लिए जाती है, तब ऐसे समय वह शैला को भी साथ ले जाती है। निशा ने रेणुका से कहा–"कोई परेशानी तो नहीं है? सब ठीक है न? हमको देरी हो जाये, तो तुम खाना खा लिया करो। चिन्ता नहीं करना, राह नहीं देखना। तुम्हें तो मालूम है, हमारा काम ही ऐसा है।" फिर वह ठहरकर बोली–"तुम्हारी मर्जी हो, तो तुम भी हमारे साथ चलो। बाहर निकलोगी तो खुद पता चलेगा, घरों में औरतें कितनी पीड़ित हैं, जैसे पीड़ा ही इनकी जिन्दगी हो?"

रेणुका उत्साहित होकर, विनम्रता के साथ बोली–"अभी तो दीदी, हम घर में रहकर आपकी मदद कर देना चाहते हैं। बाद में हम भी साथ चलेगें।" रेणुका दो कदम आगे बढ़ी, वह निशा के नजदीक आकर धीरे से बोली–दीदी, तनिक हमारी समस्या जो है, वह केस की तारीख...वह भी

थोड़ा देख लीजिएगा। हमारे बेटा को उनके पिता के हिस्से की जमीन जायदाद मिलना ही चाहिए दीदी। यदि आप...''

तभी निशा ने अपने माथे पर हाथ मारकर कहा–''अरे, सुबह क्यों नहीं याद दिलाई? इतने काम में मैं भूल गयी। अभी वकील से बात करती हूँ।'' कहती हुई निशा मोबाइल पर नम्बर मिलाते हुए, शैला को अपने साथ लेकर आगे बढ़ गयी। शैला ने देखा, रेणुका उन्हें आशा भरी निगाहों से देर तक देखती रही थी।

शैला का मन गहरी तड़प और बेचैनी से भर गया। उसने निशा से रेणुका के विषय में बात की। निशा बोली–''क्या करें मैडम, यहाँ एक नहीं, ऐसे सैकड़ो केस हैं। जितना हो सकता है, यथाशक्ति काम करते हैं। इनका भी काम है, ये स्वयं लड़ना सीखें। अपनी लड़ाई स्वयं लड़ें, तभी वे अपनी जिन्दगी में कुछ कर सकेगीं।''

''हाँ, यह भी जरूरी है।'' निशा की बात सुनते हुए शैला दूर देखती रही। घने ट्राफिक के बीच उनका आटो आगे बढ़ता रहा।

लौटने में उन्हें रात के 10:00 बज गये। घर पहुँचने के बाद निशा, शैला के साथ रेणुका ने खाना खाया। वह इनकी प्रतीक्षा करती रही थी। निशा ने प्यार के साथ उसे डाँटा–''क्यों, तुम्हें बहुत शौक है, भूखे रहने का?'' रेणुका हँस दी।

शैला ने कहा–''रेणुका तुम्हारे दर्द को मैं जानती हूँ। तुम्हारी हँसी के पीछे कितनी व्यथा है, यह भी मैं जानती हूँ। तुम्हारे साथ अन्याय अत्याचार हुआ, मगर तुमने हार नहीं मानी। तुम संघर्ष करती रहीं और आज भी कर रही हो। अगर प्रत्येक शोषित पीड़ित महिला तुम्हारी तरह हिम्मत से काम ले, तो वे स्वयं अपनी समस्याओं को हल कर सकती हैं। तुम सभी के लिए प्रेरणा हो। जल्दी ही तुम्हें न्याय मिलेगा। तुम्हारे श्रम और संघर्ष का प्रतिफल तुम्हें जरूर मिलेगा।''

रेणुका ने उन्हें कृतज्ञता के साथ देखा। निशा बोली–''हाँ रेणुका, तुम अकेली नहीं हो। तुम अपने लिए लड़ो और अपने जैसी दुखी बहनों के लिए भी लड़ो।'' रेणुका ने मुस्कराकर अपनी सहमती बतायी। उसका हृदय आत्मविश्वास से भर गया था।

शैला को अब अपने घर परिवार की याद आ रही थी। विशेषकर बेटी मोनी की याद। शैला का मन घर जल्दी पहुँचने के लिए, ट्रेन की गति से भी अधिक रफ्तार से दौड़ने लगा। शैला अपने सफर पर चल पड़ी।

शैला

दिल्ली से लौटने के बाद शैला का मन कई दिनों तक बेचैन रहा था। उसे अपनी नौकरी और घर–परिवार की जिम्मेदारी बन्धन जैसे लगते, लेकिन वह इन्हें छोड़ भी नहीं सकती। कभी खुशी से और कभी नाराजी के साथ वह सबको सँभालते हुए आगे बढ़ती रही। शैला को कॉलेज से लौटने में रोज शाम हो जाती है। घर आने के बाद मुँह हाथ पैर धोकर कपड़े बदलकर सबसे पहले वह चाय नाश्ता बनाती है तब तक श्यामलाल और बच्चे भी आ जाते हैं। नाश्ते के बाद वह रात का खाना बनाने की तैयारी में लग जाती है। खाना होने तक 8–9 बज जाते हैं। इसके बाद अगले दिन की तैयारी करना पड़ता है। दिन पंछी की तरह उड़ते रहते हैं। इसी तरह महीने और साल गुजर रहे हैं।

पति को पढ़ने में तन्मय देखकर शैला किचन में आ गयी। उसने अपने बिखरे बालों को समेटकर बाँधा, कमर में साड़ी का पल्लू लपेट कर खोसा और खाना बनाने में जुट गयी। बेटी ट्यूशन से लौटते ही खाना माँगेगी। हफ्ते भर में मिला, आज का सन्डे छुट्टी का दिन, कैसे बीत गया, पता ही नहीं चला। वह याद करने लगी–"आज क्या–क्या करना है? " उसने आज के अपने दिनभर में किये काम याद किये–घर की सफाई, कपड़ों की धुलाई के बाद, घर के सभी काम किस तरह लगातार चलते रहे।

परबल की सब्जी छौंकते समय उसे याद आया–"कल बेटी की ट्यूशन की फीस देना है–चार माह की ट्यूशन की फीस छः हजार रुपये। तीन हजार एडमीशन के समय अक्टूबर में दिये थे। तीन हजार नवम्बर में देना ही होगा, नहीं तो उसे ट्यूशन में नहीं बैठने देगें। बारहवीं कक्षा की बोर्ड परीक्षा कठिन है। धरमपेठ साइंस ज्यूनियर कॉलेज से 12वीं करने के बाद, मोनी इंजीनियरिंग कॉलेज में पढ़ना चाहती है। बेटी के भविष्य के लिए यह करना ही है।"

वह किचन का काम समेटकर, हॉल में आकर पति के सामने सोफे पर बैठ गयी? ठण्ड के दिन हैं। शाम जल्दी घिर आयी है, हवा में ठण्डक बढ़ने लगी है। उसने उठकर सभी खिड़की और दरवाजे बन्द किये, ट्यूबलाईट ऑन किया। पति ने एक नजर ट्यूबलाईट की ओर देखा, फिर पढ़ने में तल्लीन हो गये। उन्होंने ऊनी शाल ओढ़ा है, सिर पर ऊनी कनटोप और गले में मफलर है। शैला ने अपनी सस्ते हैण्डलूम की सूती साड़ी देखी,

कमर में लिपटा पल्लू निकालकर, उसने अपने कन्धों को ढाँका। अभी तक उसे ठण्ड का आभास ही नहीं था। उसने महसूस किया, जैसे वह किसी जंग में अकेली ही जूझ रही है।

अब शैला सोच रही थी–'बात कैसे शुरू करे? कितना खर्च है? क्या काम बाकी है? खर्च का सही नियोजन कैसे हो, किन बातों को प्राथमिकता दी जाये? लेकिन बेटी की फीस तो कल जमा करना ही है।'

मन ही मन अपनी बात को दोहराते हुए उसने पति को देखा। शैला को सामने बैठे देखकर, वे अधिक व्यस्तता के साथ पुस्तक पढ़ने में तल्लीन हो गये। शैला चुपचाप देखती रही। वे काणे के 'धर्मशास्त्र' से कोई महत्त्वपूर्ण उद्धरण अपनी नोटबुक में उतार रहे हैं।

भोजन पक गया। दाल चावल सब्जी रोटी, यही प्रतिदिन का भोजन है। दाल अधिकतर तुअर–अरहर की ही बनाते हैं। कभी चना, कभी मूँग की दाल मसालेदार बनाने पर सब्जी नहीं बनाते। सब्जियाँ भी मौसम आने पर ही सस्ती मिलती हैं, नहीं तो चालीस–पचास रुपये किलो। भिंडी का भाव तो एक बार सत्तर अस्सी रुपये किलो था। मौसम आने पर भी सब्जी दस रुपये पाव, बीस रुपये पाव। एक पाव सब्जी घर में कम पड़ती है। कितना महँगा है सब? कभी दोपहर की दाल शाम तक चला लेते हैं। कभी दोपहर का भात राई या जीरे से बघार देकर गर्म कर लेते हैं। शैला सोचती रही–कितना मँहगा है अनाज? गेहूँ, चावल, दाल, सब्जी सभी। कैसे जीते हैं? क्या खाते हैं बेचारे गरीब लोग? कई लोग तो सब्जी ग्राम में खरीदते हैं–"भाई, सौ ग्राम पालक देना, डेढ़ सौ ग्राम गोबी दे दो भाई।"

सब्जी बेचने वाला भी डण्डी मारकर, झोका मारकर कुछ कम ही तौलता है। थोड़ा कुछ कहो तो बीच बाजार में हुज्जत शुरू हो जाती है। बेचारे दुकानदार, वे भी तो मँहगा मोल खरीद कर बेचते हैं। दिन भर खटते हैं, किसी तरह अपने बाल–बच्चों को पालते हैं। मजदूर किसान, कैसे खर्च करते होंगे? शायद आगे का समय इससे भी अधिक संकटपूर्ण हो। किराणा सामान एक साथ इकट्ठा आता है। बाकी घर का खर्च, बच्चों के स्कूल कॉलेज की पढ़ाई का खर्च, ट्यूशन का खर्च–"

सोचते–सोचते शैला का मन, जैसे रेगिस्तान हो गया। सब तरफ धूप, सूखी तपती रेत। कहीं छाँव नहीं, कहीं नमी नहीं, तरलता सरसता नहीं। प्रेम रस, जीवन रस न जाने कब से सूख चुके हैं। बार–बार याद

आता है—"बेटी की फीस देना है।" सोचते—सोचते शैला को गुस्सा आ गया—"मैं ही सब कुछ क्यों करूँ? मैं ही सब क्यों देखूँ?"

अचानक ऊँची आवाज सुनकर श्यामलाल चौंककर देखने लगे। फिर धीरे से मुस्कराये, फिर शैला से पूछा—"तुमने कुछ कहा? मैंने सुना नहीं। मेरा ध्यान किताब में था। क्या कहा तुमने? लाओ, आज क्या सब्जी बनाना है, मैं सब्जी काट देता हूँ।"

शैला को गुस्से का तड़का लगा। वह बिफर कर बोली—"सब्जी कट गयी, पक गयी। पूरा खाना बन गया। तुम्हारी नाक में छौंक बघार की गन्ध नहीं आयी? अभी कह रहे हो, सब्जी काटोगे?"

श्यामलाल बहुत ही सौम्यता के साथ मुस्कराते रहे, फिर भाव—भीने स्वर में बोले—"तुम जानती हो, मैं साधारण लोगों में से नहीं हूँ। मैं जब पुस्तकों में डूब जाता हूँ, तो सारी दुनिया को भूल जाता हूँ। तुम मुझे गलत मत समझो..."

फिर हँसकर वे वही किस्सा सुनाने लगे, जिसे कई बार सुना चुके थे—"हाँ, तुम्हें वह किस्सा मालूम नहीं? जब आचार्य पाणिनी ऋषि को उनके शिष्यों ने कहा—'गुरुजी, सिंह आया है। जान बचाने के लिए यहाँ से चलिए।' मगर गुरु तो गुरु थे, 'सिंह' सुनते ही वे 'सिंह' शब्द की व्युत्पति बताने लगे। शिष्यों ने समझाया, उन्हें बुलाया, पुकारा, मगर वे विश्लेषण करते रहे। शिष्य अपनी जान बचाने के लिए वहाँ से भाग गये। पाणिनी ध्यानमग्न होकर 'सिंह' शब्द की व्युत्पति समझाते रहे। जब सिंह ने उनके सामने आकर दहाड़ लगायी, तब उन्हें सही बात समझ आयी।' ऐसे थे व्याकरण के विद्वान पाणिनी। ज्ञानी लोगों का यही हाल रहता है। जब मैं किसी बात में डूब जाता हूँ, तो सब कुछ भूल जाता हूँ।"

पति की लम्बी बात धीरज के साथ सुनकर, शैला ने कहा—"खाना परोस दूँ?" श्यामलाल मोहक मुस्कान के साथ हँसे, मुस्कराये, फिर किसी त्यागी सन्त की तरह बोले—"खा लेगें, जल्दी क्या है? इन्सान खाने के लिए ही जीता है। एक समय था, जब लोग जीने के लिए खाते थे। अब वह जमाना कहाँ रहा? सब कुछ भौतिकवादी हो गया है। अध्यात्म, दर्शन को तो अब कोई पढ़ते ही नहीं, समझते भी नहीं हैं। तुम अपनी ही बात लो, इतनी पढ़ी हो, शिक्षिका हो, कॉलेज में पढ़ाती हो—तुमने भी पाणिनी के विषय में कभी कोई प्रश्न नहीं पूछा। तुम्हें जिज्ञासा ही नहीं है। ज्ञान के लिए जिज्ञासा चाहिए, जिज्ञासा..."

श्यामलाल के इस कथन में शैला के लिए गहरी उपेक्षा, भर्त्सना थी और स्वयं के लिए गर्व था। वे क्रोध के साथ शैला को घूरते रहे, फिर डाँटते हुए गुस्से से बोले–"तुम्हारी पढ़ाई और डिग्री को मैं कुछ नहीं मानता। नगण्य, नथिंग..." यह कहते समय, उनके चेहरे के भाव, मन की विकृति को व्यक्त करने लगे।

शैला अचानक खड़ी होकर, शेरनी की तरह दहाड़ उठी–"बन्द करो तुम्हारा ये प्रवचन। सुनते–सुनते मेरे कान पक गये। ये कथाएँ सब मन गढ़न्त हैं। कुछ नहीं मिलेगा इनसे। अपने घर और गृहस्थी की चिन्ता करो।"

ऐसा कभी–कभी होता है, जब सहनशक्ती जबाब दे जाये, तभी शैला गुस्से में एक दो बात कहकर चुप हो जाती है। वह सिंह तो थी नहीं, जो उन्हें खा जाती, बस दहाड़कर रह गयी। मगर तभी, उसकी कनपटी पर झन्नाटेदार झापड़ की आवाज आयी। कान सुन्न हो गये, सिर चकरा गया, क्षण भर में जैसे धरती घूम गयी। कड़कती हुई कर्कश आवाज कानों में गूँज उठी–

"तू समझायेगी मुझे घर गृहस्थी की बातें? तेरे करने से सब होता है? फिर कभी बकवास नहीं करना, समझी। घर में जो भी होता है, सब मेरे करने से होता है। आगे भी जो होगा, सब मेरे दम पर होगा। समझी..."

शैला चुपचाप दोनों हथेलियों से कान बन्द करके बैठी रही। पति की बातों का जबाब वह भी दे सकती है। हमला वह भी कर सकती है। मगर आज नहीं। उसने रोना, चिल्लाना, गुस्सा करना, झगड़ा करना, मारपीट का जबाब देना–सब कुछ किया है। मगर जैसे उम्र के साथ अनुभव से वह समझ गयी है–"इस तरह इन बातों का फायदा नहीं। जो अब तक हुआ है और हो रहा है–उसका जबाब वह एक दिन जरूर देगी, वह भी उन्हें जरूर सबक सिखायेगी। फिर क्यों आज अपना दिल दुखायें? क्यों हंगामा खड़ा करें? क्यों बच्चों के सामने तमाशा दिखायें?"

आँखों से ढरक आये आँसुओं को शैला ने चुपचाप पोंछ लिया। खाना परोस कर देना था, नहीं दिया। चुपचाप बैठी रही–"जिसे खाना होगा, खायेगें अपने हाथों से लेकर। मैं क्या किसी की खरीदी हुई गुलाम हूँ? मार भी खाऊँ, खाना बनाकर भी दूँ, परोस कर भी दूँ। मनुहार के साथ कहूँ–'कैसा बना है खाना? और खाओ न जी...' यह सब औरतों की ही कमजोरी है। खुद नहीं खातीं, पति को मना–मनाकर खिलाती हैं। फिर उसके हाथों की मार खाती हैं। दिन–रात जिसके चरणों में झुकती हैं,

पति परमेश्वर मानकर जिसकी सेवा करती हैं, उसी की लात खाती हैं। ऊपर से समझदारी यह कि किसी को कानोकान खबर नहीं होती कि इनके घर में क्या हुआ? बाहर से देखने पर तो सब शान्त और अच्छा ही दिखायी देता है।''

श्यामलाल चुपचाप राह देखते रहे, शैला खाना परोस कर देगी। शैला चुपचाप राह देखती रही, पति खाना परोसने के लिए कहें, तो वह भी अपना प्रचण्ड रूप दिखाये। जब बदले की आग तन–मन को जलाने लगती है, तब शैला किसी तरह मन की भड़ास निकालकर ही शान्त हो पाती है।

❐

मोनी बेटी आ गयी। वह ट्यूशन से आते ही पापा से झगड़ने लगी–''कितनी बार कहा था, स्कूटी में पेट्रोल डाल देना, नहीं डाला। मेरी गाड़ी घुमाते रहे, मगर पेट्रोल नहीं भरवाया। मालूम है, मुझे कितनी परेशानी हुई? एक किलोमीटर से गाड़ी खींचती ला रही हूँ...।''

बेटी की परेशानी सुनते ही शैला हड़बड़ा कर उठ खड़ी हुई। तुरन्त बोली–''पेट्रोल नहीं था? जाने के पहले देखना था न? पेट्रोल नहीं था तो मुझसे कहना था, पापा से कहना था, भैया पेट्रोल भरवाकर ला देता। तुम्हारी भी गलती है। गाड़ी चलाने वाले का काम है, पेट्रोल देखकर निकलना चाहिए। खुद की गलती की सजा तुमने पायी है। चिल्लाना बन्द करो और पापा को खाना परोस दो।''

मोनी पापा को छोड़कर मम्मी से झगड़ने लगी। व्यंग्य से बोली–''बहुत अच्छा, कैसी माँ हो? अपनी बेटी के लिए दर्द नहीं होता? मेरे हाथ दुख रहे हैं, पैदल इतना चलने से पैर दुख रहे हैं–मेरे लिए कुछ नहीं लगता तुम्हें? मेरी राह देख रहे थे, मैं आऊँगी, तब सबको खाना परोसकर खिलाऊँगी...'' दुख के कारण उसकी आँखों से आँसू टपकने लगे।

मोनी को रोती देखकर शैला के हृदय में ममता के भाव उमड़ आये। प्यार से मोनी को समझाया–''फिर कभी ऐसा नहीं होगा। खाना खा लो। मैं सबके लिए खाना परोस रही हूँ।''

बेटे का ख्याल आया, उसकी चिन्ता भी सताने लगी। चुपचाप उसको फोन लगाया–''कहाँ हो बेटा? घर कब आओगे? रात हो रही है, जल्दी घर आओ।''

हर बार मिलने वाला वही उत्तर मिला, बेटा पिन्टू कह रहा है–"हाँ मम्मीजी, अभी आ रहा हूँ, बस पाँच मिनिट में घर पहुँच जाऊँगा।" शैला जानती है, पुनीत के पाँच मिनिट याने दो घण्टे से अधिक समय होता है।

शैला किचन में आयी। अचानक कनपटी तड़क उठी। दुखती कनपटी को उसने एक हाथ से दबाया। मन के भाव फिर भड़क उठे–"सब कुछ वे करते हैं, तब मैं क्या करती हूँ?" मन में सिर उठाते इस प्रश्न को दबाकर शैला खाना परोसने लगी।

❐

शैला भावुकता के साथ बचपन की यादों में खो गयी। वह देख रही है–'फटी फ्राक पहने एक छोटी लड़की धूल मिट्टी में खेल रही है।' अपने उस रूप को देखकर शैला मुस्करा दी। साथ ही उस समय की अनेक यादें शैला के मन में जाग उठीं। आम, जामुन, नीम, पीपल जैसे बड़े पेड़ों के बीच बसा छोटा गाँव 'भमेड़ी', गाँव के बाहर दक्षिण दिशा में बसी 4–6 घरों की बस्ती, यहाँ पीने के पानी की सुविधा नहीं थी, न ही बिजली की। ऐसे अभावग्रस्त बहिष्कृत लोगों की दलित बस्ती, यहाँ रहने वालों में उसके माता–पिता रामदास और कौशल्या का परिवार। तीन बेटों के बाद उनके घर बेटी हुई थी, तब उन्होंने खुशियां मनायी थीं। वे भमेड़ी से दो किलोमीटर दूर, नारायणपुर की नगर पालिका में सफाई कर्मचारी की नौकरी करते थे।

देश को आजादी मिलने के तीस साल बाद, उनकी बस्ती में जागृति आयी थी, तब सबसे पहले उन्होंने अपनी 'हरिजन बस्ती' का नाम बदलकर 'भीमपुरा' कर दिया था। वे भी अपनी आजादी, शिक्षा और नौकरी तनखाह के अधिकारों की बातें करने लगे। मुहल्ले के हर परिवार के मुखिया पुरुष आपस में मिलते, तब इन विषयों पर दावेदारी के साथ बातें करते–"भैया, अब अपना राज है। हम भी देश के नागरिक हैं।" मगर ये बातें सिर्फ कहने की थीं, भीमपुरा बस्ती के लोग अपनी स्थिति को जानते थे, फिर भी इन बातों से वे अपने आत्मविश्वास को जगाते थे।

बातें तो सभी करते हैं मगर बच्चों को पढ़ा लेना सबके बस की बात नहीं। दिन, माह, बरस ऐसे ही बीतते रहे, कोई परिवर्तन नहीं। गरीबी, अभाव, जातिभेद और हीनता के कारण वे हमेशा मजबूर रहे। इसके लिए हिम्मत चाहिए और सूझबूझ भी। 'भीमपुरा' में नमिता, ममता शैला और

उसके भाई किसन, मदन गोपाल कठिनाइयों के बाद भी, प्रायमरी के बाद मिडिल स्कूल, हाईस्कूल तक पहुँच गये। वे मैट्रिक कर सके, मगर शैला मैट्रिक के आगे भी पढ़ती रही।

उस समय उन बच्चों का उतना पढ़ लेना ही दलित समाज के लिए गर्व और गौरव की बात थी। बड़ी बात यह थी कि वह लड़की है, फिर भी पढ़ सकी। उसके माता–पिता उसे पढ़ाते रहे। उन्होंने अपनी बेटी को पढ़ने के अवसर और सुविधाएँ उपलब्ध कराईं। वे गरीब थे, मगर जागरूक थे।

शैला को गर्व की अनुभूति हुई, साथ ही उसने गहरी साँस ली। वह पुनः अपने विचारों में खो गयी। 'उसके भाई आगे नहीं पढ़ सके, तब जल्दी ही अपने गाँव में छोटे–मोटे काम धन्धे से लग गये। अच्छी नौकरी मिलना भी गाँव में उनके लिए आसान नहीं है। जीने के लिए संघर्ष ही संघर्ष करना है। जातिभेद का अपमान भी सहना है, फिर भी कभी हमाली, कभी चौकीदारी, कभी ठेकेदारी तो कभी बेरोजगारी में दिन बिताते रहे। वह पढ़ती रही। मैट्रिक के बाद कॉलेज में पहुँचकर बी.ए. किया, एम.ए. किया। और एक दिन वह विवाह बन्धन में बँधकर अपनी ससुराल आ गयी। विवाह के बाद वह नागपुर में नौकरी करने लगी, साथ ही समाजसेवा का कार्य भी करने लगी।

बाबासाहब डॉ. अम्बेडकर की कर्मभूमि, महाराष्ट्र की इस भूमि में बहुत पहले से 'महिला–मुक्ति' और 'दलित मुक्ति' के लिए आन्दोलन चल रहे हैं। अनेक संस्थाएँ, दलित और महिलाओं के अनेक संगठन इस क्षेत्र में काम कर रहे हैं। शिक्षित और प्राध्यापक शैला को इन संस्थाओं ने अपने आन्दोलन के साथ जोड़ लिया। वह अनेक संस्थाओ के साथ जुड़कर, महिला और दलित जागृति के लिए काम करती है। समाज जागृति के लिए आयोजित कार्यक्रमों में वह अपना वैचारिक सहयोग दे रही है। मानवतावादी दलित शुभचिन्तक महापुरुषों ने अपने समय में, अभियान के रूप में जो कार्य शुरू किये थे, उन्हीं कार्यों को ये 'दलित संगठन' आगे बढ़ा रहे हैं। महिला संस्थाओं की महिलाएँ अपनी शक्ति और सामर्थ्य के साथ महिलाओं के हित में कार्य कर रही हैं। ऐसी अनेक संस्थाएँ भी हैं, जिनमें दलित पुरुषों के साथ दलित महिलाएँ सामाजिक आन्दोलन में अपना योगदान दे रही हैं।'

शैला अपने ही ख्यालों में खोई हुई, अपने भाषणों में कही बातों को ध्यान से सुनने लगी–''समाज जागृति, दलित मुक्ति और नारी मुक्ति के

कार्य बरसों से हो रहे हैं। सबसे पहले तथागत गौतम बुद्ध ने ही महिलाओं को समता, स्वतन्त्रता और सम्मान का अधिकार देते हुए, उन्हें अपने 'बौद्ध संघ' में प्रवेश दिया। सन्त कबीर ने अपने साहित्य में 'स्त्री पुरुष समानता' और स्त्रियों को सम्मान देने की बात लिखी है। दक्षिण भारत में दलितों को शिक्षा और सम्मान के अधिकार दिलाने के लिए कई आन्दोलन हुए। 12 वीं शताब्दी में महात्मा बसवेसर ने नारी उत्थान के लिए कर्नाटक में बड़ा आन्दोलन किया। इसके बाद कबीर का आन्दोलन चला। दलित स्त्रियों को शोषण से मुक्ति का अधिकार दिलाया गया। महाराष्ट्र में ज्योतिराव फुले और उनकी पत्नी सावित्री बाई फुले ने दलितों और स्त्रियों को शिक्षा और सम्मान का अधिकार दिलाने के कार्य किये। डॉ. अम्बेडकर ने उनके लिए लिखित कानून बनाये। फिर भी, क्या कारण है कि अभी तक, न तो पूरी तरह दलितों को सम्मान मिल सका है और न ही स्त्रियों को समता, स्वतन्त्रता और सम्मान?"

आवेग के कारण शैला की कनपटी में पुनः दर्द उठा। शैला स्वयं दलित शोषण और स्त्री शोषण से त्रस्त है। घर हो या बाहर, गाँव हो या शहर, हर जगह अपमान और दुर्व्यवहार किया जाता है। "चल हट, दूर भाग "—कहने वाले दुष्ट जातिवादी अकेले में दलित स्त्रियों का हाथ पकड़ने को लालायित रहते हैं। शैला की नजर में ऐसी अनेक अबला नारी हैं, जो शोषण से त्रस्त हैं और अभी भी गुलामों जैसा जीवन जी रही हैं। शैला उनका दुख याद करते हुए, उनके लिए दलित महिला आन्दोलन की नयी गतिविधियों पर विचार करने लगी।

❐

'अखिल भारतीय दलित महिला जागृति' संस्था द्वारा कार्यक्रम दिल्ली में 'गाँधी पीस फाउण्डेशन सभागार' में आयोजित था। इस कार्यक्रम में उत्तर भारत के दलित साहित्यकारों को सम्मानित किया गया था। उन सम्मानित किये जाने वाले लोगों में डॉ. सतवीर सिंह का भी नाम था। तब तक शैला न तो उन्हें नाम से जानती थी और न ही चेहरे से। पहली बार उनका नाम सुना और प्रशंसा सुनी। कार्यक्रम में उनके सम्मान के समय शैला ने भी तालियां बजायीं।

कार्यक्रम के पश्चात् उनसे बातें हुईं। शैला को बहुत अच्छा लगा, इतने बड़े साहित्यकार होकर भी, वे स्वयं उसके पास आकर बातें कर

रहे हैं। इस समय शैला को भी, अपनी अहमियत का अनुमान हुआ था। मगर शैला इसमें डॉ. सतवीर सिंह की सहृदयता को ही मान रही थी। इस बीच साथ में फोटो भी लिए गये। कार्यक्रम की गौरवमय स्मृतियों के साथ शैला अपने घर लौट आयी।

शैला की छुट्टियाँ नहीं थीं। जिस दिन लौटी, उसी दिन कॉलेज भी गयी। नागपुर के 'महिला महाविद्यालय' में वह पिछले बीस बरसों से अध्यापन कार्य कर रही है। फिर से अपने पुराने वातावरण में आने के बाद, शैला दिल्ली के इस कार्यक्रम की स्मृतियों के साथ, अपने रोजमर्रा की दिनचर्या में व्यस्त हो गयी।

कई दिन और कई महीने बीत गये। इस बीच शैला ने मुम्बई पूना, परभणी और लातूर कई शहरों के कार्यक्रमों में भाग लिया। यह सिलसिला तो चलता ही रहता है। नारी विमर्श, दलित विमर्श जैसे अनेक सेमिनार और सम्मेलनों में वह जाती है। अनेक लोगों से भेट होती है। घर लौटते ही, नौकरी, घर परिवार की व्यस्तताओं में डूबते ही, शैला इन सब बातों को अधिक दिन याद नहीं रख पाती। इसी बीच पुनः किसी अन्य कार्यक्रम में जाने की तैयारी भी शुरू हो जाती है।

एक दिन अचानक फोन आया–"मैं डॉ. सतवीर सिंह दिल्ली रो बोल रहा हूँ। शैला जी से बात करना चाहता हूँ।" फोन शैला के पति श्यामलाल ने उठाया। उन्होंने तुरन्त शैला को पुकार कर कहा–"सुनो, दिल्ली से तुम्हारे लिए फोन है।"

सुबह 8 से 10 बजे का समय शैला के लिए सबसे अधिक व्यस्तता का समय रहता है। इस बीच चाय नाश्ता, टिफिन, दोपहर का भोजन–सब काम एक साथ चलते हैं। कॉलेज जाने की तैयारी भी करनी होती है। ऐसे समय में दिल्ली से फोन? शैला तुरन्त याद नहीं कर पायी कि दिल्ली से कौन हो सकता है? फोन कान से लगाते ही जानी पहचानी आवाज आयी, हल्की गुँजन के साथ, कुछ अलग टोन में–"हाँ जी, मैडम जी, मैं सतवीर सिंह बोल रहा हूँ। आपका फोन नम्बर नहीं था, इसलिए इतने दिन बात नहीं कर सका। मुश्किल से नम्बर मिला है। आप से बात कर सकता हूँ?"

"जी हाँ, जरूर भाई साहब। मुझे भी आप से बात करके बहुत खुशी होगी।" उन्होंने तुरन्त शैला की बात काटते हुए कहा–"मैडम जी, आप मुझे भाई साहब तो न कहो। मुझे सभी किसी को बहन जी कहना जरा ठीक नहीं लगता है।"

शैला थोड़ी सकपका गयी। क्या कहे, कुछ समझ नहीं पायी। बस, "जी–जी..." कहकर चुप हो गयी। उधर से वे हँसते हुए कह रहे थे–"मैडम जी, आप नाराज तो नहीं हो? मेरा मतलब है, क्या भाई साहब और बहन जी कहे बग़ैर बात नहीं हो सकती? आप भी साहित्यकार हो, हम साहित्यकार क्या कभी बातें नहीं कर सकते?"

उस समय शैला स्वयं संकुचित हो गयी। यह उसकी आदत ही है, किसी भी जाने पहचाने या अनजान पुरुष से बातचीत करते समय उसे भाई साहब जरूर कहती है। मानो याद दिलाना चाहती हो कि आपसे बातचीत या जो भी रिश्ता होगा, वह भाई–बहन के रिश्ते जैसा ही होगा। शैला यह सुरक्षा कवच बचपन से ही अपनाये हुए थी। यही उसे सिखाया गया था, यही उसने सीखा था। उम्र की प्रौढ़ अवस्था में आकर भी वह अपने इस रक्षा–कवच को छोड़ नहीं पायी है। माता–पिता और भाई–भाभी तो मायके में अब दूर हैं, वह शायद अपने पति को ही यह विश्वास दिलाने के लिए ऐसा कहती है कि किसी भी पर–पुरुष से उसका रिश्ता भाई–बहन जैसा ही है। वह कॉलेज की प्रोफेसर बनने के बाद भी, बहनजी बनी हुई है और हमेशा बहनजी ही बनी रहना चाहती है।

वह फोन कान से लगाये रही, मगर देर तक उधर की बात का जबाब नहीं दे सकी। लम्बी प्रतीक्षा के बाद उन्होंने कहा–"मैडम जी, क्या सोचने लगीं? मैंने कुछ गलत तो नहीं कहा?"

"जी नहीं, ठीक है, हाँ, सर...सर...डॉ. सतवीर जी..."

शैला थोड़ी हकला गयी। डॉ. सतवीर दिल्ली के कार्यक्रम की बातें करते रहे। उन्होंने बताया, उनके मोबाईल में कार्यक्रम के फोटो हैं, वे ई–मेल पर भेजेंगे। साथ ही उन्होंने शैला से ई. मेल नम्बर पूछा।

"ई. मेल नम्बर अभी नहीं है।" शैला ने जल्दी ही बात खत्म करते हुए कहा–"जय भीम सर, बाद में बात करूँगी।"

शैला ने माथे का पसीना पोछा। पहली बार फोन पर इस लम्बी बातचीत के बाद वह विचार मन्थन में डूब गयी। पहली बार किसी ने उससे इस तरह की बातें की थीं। 'दिल्ली के जो अन्य साहित्यकार भाई उसे पिछले दस साल से बहनजी कहकर सम्मान दे रहे हैं, वे उसे बहन मानकर आत्मीयता देते हैं। वे उससे अधिक, उसके पति को अहमियत देते हैं और पति के साथ ही उसका सम्मान करते हैं। क्योंकि वह उनसे हमेशा पति के साथ ही मिली थी।' अपने विचारों में डूबी शैला नाश्ता, भोजन

और टिफिन तैयार करने के सुबह के काम जल्दी–जल्दी करने लगी।

□

दिल्ली में पहली भेट में ही डॉ. सतवीर ने शैला को दलित साहित्यकारों से सम्बन्धित अनेक जानकारी दी। उनसे बात करके शैला को भी अच्छा लगा था। फोन पर भी उन्होंने ऐसी अनेक बातें बतायीं, जिन पर विचार करते हुए शैला को खुशी हुई कि वह एक बड़े साहित्यकार से बातें कर रही है। तब से उनके फोन आने लगे। बहुत सुन्दर सन्देश भी आने लगे। कुछ सन्देश तो इतने अच्छे लगे कि उसने तुरन्त भावतरंग में डूबकर कविता लिख डाली। जब शैला ने अपनी ये कविताएँ डॉ. सतवीर को फोन पर सुनायीं, तो वे बहुत प्रभावित हुए, शैला की साहित्यिक सूझ–बूझ और लेखन क्षमता की प्रशंसा करते रहे।

शैला नये ढंग से सोचने लगी, नये तरीके से विचार करने लगी। उसने अपने अस्तित्व और व्यक्तित्व पर विचार करते हुए सोचा–"मैं इतना क्यों डरती हूँ? मुझे क्यों और कैसा डर? प्रौढ़ परिपक्व उम्र के लोगों के विचार भी परिपक्व होते हैं। उनका अपना परिवार है, मेरा अपना परिवार। इसमें कोई और बात नहीं, फिर संकोच कैसा? दलित आन्दोलन से जुड़े दलित साहित्यकार आपस में गलत व्यवहार नहीं करते। आपसी विचार विमर्श और प्रेरणा प्रोत्साहन के साथ हम अपने काम अधिक अच्छे रूप में करते हैं।"

इस बात पर शैला ने कई बार सोचा था और इसी विश्वास के साथ शैला स्वयं भी डॉ. सतवीर सिंह के फोन का इन्तजार करने लगी। यह प्रतीक्षा अब इतनी बढ़ गयी कि किसी का भी फोन आने पर शैला को लगता, डॉ. सतवीर का ही फोन है। वह लपककर फोन उठाती, बिना नम्बर देखे ही फोन कान से लगाकर सुनने लगती। किसी दूसरे की आवाज सुनकर अचकचा जाती और बातों का तारतम्य नहीं जोड़ पाती। कभी–कभी वह इस तरह की परेशानी भी महसूस करती–मोबाईल की रिंग टोन सुनायी न आने पर भी, उसे लगता कि फोन आया है। हाथ में फोन है, फोन बन्द है, फिर भी उसे लगता कि रिंगटोन बज रही है। कई बार तो मोबाईल न होने पर भी उसे लगता कि हाथ में मोबाईल बज रहा है। ऐसा महसूस होने पर वह स्वयं पर हँसती। वह ये बातें अपने ध्यान से निकालने की कोशिश करती। शैला पहले की तरह तटस्थ बनने का प्रयास करती।

शैला को डॉ. सतवीर का फोन आना अच्छा लगता है। उनका 'यस मैम' कहना भी अच्छा लगता है। शायद उन्हें भी शैला से बातें करना अच्छा लगता है, इसलिए वे ऐसे ढंग से बातें करते हैं कि शैला हँसती है।

फोन रखते ही शैला को पति की आवाज सुनायी देती–"कौन था? किससे बातें कर रही थीं।" शैला जिनको जानती है, जिनसे फोन पर बातें करती है, उन सबको उसके पति भी जानते हैं। इसलिए जब भी किसी का फोन आता है, वे तुरन्त पूछ लेते हैं–"किसका फोन था? क्या बातें हुई?" और शैला सब कुछ सिलसिलेवार पति को पूरी बात बताती है। सतवीर का फोन आने पर भी वह निःसंकोच भाव से तुरन्त कहती–"डॉ. सतवीर का फोन था।"

डॉ. सतवीर से उसकी क्या बातें हुईं? इस बात को बताने में शैला को कठिनाई होती है। हल्के फुल्के हँसी–मजाक की बातें, कुछ साहित्यिक, कुछ इधर–उधर की बातें शैला किस तरह बतायें? शैला कभी विस्तार के साथ बातों का ब्यौरा देती है, कभी वह बातों का प्रसंग बदल देती है, कभी काम की व्यस्तता बताते हुए, तुरन्त पति के सामने से हट जाती है।

शैला देखती है, आजकल उसके पति गहरी नजरो से उसका निरीक्षण करते रहते हैं। वह अक्सर यह भी देखती है कि जब किसी का फोन आता है, तब वह बातों में लगी हुई पलट कर देखती है, तो बहुत नजदीक उसके पति खड़े या बैठे दिखते हैं, मानों फोन की बातें सुनने या समझने की कोशिश कर रहे हों। कभी वह आँगन में है, तो पति दरवाजे के पास थोड़ा छिपकर खड़े होकर उसकी बातें सुनते हैं। कभी किसी बहाने से बहुत नजदीक या सामने आकर खड़े हो जाते हैं, जैसे यह उनका अधिकार है कि उनकी पत्नी को यदि किसी से फोन पर बात करना है, तो उन्हीं के सामने बात करे।

ऐसे समय शैला को आश्चर्य होता है कि ये कब से आकर मेरी बातें सुन रहे हैं? या ये क्यों मेरी बातें सुन रहे हैं? या इन्हें क्या अधिकार है, इस तरह छिपकर या सामने खड़े रहकर मेरी बातें सुनने का? उसे कभी उलझन होती है, कभी गुस्सा आता है। फिर वह सोचती है–"जाने दो। सुनते हैं, तो सुनते रहो। मुझे क्या फर्क पड़ता है। मैं नहीं डरती किसी से।"

'सतवीर का फोन आता है, क्यों आता है?' यह सोचकर पति के व्यवहार में क्रोध छलकने लगता है। आजकल उन्होंने यह रवैया अपना लिया है, सतवीर का फोन आते ही, शैला के सामने वे अपनी बड़बड़ शुरू

कर देते हैं–"क्या उसी का फोन है? सतवीर का? वह कल का छोकरा? वह क्या साहित्यकार है? उससे अच्छा तो मैं लिख सकता हूँ। मैं जब लिखूँगा, तो इन सबको मात कर दूँगा। ये छोटे–छोटे साहित्यकार सब एक तरफ रह जायेगें।"

जब तक शैला फोन पर बात करती, श्यामलाल उसी के सामने खड़े रहकर उसकी बातों के साथ–साथ अपनी बातें जोर–जोर से कहते रहते। यहाँ तक कि शैला को फोन पर आने वाली आवाज सुनना मुश्किल हो जाता। तब वह जल्दी ही बात खत्म करते हुए फोन काट देती और घर के अपने काम में व्यस्तता दिखाने लगती।

शैला सोचती–"यह भी कोई तरीका है? यह कोई सभ्यता है? शिक्षित समझदार लोग ऐसा नहीं करते। मेरे साथ ये ऐसा क्यों करते हैं?" मगर यहाँ सभ्यता और कानून की बात नहीं है, पति के अधिकार की बात है। पति जो चाहेगा, वही होगा, जो नहीं चाहेगा, नहीं होने देगा। शैला भी बात बढ़ाना नहीं चाहती। अपने साथ होने वाले ऐसे व्यवहार को देखकर चुप रह जाती है। वह जानती है, घरेलू और आपसी झँझटों की अपेक्षा, उसके पास अनेक काम हैं–उसके सामाजिक कार्य हैं, उसका लेखन है।

फोन बन्द करने के बाद भी श्यामलाल का बड़बड़ाना शुरू रहता है। शैला भी होशियारी से काम लेती है। कभी चुप रहती है, कभी कहती–"मैं भी डॉ. सतवीर को बड़ा लेखक नहीं मानती।" वह उनकी कुछ मनगढ़न्त बुराईयों की भी चर्चा करती और पति की विद्वता के प्रति सहमति जताती। साथ ही विषय बदलने के लिए, इधर–उधर की बातें करने लगती है। सतवीर की बातों के प्रसंग के बीच ही, अचानक शैला श्यामलाल से कहने लगती–"अरे, पिन्टू बेटा कहाँ गया? अभी तक घर नहीं आया? अब तो उसे नौकरी की तलाश में लग जाना चाहिए। पढ़ाई भी नहीं करता, बेमतलब घूमता रहता है। क्या करता है, पता नहीं? ऐसा कब तक चलेगा? कब करेगा वह नौकरी? आजकल नौकरी मिलना भी कितना मुश्किल है। चपरासी की नौकरी के लिए दो लाख रुपये देना पड़ता है। बाबू की नौकरी के लिए कितना देना पड़ेगा? प्रायवेट कॉलेज में प्राध्यापक की नौकरी के लिए छः लाख देना फिक्स है। आगे चलकर बारह लाख हो जायेगें। 'छटवे वेतन आयोग' के बाद तो सोलह लाख की बातें हो रही हैं। कहाँ से लायेंगें इतने रुपये?"

पुनीत ने गणित, विज्ञान के विषय लेकर 12वीं कक्षा उर्तीण की है।

मगर नम्बर कम होने के कारण वह 'धनवटे नेशनल कॉलेज' से बी.काम. कर रहा है। दोस्तों से मिलना, खेलना और घूमना–इनमें पुनीत की बहुत रुचि है। शैला उससे परेशान है। वह उसको जिम्मेदारी की बातें सिखाना चाहती है।

शैला का बोलना, बड़बड़ाना चालू हो जाता, तो वह भी रुकने का नाम नहीं लेती। ऐसे समय श्यामलाल सामने से हट जाते हैं। सुबह पढ़े हुए न्यूज पेपर के पन्ने पलटते हुए, पढ़ने में तल्लीन हो जाते, या कोई मोटी किताब उठाकर ध्यानपूर्वक पढ़ते हुए, उसकी कुछ पंक्तियों को अण्डरलाईन करने लगते।

पति को अपने काम में तन्मय देखकर, शैला अपने मन की भड़ास निकालती। जी भरकर मन ही मन उन्हें बातें सुनाती, मगर जाहिर रूप में चुप रहकर, पति को चुपचाप देखती रहती। फिर अपने काम में लग जाती। टेबल पर बिखरे न्यूज पेपर उठाती, सोफे पर पड़ी किताबों का ढेर उठाकर अलमारी में रखती। किचन का काम करती। कभी बाहर आँगन में खड़ी होकर आसपास के घरों को और आते जाते लोगों को देखती, कभी ड्राइंग हाल में आकर बैठ जाती।

पति नाक पर चश्मा सरकाते हुए तल्लीन होकर पढ़ते रहते। कभी लेखक से सहमति, कभी असहमति जताते हुए सिर हिलाते। चेहरे पर हावभाव लाते हुए, कभी गर्दन ऊँची करके, कभी गर्दन झुकाकर पुस्तक पढ़ते रहते। ऐसे समय शैला को समझ नहीं आता कि वह कहाँ जाये? क्या करे? और क्या न करे? कभी उसे लगता कि वह पति के हाथ की पुस्तक छीनकर, उसके सिर पर दे मारे। मगर वह स्वयं को शान्त कर लेती। शान्ति बनाये रखने के लिए चुप्पी साध लेती और अपने लेखन पठन में अपना मन लगाने की कोशिश करती।

ऐसी स्थिति–परिस्थितियों की आवृत्ति बार–बार होती रहती है। ऐसे समय शैला चाहती है, डॉ. सतवीर का फोन आये और वह खुशी के साथ, हँस–हँस कर फोन पर बातें करे। वह जानती है, डॉ. सतवीर के फोन आने से उसके पति को गुस्सा आता है। उन्हें गुस्सा क्यों आता है?

शैला ने यह बात श्यामलाल से गुस्से के साथ पूछी–"क्या मैं डॉ. सतवीर से फोन पर बात नहीं कर सकती?" श्यामलाल मुस्कराकर बोले–"मैंने कब मना किया?" शैला पति के दोहरे व्यवहार को समझने के लिए उन्हें देखती रही।

☐

मोबाइल की मधुर धुन गूँज उठी। शैला ने मोबाईल उठाया, तब तक मिस कॉल हो चुका था। उसने देखना चाहा, किसका फोन है? मगर रुक गयी। सोचा, रहने दो, जिसको फोन पर बात करनी होगी, फिर से फोन कर लेगा। मगर मन नहीं माना। वह मोबाईल में मिस कॉल का नम्बर देखने लगी, तभी फिर से तेज आवाज में मोबाईल की धुन बजी। नम्बर अन्त में जीरो जीरो देखकर शैला ने कहा–

"हैलो –"

"यस मैम–" शैला हँस पड़ी।

फिर से सुना–"यस मैम।"

वह इसका जबाब नहीं दे पाती है। वे उसे 'यस मैम' क्यों कहते हैं? वह एक प्राध्यापिका है इसलिए? लेकिन उनका 'यस मैम' बोलना भी हमेशा एक भोले बच्चे की तरह ही लगता है। वह नहीं चाहती कि वे ऐसे भोलेपन से 'यस मैम' कहें और वह कुछ जबाब न दे सके। फिर भी बात तो करना है, उसने जोर देकर कहा–

"जयभीम।"

"हाँ, जयभीम। और क्या चल रहा है?"

"कुछ नहीं, बस ऐसे ही..."

"बस ऐसे ही...? " शैला चुप रही। सामाजिक जागृति के कार्यक्रम चलते ही रहते हैं। वह अपने घर–परिवार की बातें क्या बताये? बस इतना कहा–"हाँ, जी।"

शैला दिल्ली गयी थी, तब डॉ. सतवीर के घर भी गयी थी। उनका बहुत आग्रह था कि शैला उनसे जरूर मिले। शैला का आग्रह था कि मुझे फैमिली से मिलना अच्छा लगता है। मैं आपके परिवार से मिलना चाहती हूँ। कितनी सुन्दर और सुघढ़ गृहिणी पत्नी है उनकी। कॉलेज में पढ़ने वाले बेटा, बेटियाँ हैं। शैला से सभी कितने प्यार, अपनेपन से मिले थे। कितनी आवभगत की, अच्छा खाना खिलाया। डॉ. सतवीर ने अपनी लायब्रेरी दिखायी। भारतीय और विदेशी कई लेखकों, कवियों की किताबे दिखाते हुए उनकी लेखन शैली की विशेषताएँ बतायी थी।

शैला ने उस समय सोचा था–"यदि डॉ. सतवीर उसके घर कभी आये, तो क्या वह उनके लिए यह सब कर पायेगी? पति महोदय उनके

साथ कैसा व्यवहार करेगें? पता नहीं।'' शैला जानती है, आपसी व्यवहार की ये बातें पुरुषों के लिए सरल हैं, मगर स्त्रियों के लिए बहुत कठिन हैं। समाज में स्त्रियों को ऐसी स्वतन्त्रता नहीं है। शिक्षित, स्वावलम्बी, सबल, आन्दोलनकारी पत्नी होने पर भी, उस पर पति अपना पूर्ण अधिकार और नियंत्रण मानता है। ऐसी स्थिति में ही जागरूक स्त्रियाँ पति रूपी पुरुष के बन्धनों का विरोध करती हैं और अपने समता सम्मान के अधिकारों की बातें करती हैं–''क्या स्त्रियों का अपना कोई अस्तित्व नहीं? उनका कोई व्यक्तित्व नहीं? उनकी भावना, अपेक्षा आकांक्षाओं को कोई स्थान नहीं? उन्हें भी सम्मान चाहिए, समानता का व्यवहार चाहिए।'' शैला ने गहरी साँस ली–''स्त्रियों के हिस्से में कितने दुख हैं!''

कई घण्टों से शैला घर के अन्दर है। ऐसे समय वह अधिकतर बन्द होने के एहसास से बेचैनी महसूस करती है। ऐसा अनुभव होते ही वह बाहर खुले आँगन में आ गयी। पूर्व नागपुर में 'जवाहर नगर' मानेवाड़ा रोड पर है। घनी बस्ती की अपेक्षा, मुख्य सड़क के नजदीक बने मकान सुन्दर बड़े और व्यवस्थित रूप से बनाये गये हैं। तुकड़ोजी चौक से मानेवाड़ा तक सड़क के दोनो ओर बनी बड़ी दुकानें और सुन्दर मकान इस क्षेत्र की भव्यता प्रदर्शित करते हैं। मकानों के आसपास पेड़ पौधों से हरियाली भी है। शैला का मकान काली मंदिर चौक के पास, गली के अन्दर है। मुख्य रोड की अपेक्षा यहाँ शान्त वातावरण रहता है। खाना खाने के बाद लोग अपनी गली में टहलते हैं।

शैला को ताजी खुली हवा में सुकून मिला। उसने पलटकर घर में देखा–मोनी टेबल पर विज्ञान की मोटी–मोटी किताबे फैलाये पढ़ाई कर रही है। पति अपने कमरे में, पलंग पर धर्म, दर्शन और इतिहास की बड़ी–बड़ी किताबे रखे, लेटे हुए, एक–एक पुस्तक के पन्ने पलट रहे हैं। पुनीत का कमरा ऊपर है। दरवाजा बन्द है। उसने अपने बेडरूम की ओर देखा, वहाँ अँधेरा देखकर शैला का मन उदास हो गया। वह आँगन का लोहे का बड़ा फाटक खोलकर, बाहर सड़क पर आ गयी। यहाँ हवा मुक्त रूप से, तेजी से बह रही है। वह थोड़ी देर घर के सामने सड़क पर टहलती रही।

शैला को देखकर पड़ोसन तेजी से उसकी तरफ आते हुए बोली–''हो गया खाना?'' शैला को गुस्सा आया, इनके पास खाने और पकाने की बातों के अलाावा और कोई विषय ही नहीं हैं। ''हाँ, हो गया। थोड़ा काम

बाकी है, बाद में आऊँगी।" कहती हुई शैला तुरन्त घर में लौट आयी। मन इतनी चिन्ताओं से ग्रस्त है कि किसी की फालतू बातें सुनना भी अच्छा नहीं लगता। वह पड़ोसन इतनी बातें करती है, घण्टा भर पीछा ही नहीं छोड़ती। पति की 'ऊपर की कमाई' से मँहगे गहने कपड़े खरीदकर वह अपनी शान बताती है। दिन भर घर में रहती है, पूरे मोहल्ले के घरों की खबर रखती है। बस कोई मिल भर जाये, बिल्कुल प्रेस रिपोर्टर की तरह सारी खबर देती है। शैला को बिना मतलब किसी के घर की बुराई या शान–शौकत की बातें सुनना अच्छा नहीं लगता। इससे तो उसे किसी पत्रिका की कहानी पढ़ना अच्छा लगता है। उसे याद आया, सुबह के टिफिन के लिए मेथी की भाजी भी साफ करके रखना है।

शैला अपने कमरे में आयी। टयूबलाईट ऑन करते ही अँधेरा दूर हो गया। "अरे, मैं भूल गयी थी, पेपर भी जाँचना है।" उसने स्वयं से कहा और देखा, सेमिस्टर परीक्षा के चार बण्डल पलंग पर रखे हैं। हिन्दी पत्रिका 'हंस', 'कादम्बिनी' और 'नया ज्ञानोदय' सिरहाने रखे हैं। 'महिला कथाकारों की चुनी हुई महिला विमर्श की कहानियाँ' सम्पादित किताब खुली रखी है। उसी के साथ 'मोपासां की चुनी हुई कहानियाँ' हिन्दी अनुवाद की पुस्तक है। शैला पलंग पर बैठकर, बारी–बारी उन सबको देखती रही।

पति के कमरे से खर्राटे लेने की आवाज आ रही है। बेटी पढ़ रही है। पुनीत अभी तक घर नहीं आया है। उसने सबकी ओर से ध्यान हटाकर, 'महिला कथाकारों की कहानियों की पुस्तक उठा ली। पन्ने पलटते हुए सोचने लगी–"क्या मैं भी ऐसी बड़ी साहित्यकार बन सकूँगी?" शैला अपने विचारों में देर तक खोई रही।

बेटा घर आकर खाना खाकर सो गया। घर में सभी सो रहे हैं, केवल शैला जाग रही है। शैला ने उपन्यास निकाला। "कितनी अच्छी भाषा शैली है, सटीक मुहावरेदार कथन, अपनी बात बताने का, अपना ही किस्सागोई तरीका।" वह उपन्यास के पन्ने पलटती रही। इस उपन्यास को वह पढ़ चुकी है, फिर भी पढ़ती रही। रात के दो बज गये। बाहर ठण्ड है। रात भी कितनी जल्दी बीत जाती है–दो, तीन और चार। पाँच बजते ही चिड़ियाँ चहचहाने लगती हैं, सुबह होने का सन्देश देने लगती हैं। शैला उपन्यास रखकर, आँखें बन्द करके लेट गयी।

सुबह जल्दी उठने की चिन्ता करते हुए शैला सोने की तैयारी करने

लगी। आज उसका मन बहुत उद्विग्न है। कनपटी की चोट के साथ, पुरानी सभी चोटें दर्द करने लगी हैं। शैला इस दर्द से छुटकारा कैसे पाये?

नींद नहीं आ रही है। तभी वह चौंकी, मोबाइल में मेसेज आया है। ''इतनी रात को किसका मैसेज है?'' वह देखने लगी, मेसेज पढ़कर मुस्करा दी। डॉ. सतवीर सिंह ने किसी विदेशी विद्वान का यह कथन लिखकर भेजा है–''लाईफ इज ए पियानो। व्हाईट कीज आर हैप्पी मूमेन्ट्स एण्ड ब्लेक कीज आर सेड मूमेन्ट्स। बट रिमेम्बर, बोथ कीज आर प्लेड टुगेदर टू गिव स्वीट म्यूजिक काल्ड रिदम ऑफ लाईफ।''

शैला को अच्छा लगा, उसका मन प्रेरणा से भर गया। वह सोचने लगी–''यह कितना बड़ा सत्य है। यदि हम अपने ही जीवन की छोटी–छोटी उलझनों में उलझकर रह जायेगें, तब अपने जाति समाज और देश के लिए, बड़े काम कैसे कर पायेगें?''

शैला ने अपनी डायरी निकाली और पन्ने पलटते हुए, आगे के कार्यक्रमों के विषय में विचार करने लगी। उसके मन में पुनः वह लड़की जाग उठी–'जिसमें ढेरों आशा, आकांक्षा, महत्त्वाकांक्षाएँ हैं। अपनी मंजिल पाना जिसका लक्ष्य है, अपने व्यक्तिगत दुख–सुख से ऊपर उठकर, जो सबके लिए जीना चाहती है।' उसके स्मृति पटल पर शोषित पीड़ित अनेक नारी जीवन अंकित हो गये, जिन्हें उसने बहुत नजदीक से देखा और समझा है। शैला अपने नये कार्यक्रम की रूपरेखा बनाने लगी।

मोनी

कार्यक्रमों में माँ का इस तरह घर से बाहर दूर–दूर जाना, मोनी के लिए गर्व की बात है मगर इतने दिन घर के काम और किचन की जिम्मेदारी मोनी पर आ जाती है, इससे वह कभी–कभी परेशान भी हो जाती है। यद्यपि माँ के घर में न रहने पर उसे पिता का सहयोग और घर के काम में मदद मिलती है। फिर भी माँ की कमी अखरती है, यह बात शैला जानती है। वह भी मोनी के लिए अधिक चिन्ता करती रहती है।

एक दिन शाम के समय शैला 'मराठी दलित साहित्य की प्रारम्भिक कहानियाँ' के हिन्दी अनुवाद के संकलन को पढ़ रही थी। उसने पन्ने पलटकर पुस्तक का समर्पण फिर से पढ़ा–''उस छटपटाहट को, जो

सनातनी भारतीय मानसिक अज्ञान, दारिद्र, अन्धश्रद्धा जाति और वर्णव्यवस्था के कठोर बन्धनों से मुक्त होकर, स्वाभिमानपूर्ण जीवन जीने के लिए प्रतिबद्ध हो रही है–"

इस समर्पण में छिपी भावपूर्ण समर्पित भावना में डूबकर शैला अण्णाभाऊ साठे के साहित्य लेखन के विषय में विचार करने लगी। 'फकिरा', 'वारण्याचा वाध' जैसे अपने अनेक क्रान्तिकारी उपन्यासों से उन्होंने समाज को क्रान्ति का सन्देश दिया है। शैला ने मराठी दलित कहानी संकलन के अनुक्रम में मराठी दलित साहित्यकारों के नाम पढ़े–"दया पवार, लक्ष्मण माने, अर्जुन डांगले, योगेन्द्र मेश्राम, केशव मेश्राम, बाबूराव बागुल, शंकरराव खरात, लक्ष्मण गायकवाड़। इनकी कहानियों में दलित जीवन की सच्ची घटनाओं का कितना मार्मिक चित्रण है। इनमें चित्रित दलित शोषण की घटनाएँ हमारे शोषण का इतिहास हैं..." शैला विचारों में खो गयी। वह दलित आन्दोलन की पार्श्वभूमि पर पुनः विचार करने लगी–'दलित आन्दोलन और दलित साहित्य लेखन किस तरह आगे बढ़ते रहे'...

तभी मोनी बेटी के आने का धमाका सुनायी दिया। वह स्कूल से आते ही प्रश्नों की बौछार करने लगी–"मम्मी, आप दिन रात क्या पढ़ती रहती हो? क्या अभी तक आपकी पढ़ाई खत्म नहीं हुई?"

अपने ही विचारों में खोई हुई, शैला ने शान्त भाव से बेटी को देखा, फिर कहा–"नहीं बेटी, पढ़ाई ऐसी बात है, जो कभी खत्म नहीं होती। जीवन भर चलती ही रहती है।" शैला अपने हाथ की पुस्तक को ऐसे स्पर्श कर रही थी, जैसे उसमें प्रिय आत्मीय जनों का अस्तित्व हो। मोनी ने आश्चर्य के साथ माँ को देखा, फिर माँ के गले लग गयी। उलाहना देते हुए कहा–"वाह मम्मी वाह, आप दुनिया से अलग हो। पढ़ाई करने के बाद सब लोग नौकरी करते हैं और पढ़ाई को छुट्टी दे देते हैं। मगर आप...?" मोनी ने माँ को देखा, वह मुस्करा रही थी।

मोनी ने अपनी पीठ पर लदा स्कूल बैग उतार कर, टेबल पर रखा और कुरसी पर बैठ गयी। वह मम्मी से मुस्कराने का कारण पूछना चाहती थी, मगर अपनी पढ़ाई की याद आते ही, वह किताब कॉपी फैलाकर देखने लगी।

शैला ने कहा–"बेटी, पहले मुँह हाथ धोकर नाश्ता कर लो, फिर अपनी पढ़ाई करने बैठो।" माँ के कहने पर मोनी ने मुँह हाथ पैर धोये, नाश्ता किया, फिर वह चिन्ता के साथ पढ़ने बैठ गयी। बेटी पढ़ने में व्यस्त है,

यह देखकर भी शैला ने उसे प्यार से समझाते हुए कहा–''मोनी, जिनकी पढ़ाई सिर्फ नौकरी तक सीमित रहती है, वे सीमित सोच–विचार के होते हैं। जिनकी पढ़ाई का सम्बन्ध अपना इतिहास, वर्तमान और भविष्य से हो, उनकी पढ़ाई कभी खत्म नहीं होती। सामाजिक जीवन से जुड़े विषयों की पढ़ाई, समय के साथ परिवर्तन की माँग का विश्लेषण करती है। तुम्हें भी आगे चलकर इस तरह की पढ़ाई से जुड़ना है।''

मोनी चुपचाप मम्मी को देखती रही, फिर निश्चिन्त होकर बोली–''मुझे इंजीनियर बनना है, मेरी पढ़ाई अलग है।'' वह जल्दी–जल्दी अपनी किताब के पन्ने पलटने लगी। यह देखकर शैला ने मोनी का सिर सहलाते हुए कहा–

''क्यों, क्या तुम सामाजिक व्यक्ति नहीं हो? समाज से तुम्हारा सम्बन्ध नहीं है? इंजीनियर की डिग्री मिलने के बाद भी, यदि तुम्हारी नौकरी न लगने दी जाये, या तुम्हें अच्छी नौकरी न करने दिया जाये–तब तुम क्या करोगी?''

शैला जानती है, अभी मोनी को समाज की वह कड़वी सच्चाई मालूम नहीं है, जिसके तहत उच्च वर्ण के कुछ स्वार्थी लोग दलितों की प्रगति में बाधा डालते हैं। वे साम दाम दण्ड भेद सभी प्रकार के हथकण्डे अपनाकर, इन्हें ऊँचे पदों पर जाने से रोकते हैं। इसी कारण दलित पिछड़ा समाज अभी तक आगे नहीं बढ़ सका है।

माँ की बात को गम्भीरता के साथ सुनकर मोनी ने तपाक से, तर्क के साथ कहा–''मम्मी, जब हमारे पास योग्यता है, डिग्री है, तब हमें नौकरी क्यों नहीं मिलेगी?''

शैला सोचती रही, उनके बच्चे सुख–सुविधाओं के बीच पले हैं। वे समाज की भेदभाव की नीति–रीति की कड़वी सच्चाई और उसकी गहराई को नहीं जानते। वह मोनी के कन्धों पर हाथ रखकर प्यार से बोली–

''बेटी, यह प्रश्न तुम आज कर रही हो। इस प्रश्न के पीछे हमारा बहुत बड़ा इतिहास है, शोषण और अन्याय, अत्याचार का इतिहास। पहले हम शिक्षा पाने की बात सोच भी नहीं सकते थे।''

''क्यों मम्मी?'' मोनी की आँखों में कई प्रश्न तैरने लगे। शैला शान्त भाव के साथ बोली–''हाँ बेटी, यह सत्य है। इसके लिए हमारे पूरे देश में समाजसुधार के आन्दोलन चलाये गये। दलित अछूतों को समता सम्मान का अधिकार दिलाने के लिए सामाजिक आन्दोलन कई दसकों से चल रहे हैं, तब कहीं हम और तुम शिक्षा पाने का अधिकार पा सके। अभी भी

छुआछूत, भेदभाव के साथ हमारा अपमान किया जाता है। दलित अछूतों को अभी भी पशुओं से भी निम्न समझा जाता है—ऐसी स्थिति और ऐसी सामाजिक मानसिकता को बदलने के लिए, हमारे लोग अभी भी संघर्ष कर रहे हैं। हम समता और सम्मान के लिए आन्दोलन कर रहे हैं।''

शैला ने देखा, मोनी उसकी बातें आश्चर्य के साथ सुन रही है। मोनी गम्भीरता के साथ अपने स्कूल में घटी पिछली घटनाओं को याद करने लगी। वह अपनी कॉपी में पेन्सिल से रेखाएँ खीचते हुए सोचती रही। तभी उसे याद आया, वह विस्फरित नेत्रों से माँ की तरफ देखते हुए बोली—

''हाँ मम्मी, यह सच बात है। पता है, मेरी सहेलियाँ हमेशा मेरा सरनेम ही पूछती हैं। कहती हैं—'अपना पूरा नाम बताओ।' मैं कहती हूँ कुमारी मोनी श्यामलाल ही मेरा पूरा नाम है। तब वे हँसती हैं और कहती हैं—'मैं सरनेम छिपाकर अपनी जाति छिपाना चाहती हूँ।' मम्मी सरनेम से जाति का क्या सम्बन्ध है?''

शैला ने गहरी साँस ली। वह मोनी के पास, कुर्सी पर बैठकर सोचती रही। फिर बोली—''बेटी, यह हमारे देश की जाति व्यवस्था का जाल है। उच्च जाति के लोग अपनी उच्चता बताने के लिए अपना सरनेम गर्व के साथ बताते हैं। मगर हमारे सरनेम हमारे अपमान का कारण बन जाते हैं। हमें ऐसी वर्णव्यवस्था, जातिव्यवस्था और सरनेम—सभी का बहिष्कार करना है।'' शैला का चेहरा यह कहते हुए गुस्से से तमतमाने लगा। वह आवेश के साथ बोली—''यह हमारे साथ अन्याय है।''

माँ का गुस्सा देखकर मोनी सहम गयी। शैला ने स्वयं को संयत करके मोनी की ओर देखा। मोनी अपनी माँ के गुस्से के कारण को समझ रही है। वह बोली—''मम्मी, क्या अपने देश के सभी प्रान्तों में, हमारे लोगों के साथ ऐसा जातिभेद किया जाता है?'' बेटी की जिज्ञासा देखकर शैला को बहुत खुशी हुई। वह स्नेह के साथ मोनी को देखते हुए बताने लगी—

''कन्याकुमारी से कश्मीर तक उत्तर से दक्षिण, पूर्व से पश्चिम—सभी जगह, पहले बहुत छुआछूत थी। अछूतों के रास्ते अलग थे। उनकी छाया से भी छूत मानी जाती थी। उन्हें देखने से पाप लगता था—बहुत बड़ा इतिहास है, उनके प्रति भेदभाव और अत्याचारों का। इससे छुटकारा दिलाने के लिए पंजाब में बाबू मंगूराम ने आन्दोलन चलाया। बंगाल में चाँद गुरु ने, उत्तर भारत में स्वामी अछूतानन्द ने, महाराष्ट्र में ज्योतिराव फुले ने,

डॉ. भीमराव अम्बेडकर ने, तामिलनाडु, आन्ध्रप्रदेश में पेरियार रामासामी ने, कर्नाटक में बसबेश्वर, केरल में अय्यंकाली, श्री नारायण गुरु—ऐसे कई क्रान्तिकारी महापुरुषों ने आन्दोलन चलाया है। यह उसी का परिणाम है कि हमारे देश में हम लोगों के साथ अब उतनी छुआछूत का व्यवहार नहीं किया जाता। हमें अपने समता सम्मान के अधिकार संविधान में लिखित रूप में मिले हैं। फिर भी, अभी भी हमारे लोगों पर अन्याय, अत्याचार हो रहे हैं। बंगाल, बिहार, हरियाणा, तामिलनाडु, कर्नाटक मध्य प्रदेश, उत्तर प्रदेश—लगभग सभी प्रान्तों में लगातार ऐसी घटनाएँ घट रही हैं। हमारा संघर्ष शुरू है, समाज से वर्णभेद और जातिभेद की भावना को पूरी तरह समाप्त करना है।"

मोनी अपनी किताब कॉपी बन्द करके, माँ की बातें ध्यानपूर्वक सुन रही है। उसे स्कूल की घटनाएँ याद आयीं। वह व्यथा के साथ बताने लगी—"मम्मी, मेरी कक्षा की शर्मा, दुबे और कई लड़कियाँ मेरा टिफिन नहीं खातीं। वे अपना टिफिन खाते समय स्कूल के दलित अछूत बच्चों से दूर रहती हैं। वे अपना पानी भी अपने वाटरबैग में घर से लाती हैं।"

मोनी ने पहले इन बातों पर कभी ध्यान नहीं दिया था। माँ की बातें सुनकर मोनी को कई बातें याद आयीं। मोनी आश्चर्यचकित थी। वह बोली—"मगर मम्मी जी, हमारे स्कूल में डॉ. भीमराव अम्बेडकर के इन आन्दोलनों के विषय में कभी कुछ क्यों नहीं बताया गया? ऐसा क्यों? डॉ. अम्बेडकर देश के नेता हैं, वे कानून मन्त्री थे। उन्होंने हमारे देश का संविधान लिखा, ये बातें मैं जानती हूँ। मगर उन्होंने 'समाज आन्दोलन' भी चलाया, यह हमें क्यों नहीं बताया गया ?"

मोनी को प्रोत्साहित करते हुए शैला ने कहा—"बेटी, यह सब जानने के लिए हमें स्वयं अलग से पढ़ना होगा। शोषित पीड़ित अछूतों का इतिहास जानना होगा, तभी हम अपने वर्तमान और भविष्य को समझ सकेगें।" मोनी विश्वास के साथ माँ की ओर देखती रही।

❐

श्यामलाल माँ—बेटी की बातों को मुस्कराते हुए सुन रहे हैं। शैला के चुप होते ही, वे आकर सोफे पर बैठ गये। उन्होंने एक नजर शैला को देखा, फिर मोनी की ओर देखकर बोले—"आज तुम्हें फुरसत है? अपने जाति समाज के इतिहास को जानने के लिए समय चाहिए। ये बातें इस तरह

चलते–चलते नहीं बतायी जा सकतीं। तुम्हारे पास समय है, तो मुझसे पूछो, मैं तुम्हें बताऊँगा।''

मोनी तुरन्त बोली–''नहीं पापा, आज नहीं। आज मुझे अपनी प्रैक्टिकल की कॉपी कम्पलीट करना है।'' शैला ने गम्भीरता के साथ मोनी को देखा, फिर सहजता के साथ कहा–''जब ऐसे महत्त्वपूर्ण विषय की जानकारी के लिए, तुम अलग से समय न दे सको, तब चलते–फिरते, अपने रोज के काम करते हुए भी, तुम इन बातों को समझ सकती हो।''

मोनी अपनी पढ़ाई की चिन्ता करते हुए बोली–''हाँ मम्मी, मगर प्लीज, मुझे अभी मेरा काम करने दो।'' मोनी की बात सुनकर श्यामलाल का गुस्सा बढ़ गया–''देखो, मेरी बात का जबाब कैसे दे रही है? टी.वी के सिरियल जरूर देखेगी, फोन पर घण्टों बातें करेगी, मगर अपने जाति समाज से जुड़ी बातें सुनना नहीं चाहती। यही समस्या है, हमारी आज की पीढ़ी में। वे न तो कुछ सुनना चाहते हैं और न ही कुछ समझना चाहते हैं। उनको सब कुछ रेडीमेंट मिल गया है। वे कैसे समझेगें, हमारे पूर्वजों ने इसके लिए कितना कष्ट सहा है?'' तब तक मोनी अपनी प्रैक्टिकल की कॉपी निकालकर लिखने लगी। यह देखकर श्यामलाल ने गुस्से के साथ शैला को देखा। शैला चुप रही।

तभी पुनीत आ गया। पापा को गुस्से में देखकर स्थिति को सँभालते हुए वह तुरन्त बोला–''पापा, ये लड़कियाँ होती ही ऐसी हैं। बड़ी–बड़ी बातें इनकी समझ में नहीं आतीं। इनसे पूछो, हमारे विदेश मन्त्री अभी कहाँ हैं और क्या कर रहे हैं? देखो, मोनी को यह पता ही नहीं होगा। बस, रात दिन अपनी किताबों की पढ़ाई करती है, और कुछ नहीं पढ़ती।''

पुनीत में पुरुष होने के बड़प्पन का एहसास है। वह हर बात में स्वयं को मोनी से श्रेष्ठ मानता है। इस दृष्टि से वह मोनी को उपेक्षित और अपमानित करता रहता है। शैला अपने बेटे के ऐसे स्वभाव और व्यवहार को बदलना चाहती है, मगर पिता से प्रोत्साहन पाकर पिन्टू ऐसी ही बातें करता है। मोनी भी पिन्टू की ऐसी बातों को सुनकर उस पर गुस्सा करती है।

मोनी ने पिन्टू की बातों का तुरन्त प्रतिवाद किया–''मैं अपने कोर्स की किताबे नहीं पढ़ूँ? परीक्षा की तैयारी नहीं करूँ? डिग्री नहीं लूँ? तुम्हारी तरह राजनीति की बातें करूँ? तुम तो बिना पढ़े, बिना डिग्री लिए विदेश मन्त्री बन जाओगे, है न?'' श्यामलाल उसकी बातों को चुपचाप सुनते रहे।

मोनी की बातों से पिन्टू को गुस्सा आ गया—"देखो पापा, कितनी अकल है इसे? कुछ भी नहीं जानती, ऐसे इंजीनियर बनने से क्या फायदा है?"

शैला चाहती है, घर में किसी भी प्रकार का विवाद न बढ़े। शाम हो रही है, खाना भी बनाना है। अतः शान्त भाव से शैला ने पिन्टू से कहा—"बेटा डिग्री लेना भी जरूरी है। अधूरी शिक्षा रहने पर, तुम भविष्य में क्या कर पाओगे? हर काम उचित समय पर होना चाहिए। डिग्री भी लो, सामाजिक कार्य भी करो, राजनीति को भी समझो—सब कुछ जरूरी है।"

पिन्टू ने पापा को देखा। वह उनकी बगल में सोफे पर बैठ गया। उसको उम्मीद थी, पापा उसका पक्ष लेकर मोनी और मम्मी को चुप कर देगें। मगर पापा चुप हैं, यह देखकर पिन्टू ने अपनी बात समझाते हुए कहा—"मम्मी, आपको पता है, जब हमारे देश का स्वाधीनता आन्दोलन चल रहा था, अपने देश की आजादी के लिए कितने विद्यार्थियों ने पढ़ना छोड़ दिया था और वे छात्र संगठन से जुड़कर देश के आन्दोलन से जुड़ गये थे..."

शैला ने गुस्से से डाँटते हुए पिन्टू से कहा—"बच्चू, वह देश की आजादी का आन्दोलन था। अभी देश आजाद हो चुका है। अभी हमें अपना विकास स्वयं करना है। प्रत्येक नागरिक का विकास ही, देश का विकास है।"

शैला ने पति की ओर देखा। शैला चाहती है, श्यामलाल अपने तर्क के साथ बच्चों की बातों का समाधान करें, मगर वे चुप्पी साधे बैठे हैं। यह देखकर शैला ने अपना निर्णय सुनाते हुए कहा—"इस विषय पर बाकी बातें बाद में होगीं। उठो पिन्टू, तुम भी अपनी पढ़ाई करो, मोनी को अपना काम पूरा करने दो। छुट्टी के दिन हम फुरसत से बातें करेगें।"

शैला अपने काम करने लगी। श्यामलाल ने कटाक्ष के साथ शैला को देखकर कहा—"जब कोई बात बच्चों को समझा नहीं सकतीं, तब ऐसी बातें शुरू ही क्यों करती हो?"

शैला इस समय श्यामलाल के साथ वाद—विवाद करना नहीं चाहती। बच्चों को पढ़ाई करना है और उसे शाम का खाना पकाना है। कॉलेज से लौटने के बाद, घर के काम करना भी जरूरी है। घर में शान्ति बनाये रखना भी जरूरी है। तन से और मन से भी थकी होने के बाद भी, शैला तरकारी के लिए चुपचाप लहसुन, मिरची मसाले तैयार करती रही। उसे अपने काम में व्यस्त देखकर श्यामलाल ने व्यंग्य के साथ कहा—"सही बात है, औरतें बस चूल्हे चौके तक ही सीमित रहती हैं। डिग्री ले लेना और

अच्छी नौकरी पा लेना कोई बड़ी बात नहीं है। बड़ी बात है, समकालीन विषयों पर बहस करना, अपनी बात कहना और..."

"खाना आप बना लो, मैं बैठकर बातें करती हूँ।" शैला ने धीरे से कहा। यह सुनते ही श्यामलाल भभक उठे। गुस्सा तो जैसे उनकी नाक पर ही रहता है। मौका मिलते ही शेर की तरह दहाड़ने लगते हैं। वे तुरन्त गरजते हुए बोले–"खाना बनाते हुए भी बातें हो सकती हैं, मगर इसके लिए दिमाग चाहिए। इसके लिए अध्ययन चाहिए, चिन्तन मनन चाहिए। बेवकूफ..."

शैला भाजी तरकारी का सामान उठाकर किचन में चली गयी। बेकार ही बात बढ़ाकर वह झगड़ा बढ़ाना नहीं चाहती। कल बेटी का प्रैक्टिकल है। वह यह भी जानती है, उसके पीठ पीछे श्यामलाल विजयी भाव से मुस्कराकर यही कहेगें–"देख लिया, तुम्हारी माँ प्रोफेसर है?" श्यामलाल ने यही बात कही। यह सुनकर शैला को बहुत गुस्सा आया। वह अपना गुस्सा किस पर निकाले? उसे पिन्टू पर गुस्सा आया। किचन से आकर पिन्टू को डाँटते हुए बोली–"तुम्हें पढ़ाई नहीं करना है? फालतू घूमना, खेलना, खाना और सोना–बस यही काम हैं? शर्म नहीं आती तुम्हें? बहन पढ रही है, कुछ तो अच्छी बातें सीखो। टाइट जीन्स पहनकर, मँहगा जूता पहनकर, तुम बड़े नहीं बन सकते। इसके लिए सर्टिफिकेट डिग्री भी चाहिए।"

पिन्टू तुरन्त उठकर पढ़ाई करने लगा। शैला किचन में खाना पकाती रही। किचन के काम निबटाकर वह श्यामालाल के सामने बैठ गयी। अब तक उसका गुस्सा भी बढ़ गया था। वह गुस्से को संयत करते हुए बोली–"हाँ बोलो, क्या बात करें?" श्यामलाल ने देखा, शैला का चेहरा तमतमा रहा है। शैला का गुस्सा देखकर वे चुप रहे। स्थिति को समझकर वे गम्भीरता से बोले–"खाना बन गया? अभी खाना खायेंगे।" वे धीरे से मुस्कराये और अपने कमरे में जाकर, किताबें व्यवस्थित रखने लगे।

बच्चे पढ़ाई कर रहे हैं, यह देखकर शैला ने अपने गुस्से को धीरे–धीरे शान्त किया। उसे याद आया, मराठी दलित साहित्य की हिन्दी अनुवाद की कहानियाँ पढ़ना है। शैला ने सबके लिए खाना परोसा।

स्कूल से आने के बाद माँ की बातें सुनकर, आज मोनी बहुत भावुक हो गयी। माँ की बातें सुनकर ही उसे आज वे सभी बातें याद आयी थीं, जो उसने स्कूल में कक्षा पहली से अभी 12 वीं तक अपने साथ होते देखी हैं। साथ ही सुनी हैं–"मोनी अछूत है फिर भी देखो, कितनी शान

से रहती है?" "मोनी की माँ प्रोफेसर है, पिताजी सुपरवायजर हैं, तो क्या हुआ? क्या इससे उनकी जाति बदल जायेगी? जाति कभी नहीं बदलती।" "मोनी को नम्बर सबसे ज्यादा क्यों मिलते हैं? क्या वह हमसे आगे बढ़ जायेगी? ऐसा हर्गिज नहीं होना चाहिए। हम यह बात अपने घर में पिताजी को बतायेगें। वे हमारे शिक्षकों से बात करेगें। हम मोनी को जरूर फेल करवायेंगें देखते हैं मोनी कैसे पास होती है?"

मोनी ने एक दो बार उन लड़कियों से पूछा था–"यह तुम मेरे विषय में क्या कहती हो?" तब उन्होंने उसका हाथ पकड़कर हँसते हुए कहा था–"नहीं रे, हम तो मजाक कर रहे थे।" तब मोनी ने इन बातों को सिर्फ मजाक ही समझा था। मगर आज वह इन बातों की सच्चाई को समझ रही थी। यह भी सच है कि कई बार परिक्षा में अच्छे पेपर देने के बाद भी, उसे कम नम्बर मिले थे। तब उसने रिचेकिंग और रिवेल्यूशन के लिए फार्म भरकर और इसकी फीस भरकर, फिर से अपनी उत्तर पत्रिकाएँ निकलवाई थीं। फिर से जाँचने पर उसके नम्बर बढ़े थे। तब उसने इसे सिर्फ इत्तफाक ही समझा था। मगर अब वह समझ रही है कि हमारे शिक्षक दूसरे परीक्षक शिक्षकों को भी यह बताया करते हैं कि किसके नम्बर बढ़ाकर देना है और किसके नम्बर कम करके देना है। उफ! कैसी साजिशों का सामना करती रही है वह?

अब मोनी को अपने पापा पर भी गुस्सा आता है। पापा क्यों मम्मी से झगड़ा करते हैं? पहले तो वह यही समझती थी कि मम्मी ही पापा से झगड़ा करती है। क्योंकि झगड़े के बाद पापा उन्हें यही बताया करते थे। मगर अब मोनी समझने लगी है–मम्मी कितना काम करती है? कॉलेज के काम, समाजसेवा के काम, इसके साथ हर दिन घर के काम। यदि मम्मी खाना न बनाये, तब? पापा यह क्यों नहीं सोचते? उनके पढ़ते–लिखते रहने से हमारा पेट तो नहीं भर सकता न? और पिन्टू? वह भी बिल्कुल पापा जैसा ही है। अभी से उसे अपने आप पर कितना गर्व है कि वह लड़का है। मम्मी भी उसे अच्छा डाँटती है, समझाती है, फिर भी वह मम्मी की बातें समझ नहीं पाता है। एक दिन मैं समझाऊँगी उसे कि अब लड़का लड़की में कोई अन्तर नहीं है, दोनों बराबर हैं।"

वह सोचने लगी–"मगर पापा को अभी तक मम्मी ने ठीक से क्यों नहीं समझाया? क्यों वे मम्मी का अपमान करते हैं? क्यों वे उनको बातें सुनाते हैं? और जब मम्मी गुस्सा होती है, तब क्यों चुप हो जाते हैं?"

आज भी मोनी ने देखा था, खाना पकाने के बाद, मम्मी कितने गुस्से में पापा से कह रही थी–'हाँ बोलो, क्या बात करें?' मतलब ज्ञान–विज्ञान की, इतिहास की, समाज की कौन–सी बातें करें?' तब पापा ने कोई बात नहीं कही। तब क्यों वे चुप रह गये? क्योंकि वे जानते हैं, मम्मी भी सब कुछ जानती है, वे घर में अपने ज्ञान की शान नहीं बतातीं, सिर्फ समय और अवसर देखकर ही बात करती हैं। मोनी इन्हीं विचारों में डूबी रही, साथ ही अपनी प्रक्टिकल बुक कम्पलीट करती रही।

❑

शैला ने मोनी को पुकारा–"आओ बेटी, खाना खा लो।" मोनी ने टेबल पर फैली अपनी किताब कापी को बन्द करके रखा। वह मम्मी के पास आकर, उन्हें चुपचाप देखती रही। मोनी को चुप देखकर शैला ने कहा–"क्या हुआ? ऐसे चुप क्यों हो? खाना खाने के लिए बैठो।"

मोनी गुस्से से बोली–"मम्मी, हर दिन आप अकेले खाना क्यों बनाते हो? पापा से कहो, वे भी सबके लिए खाना बनाया करें।" मोनी की बात सुनकर शैला हँस पड़ी। मोनी की बातों की भनक पापा को भी सुनायी दी। वे अपनी लायब्रेरी से उठकर तुरन्त किचन में आ गये। उन्होंने गुस्से के साथ शैला से कहा–"कल से खाना बनाने का काम मोनी करेगी। घर के सब काम मोनी करेगी, यह मेरा आर्डर है।"

मोनी ने पापा से पूछा–"और मेरा कॉलेज? मेरी पढ़ाई? पापा मैं?" श्यामलाल गुस्से के साथ शैला से कहते रहे–"बन्द कर दो, इस लड़की की पढ़ाई। जो लड़की तमीज की बातें नहीं सीख सकती, उसे पढ़ाने का कोई फायदा नहीं है।"

शैला ने सबके लिए थाली परोस कर डायनिंग टेबल पर रख दी थी। बस पापड़ तलना रह गया था। कड़ाही के गर्म तेल में पापड़ डालते ही पापड़ सिककर ऊपर आ जाता। शैला तेजी के साथ अपना काम कर रही थी। इसके साथ श्यामलाल के गुस्से को भी सँभालना था। वह इस प्रसंग को टालने के लिए पति से बोली–"आप इतना गुस्सा क्यों कर रहे हैं? अपनी बच्ची पर भी इतना गुस्सा?"

वे शैला पर बरस पड़े–"यह सब तुम्हारी शिक्षा है। यह अब तुम्हारे ही समान बातें कर रही है। आगे भी वही करेगी जो तुम करती हो। मैंने तो किसी तरह तुम्हारे साथ अपना जीवन निभा लिया, मगर इसे ऐसा

समझदार वर कहाँ मिलेगा? भला यह भी कोई बात है? पत्नी की जगह पति खाना बनायें? यही कहेगी वह अपनी ससुराल में?''

शैला कहना चाहती थी–''मोनी की बात गलत नहीं है। पत्नी के घर के काम में, पति भी सहयोग देना चाहिए।'' मगर शैला जानती है, इतना कहते ही पति का गुस्सा आसमान तक पहुँच जायेगा। फिर वे सबका खाना हराम कर देगें, पका खाना फेंक देंगे। मारना, पीटना, चिल्लाना, डाँटना जैसे उनके अधिकार हैं। मोनी का कल प्रैक्टिकल है, यह सोचकर शैला ने किसी तरह श्यामलाल का गुस्सा शान्त किया और खाने की थाली सामने रख दी। बाप–बेटा खाने लगे, मगर मोनी ने खाना नहीं खाया। अपनी स्थिति पर उसकी आँखों से आँसू बहने लगे।

शैला ने उसे समझाया–''पहले अपनी पढ़ाई पूरी करो, फिर बराबरी के लिए संघर्ष और 'स्त्री मुक्ति आन्दोलन' की बातें करना। यदि पढ़ाई अधूरी रह जायेगी, तब तुम अपने जीवन में क्या कर पाओगी? स्वयं कमजोर रहकर, दूसरों को सबलता का पाठ कैसे पढ़ा पाओगी? समय पर ही सब बातें अच्छी लगती हैं। मैं अपनी लड़ाई अपने तरीके से लड़ रही हूँ। तुम अपना नुकसान अभी मत करो। हमें ऐसी स्थितियों को बदलना है, मगर 'एक मार दो टुकड़े' की तरह नहीं, बल्कि धीरे–धीरे सभी पुरुषों की मानसिकता को बदलना है।''

शैला के समझाने पर मोनी ने इस बात को समझा। वह देर तक सोचती रही और मम्मी से प्रश्न करती रही–''क्यों ऐसी परम्पराएँ है? क्यों ऐसे रीति–रिवाज हैं? क्यों हम ही चुप रहें? क्या हम कमजोर हैं?''

मोनी की बातों से शैला समझ गयी–मोनी साधारण लड़की नहीं है। वह भविष्य में 'महिला मुक्ति मोर्चा' की प्रभावशाली कार्यकर्ता बनेगी और हमारा सपना साकार करेगी। भविष्य की जुझारू महिला कार्यकर्ता को देखकर, शैला को सन्तोष का भाव महसूस हुआ। क्षणभर के लिए वह अपना दुख दर्द भूल गयी। उसने बहुत प्यार और मनुहार के साथ, मोनी को समझा बहलाकर खाना खिलाया। बेटी के साथ उसने भी खाना खाया। दाल भात सब्जी रोटी, आज उसने बेटी की पसन्द की पालक की भाजी बनायी है। किसी तरह मोनी का मन शान्त हुआ। माँ के साथ खाना खाने के बाद, वह कल के प्रैक्टिकल की तैयारी करने लगी।

शैला अपने बेटा और बेटी दोनों की पढ़ाई और परवरिश पर समान रूप से ध्यान देती है। साथ ही वह यह भी महसूस करती है कि बेटियाँ

ही अधिक उपेक्षित रहती हैं, इसलिए वह मोनी के भविष्य के प्रति अधिक सतर्क और चिन्तित है। वह यह भी सोचती है कि–'मोनी को ऐसा पति न मिले कि उसको बदलने में ही पूरा जीवन लग जाये।' शैला जानती है–"घर परिवार में ऐसी विरोध भरी स्थिति में रहना कितना कठिन है? हम कितना कुछ करना चाहती हैं, मगर घरेलू हिंसा, विरोध दुर्व्यवहार के कारण कर नहीं पाती हैं। परिवार को तोड़ना या तलाक लेकर अलग रहना भी ठीक नहीं है। हम अपना काम अपने मन मुताबिक तो कर लेगीं, मगर बच्चों का पालन पोषण, उनके भविष्य की चिन्ता? क्या यह प्रत्येक माँ–बाप की जिम्मेदारी नहीं?"

"हमें अपनी जिम्मेदारियों को भी समझना है",–यह बात वह मोनी को समझाकर, उसका सन्तुलित विकास करना चाहती है। क्रोध आक्रोश विरोध विद्रोह सभी आवश्यक हैं, मगर सिर्फ उग्रता से विचारहीन बनकर, अपने उद्देश्य को सीमित करना ठीक नहीं है। शैला को विश्वास है, मोनी वह लड़की है, जो इन सभी बातों को समझकर, भविष्य में अपने रास्ते स्वयं बनायेगी।

मोनी के मन में भी ये विचार चलने लगे–"मैं बड़ी होकर, यानि अपनी पढ़ाई पूरी करने के बाद, मम्मी जैसी ही बनूँगी। नौकरी भी करूँगी और समाजसेवा भी करूँगी। तब मैं पापा और भैया जैसे किसी भी पुरुष की कठोर बातें सुनकर चुप नहीं रहूँगी। मैं उन्हें अच्छी तरह समझा दूँगी कि मैं भी तुमसे कम नहीं हूँ।"

बबली

दिन महीने साल गुजर रहे हैं। देखते–देखते कितने वर्ष बीत गये। कल के दूध पीते बच्चे, अब मैट्रिक और कॉलेज में पढ़ने लगे हैं। जैसे समय पंख लगाकर उड़ रहा है। शैला को इस बात की बहुत खुशी हुई, शम्मा की दो बड़ी बेटियों की शादी हो गयी है। छोटी बेटी बबली ने बी.ए. करने के बाद 'बैचलर ऑफ मॉस कम्युनिकेशन'–बी.एम.सी. की डिग्री भी ली है। अब वह 'नवभारत' समाचार पत्र से जुड़कर पत्रकार की नौकरी कर रही है। बबली दिखने में बिल्कुल शम्मा का प्रतिरूप है, वैसी ही सलौनी नाजुक–सी सुकुमारी।

शैला को याद है–"जब शम्मा की शादी हुई थी, रिश्तेदार बरातियों ने शम्मा को देखकर, दूल्हे की माँ से कहा था–"क्या भाजी पाला लेने आयी है।"शम्मा उनके लिए भाजी पाला थी–"तू किस खेत की मूली है?" यह कहे जाने के साथ, शम्मा 'गाजर मूली की तरह कटती रही और समय के पहले ही इस दुनिया से चली गयी।' क्योंकि वह कमजोर लड़की थी। बरखा, हिना और बबली अपनी माँ शम्मा की बेटियाँ होने पर भी वे भाजी पाला नहीं हैं। वे आज के जमाने की सबल सशक्त लड़की हैं। वे अन्याय अत्याचार का मुँहतोड़ जबाब देना जानती हैं। बरखा और हिना अपने स्वभाव व्यवहार हिम्मत और सूझबूझ के साथ अपनी ससुराल में अपने दम पर ही सुखी रह रही हैं। बबली भी अपना भविष्य स्वयं अपने हाथों से गढ़ने में विश्वास रखती है।

शम्मा के टी.बी. सेन्टोरियम जाने के बाद, शम्मा के पति ने इन्दिरा नाम की जिस लड़की से शादी की थी, वह भी भाजी पाला नहीं, बल्कि शेरनी है। इन्दिरा के माता–पिता नेपानगर की पेपरमिल में नौकरी करते हैं, वे मिल के क्वार्टर में रहते हैं। इकलौती बेटी के प्रति अत्यधिक प्यार और चिन्ता, आशंका होने के कारण, वे उसका विवाह जल्दी नहीं कर पाये थे। बाद में इन्दिरा की अधिक उम्र होने के कारण कमलकिशोर से विवाह करना पड़ा था।

इन्दिरा निर्भय और साहसी है। ससुराल आते ही उसने सास को, गरूर के आसमान की ऊँचाई से नीचे उतार कर, जमीन पर खड़ा कर दिया। पति पर प्रभुत्व जमाकर, वह उस पर शासन करने लगी। यह सब कोई सबल सशक्त लड़की ही कर सकती है। घर परिवार की परिस्थितियाँ सब वही थीं, जहाँ शम्मा पर अन्याय हुआ। मगर उन्हीं स्थितियों में रहकर इन्दिरा ने उन सबको बदल दिया। शैला कहती है–"ऐसी लड़की अपने जीवन के हर संग्राम में सफल हो सकती है।"

शैला सोचती है–"इन्दिरा ने शम्मा के दुष्ट पति और बेरहम सास को कैसे ठीक किया?" वह जानती है–"यह बहुत आसान है। इन्दिरा के माता–पिता ने उसे कमजोर, डरपोक और अन्धानुकरण करने वाली लड़की नहीं बनाया। 'जैसे को तैसा' व्यवहार था उसका।"

एक बेटे के बाद इन्दिरा ने फेमिली प्लानिंग का आप्रेशन करवा लिया। शम्मा की बेटियों को उसने अपनी बेटी माना, उसके बेटे को भी प्यार के साथ अपना लिया। उसके इस स्वभाव व्यवहार के कारण शम्मा

के माता–पिता को बहुत ढाढ़स बँधा। वे कहते हैं–"शम्मा न सही, मगर बच्चों को उनकी माँ मिल गयी है।"

इन्दिरा का बेटा और शम्मा का बेटा दोनों मैट्रिक में पढ़ रहे हैं, यह देखकर कमलकिशोर खुश है। वह यह बात भी समझ गया–"शम्मा के साथ मैंने अन्याय किया, मगर इसकी जिम्मेदारी शम्मा की थी। उसने मुझे कभी रोका क्यों नहीं? शादी के समय वह क्यों इतनी कमजोर और डरपोक लड़की थी?"

कमलकिशोर को इन्दिरा से कोई शिकायत नहीं है, बल्कि उसे खुशी है कि इन्दिरा ने ही उसे सही राह दिखायी है। शैला कहती है–"काश! यह बात शम्मा और उसके माँ–बाप ने भी समझी होती, तो आज शम्मा जरूर रहती।"

❐

बबली 'नवभारत' अखबार के जिस ऑफिस में काम करती है, वहीं विष्णु गुप्ता भी काम करता है। दोनों ही अच्छे मित्र हैं। काम के बाद अवकाश के समय में वे कभी–कभी साथ घूमते हैं, रेस्टोरेन्ट में चाय कॉफी पीते हैं, कभी नाश्ता या खाना भी साथ खाते हैं। घूमने फिरने के बाद जब कभी बबली देर से घर आती है, तो उसके पापा कमलकिशोर उस पर बरसने लगते हैं। वे कुछ दिन से देख रहे हैं, बबली के रंग ढंग कुछ ठीक नजर नहीं आ रहे हैं। उन्हें बबली की शादी की चिन्ता होने लगी, मगर हाथ तंग होने से वे मजबूर हैं। वे गुस्से से डाँट फटकार के साथ, बेटी को कभी मारने पीटने के लिए हाथ भी उठाने लगते हैं।

एक दिन यह देखते ही इन्दिरा आकर उनके बीच में खड़ी हो गयी। कमलकिशोर से वह यही कहती है–"कौन–से जमाने में जी रहे हो आप? शम्मा की बेटी को क्या शम्मा ही समझ लिया है? बबली इतनी पढ़ी है, अच्छी नौकरी करती है, तो क्या वह अपना भला बुरा नहीं समझती होगी? बच्चों को भी अपना हित अहित समझने दो। हर बात का निर्णय आप ही कैसे लोगे?"

इन्दिरा मम्मी के रहने से बबली को बहुत हिम्मत है। वह स्वयं भी समय–समय पर अपने पापा को समझाती रहती है–"पापा, अब मैं बड़ी हो गयी हूँ। आप हर बात में रोक टोक करते हैं, यह अच्छा नहीं लगता। आप मेरी चिन्ता क्यों करते हैं? मैं कभी कोई गलत कदम नहीं उठाऊँगी।"

बबली सोचती है–"मैं जो कदम उठाने जा रही हूँ, उसे गलत कैसे कहा जा सकता है? क्या मनपसन्द 'जीवन साथी' पाना गलत है? क्या अपनी पसन्द के लड़के से शादी करने की बात सोचना गलत है? क्या हमारी मन मरजी का कोई महत्त्व नहीं? यह कैसे हो सकता है? मैं इक्कीसवी सदी की लड़की हूँ। मैं सक्षम हूँ, सबल–स्वावलम्बी हूँ। मैं किसी को कोई नुकसान नहीं पहुँचा रही हूँ। अपनी खुशी के लिए हिम्मत के साथ कदम उठाना चाहती हूँ, तब मेरा कदम गलत नहीं हो सकता।" बबली विष्णु से प्यार करती है। उसे विष्णु पर पूरा विश्वास है। वह उससे विवाह करेगा और जीवन भर साथ निभायेगा।

विष्णु गुप्ता सामान्य सवर्णों से अलग है। वह जानता है, बबली एस.सी. है, वाल्मीकि जाति की है, फिर भी वह उससे प्यार करता है। वह जाति–वर्ण व्यवस्था का पक्का विरोधी है। समाज में समता एकता लाने के लिए स्वयं अन्तरजातीय विवाह करना चाहता है। विष्णु ने उसे बताया है कि उसके पिता भी वर्ण जातिभेद नहीं मानते, वे गरीब अमीर का भेद भी नहीं मानते हैं। वे इस रिश्ते को स्वीकार करेगें। तभी बबली ने पूछा था–"और आपके सब रिश्तेदार, और आपकी माँ? क्या आपकी माताजी मुझे बहू के रूप में स्वीकार करेंगीं?" विष्णु कुछ देर चुप रहा, फिर बोला था–"अम्मा को मैं मना लूँगा। रिश्तेदार भी मान जायेगें। तुम इसकी चिन्ता मत करो।" तब से बबली निश्चिन्त हो गयी है।

❐

एक दिन बबली ने अपने मन की बात इन्दिरा को बतायी–"मम्मी, मेरे ऑफिस का विष्णु गुप्ता...मम्मीजी...वह...।" बबली को हकलाते देख इन्दिरा हँसी, फिर तुरन्त बबली को कन्धों से पकड़कर अपने सीने से लगा लिया। उसे बड़ा सन्तोष महसूस हो रहा था कि–'बबली उसे अपनी माँ ही समझती है, अपनी माँ को वह अपने मन की बात बता रही है।' इन्दिरा को भी स्वयं पर विश्वास है। वह जानती है–"बबली जो भी कहेगी, उसका निर्णय वह वैसे ही लेगी, जैसे एक माँ अपनी बेटी के लिए सोचती है और उसके हित में काम करती है।" यह सोचते हुए इन्दिरा खूब प्यार से बबली के सिर पर, पीठ पर हाथ फेरती रही, फिर स्नेह के साथ बोली–"इतना घबराती हो अपनी माँ से? मुझसे डरती हो? पगली, माँ से कोई बेटी नहीं डरना चाहिए। माँ तो अपनी बेटी की सहेली होती है।"

बबली की आँखों से आँसू बहने लगे—"काश! आज मेरी माँ होती।" उसने तुरन्त यह भी सोचा—"यदि माँ होती, तो क्या वह इतनी हिम्मत से उससे यह बात कह पाती? और क्या उसकी माँ यह बात समझकर उसकी मदद कर पाती?"

इन्दिरा ने तुरन्त उसके आँसू पोछ दिये, फिर उसके गाल और बालों को सहलाते हुए हँसकर कहा—"बबली रानी, मैं सब जानती हूँ। घर में इतनी निश्चिंत ऐसे ही नहीं बैठती। बरखा और हिना अपनी ससुराल में सुखी हैं। उनकी चिन्ता मैं नहीं करती, मगर तुम्हारी चिन्ता मुझे है। तुम्हारे पापा काम से लौट कर शाम को घर आते हैं, फिर दोस्तों के साथ घूमने मिलने में रात के 10.00 बज जाते हैं। मगर मैं तो घर में रहती हूँ, एक दो चक्कर तुम्हारे ऑफिस के भी लगा आती हूँ। मैंने तुम्हें उस लड़के के साथ कई बार देखा है, मगर कभी पूछा नहीं। यदि ऑफिस के काम से साथ घूमती हो, तो मैं क्यों पूछूँ? और यदि कोई दूसरी बात है, तो तुम ही मुझे बताओगी। मुझे यही विश्वास था और आज तुम वही बात कह रही हो, है न?"

बबली ने हैरत के साथ इन्दिरा को देखा, फिर वह खुशी से किलक उठी—"मम्मी जी... ।" इन्दिरा बहुत देर तक विष्णु के विषय में पूछती रही—"उसका घर कहाँ है? परिवार कैसा है? क्या वह हमारी जाति को जानता है? क्या उसके घर के लोग हमारे घर बारात लेकर शादी करने आयेंगें?"

इन्दिरा के आखिरी प्रश्न पर बबली ने प्रतिवाद किया—"मम्मी, हो गयी न, दो बेटियों की शादी बैण्ड बाजे और बारात के साथ। कितना खर्च किया था आप लोगों ने? अपने गहने भी आपने बेच दिये शादी के खर्च के लिए। अब मैं ऐसा नहीं होने दूँगी। मैंने पहले से ही तय कर लिया है, मैं ऐसी शादी करूँगी, जिससे आप लोगों को कुछ भी खर्च न उठाना पड़े।"

"कैसी शादी? इन्दिरा बीच में बोली।

"कोर्ट मैरिज और क्या। मम्मी, अब जमाना बहुत बदल गया है। हमें भी नये जमाने के साथ चलना चाहिए।" इन्दिरा सोच में पड़ गयी—"क्या कमलकिशोर इस बात को मानेगें? इन्टरकास्ट शादी के लिए मैं उन्हें मना लूँगी। मगर कोर्ट से शादी? न हल्दी, न बारात? लोग क्या कहेंगें? लोग कहेगें, सौतेली माँ के कारण ऐसा हो रहा है। फिर क्या करें?"

बबली अपनी जिरह पेश करती रही—"मम्मी, विष्णु का भी यही विचार है। उसके घर के सभी लोग और रिश्तेदार इस शादी के लिए तैयार नहीं होंगे। तब कोर्टमेरिज करना ही ठीक रहेगा।"

बबली की यह बात सुनकर इन्दिरा को भी यह विचार ठीक लगा। उसने बबली को आश्वासन दिया–"ठीक है बेटी, एक दो दिन में तुम्हारे पापा का मूड देखकर मैं बात शुरू करूँगी। मगर तुम पापा से इस विषय में कुछ नहीं कहना। वे तुम्हें डाँटेगें डरायेगें, मगर मेरी बात जरूर मान लेगें।" यह बात बबली भी जानती है। मम्मी की यह योजना सुनते ही बबली गर्व के साथ कह उठी–"वाह मेरी शेरनी मम्मी।"

इन्दिरा ने इस बात को मनवाने में हिम्मत बहुत दिखायी, मगर कमलकिशोर शादी की यह बात मानने के लिए तैयार नहीं हुए। कमलकिशोर जानता है, दलित और ग़ैरदलित के बीच शादी का रिश्ता होना आसान बात नहीं है। ऐसी शादी करने वाले दलित लड़कियों या दलित लड़कों को, ग़ैरदलित दबंग जाति के लोग जान से मार डालते हैं। यदि विष्णु गुप्ता के रिश्तेदारों ने बबली को तकलीफ दी या हमारे ऊपर हमला किया, तब हम क्या करेगें? उन्हें इस बात का भी भय था कि–"विष्णु गुप्ता अपने सवर्ण समाज के दबाव में आकर, हमारी बबली पर अत्याचार करेगा, उसे बराबरी का सम्मान नहीं देगा। हो सकता है, यह शादी ज्यादा दिन न टिक पाये। फिर अपनी बेटी के भविष्य के साथ ऐसा जोखिम क्यों उठाया जाये?" यह सुनकर इन्दिरा भी चुप रह गयी।

❐

ऐसे कठिन समय में बबली ने अपनी हिम्मत दिखायी। 1 जुलाई के दिन सुबह से पानी बरस रहा था, मगर बबली के बुलाने पर विष्णु गुप्ता सुबह 10.00 बजे अपने पिताजी राम गोपाल गुप्ता के साथ उसके घर आ गया। विष्णु के साथ उसके पिता को अपने घर आया देखकर, इन्दिरा और कमलकिशोर आश्चर्य चकित रह गये। बरहानपुर में विष्णु का घर बबली के घर से पाँच कि.मी. दूर है। भरी बरसात में पिता पुत्र बरसाती पहने स्कूटर पर आये थे।

इन्दिरा और कमलकिशोर एक ही नजर में पहचान गये, विष्णु और उसके पिता बहुत ही समझदार सज्जन हैं। विष्णु का ऊँचा कद गोरा रंग और मोहक मुस्कान को देखकर, उन्हें बहुत खुशी हुई। विष्णु ने परिचय कराया–"आप मेरे पिताजी राम गोपाल गुप्ता जी हैं और मैं विष्णु, आपकी बबली के साथ 'नवभारत प्रेस' के ऑफिस में नौकरी करता हूँ।"

कमलकिशोर ने विष्णु के पिता को नमस्कार किया और आदर

के साथ बैठक में सोफे पर बैठाया। विष्णु ने झुककर कमलकिशोर को नमस्कार किया, तब कमल ने उसे अपने गले से लगा लिया। तब तक इन्दिरा पानी ले आयी।

बबली चाय लेकर आयी, तब कमलकिशोर ने तुरन्त कहा–"सिर्फ चाय कैसे लायी हो? पहले नाश्ता लाओ।" विष्णु के पिता शालीनता के साथ बोले–"भाई साहब, अभी चाय ही ठीक है। बाद में नाश्ता भी ले लेंगे। आप आराम से बैठिए। बहन जी को भी बुला लीजिए। हम पहले कुछ बातें करना चाहते हैं।"

कमलकिशोर और इन्दिरा को इस बात पर आश्चर्य नहीं है कि विष्णु गुप्ता और उसके पिता उनके घर आये हैं और चाय पानी पी रहे हैं। अब दलित और ग़ैरदलितों के समझदार लोगों के बीच खान पान चलने लगा है। कमलकिशोर के कई सवर्ण दोस्त और परिचित उसके घर आते हैं और खाते–पीते भी हैं। मगर अभी तक यह खान पान तक ही सीमित है। इससे आगे बढ़कर सामाजिक रिश्ते या शादी के रिश्ते जोड़ने की बात लोग सोच नहीं पाते हैं। 'विष्णु गुप्ता के पिता यहाँ आकर क्या बात करना चाहते हैं?' इस बात पर कमलकिशोर गम्भीर हो गये। इन्दिरा भी उत्सुकता के साथ, पति की कुरसी के पास कुरसी सरका कर बैठ गयी।

बबली किचन में थी। उसे विष्णु पर पूरा विश्वास था, फिर भी उसे डर था, विष्णु के पिता न जाने क्या कहेगें, इस आशंका रो उराका दिल तेजी से धड़क रहा था। वह ध्यान से उनकी बातें सुनती रही।

इन्दिरा की सूझबूझ से कमलकिशोर ने अपना पक्का बड़ा मकान 'सिविल लाईन' एरिया में बना लिया है। गुप्ता जी को एक ही नजर में उनका घर और रहन सहन पसन्द आ गया। बबली भी उन्हें अच्छी लगी।

गुप्ता जी ने गम्भीरता के साथ बात शुरू की–"कमलकिशोर जी, आपके विषय में मुझे विष्णु ने ही बताया है। वही मुझे यहाँ अपने साथ लेकर आया है। मैं स्वयं ज्यादा कुछ जानता नहीं हूँ। बस इतना मालूम है कि आपकी बेटी और मेरा बेटा एक–दूसरे को पसन्द करते हैं। इस विषय में आपकी क्या राय है?"

कमलकिशोर चुप रहे। तब इन्दिरा बोली–"भाई साहब, हम भी बस इतना ही जानते हैं। आप हमारे घर आये हैं, आपको देखकर ही हम आपको और आपके विचारों को समझ पाये हैं। बाकी आपके परिवार की

इस विषय में क्या राय है, यह हमें मालूम नहीं है। बाद में कोई बदसलूकी हो, इससे अच्छा है, आज सोच समझकर ही बात की जाये।"

इन्दिरा के नपे–तुले और सार्थक विचार को सुनकर, गुप्ता जी खामोश रह गये। वे जानते हैं, दलितों और ग़ैरदलितों के बीच होने वाले शादी ब्याह के रिश्तों को निभाना सवर्णों के लिए कठिन होता है। क्योंकि सवर्ण समाज में जातिभेद ऊँच–नीच की भावना रहती ही है। इसके साथ ही उन्हें विष्णु की माँ का वह रौद्र रूप याद आया। रूकमणी ने कहा है–"विष्णु यदि अछूत लड़की को ब्याह के, मेरे इस घर में लायेगा, तो मैं तुरन्त जहर खाकर मर जाऊँगी। शादी के बाद वह कहीं भी रहे, मेरे घर में नहीं रहना चाहिए।" पत्नी का गुस्सा शान्त करने के लिए उन्होंने उसे यह विश्वास दिलाया है कि शादी के बाद विष्णु यहाँ नहीं रहेगा। वह अलग किराए का मकान लेकर रहेगा।

रूकमणी पहले तो इस शादी की बात से ही नाराज होकर मर जाना चाहती थी, मगर जब विष्णु ने अपने परिवार में सबके सामने कहा–"मैं शादी करूँगा तो सिर्फ बबली से ही करूँगा। यदि आप लोग यह शादी नहीं होने देगें, तो मैं अपनी जान दे दूँगा।" विष्णु की यह बात सुनकर उसके माता–पिता डर गये थे। वे शादी के लिए तैयार हुए, मगर माँ ने यह शर्त रख दी है। माँ की बात मानते हुए विष्णु ने अपने लिए अलग मकान देख लिया है।

अपने घर की ये बातें यहाँ बताना राम गोपाल जी को ठीक नहीं लगा। संकोच के साथ उन्होंने स्पष्ट किया–"बहन जी, आप जानती हैं, घर में महिलाएँ ऐसी बातों को जल्दी स्वीकार नहीं करती हैं। आप समझदार हैं, मगर मेरी पत्नी पिछड़े विचारों की है। धीरे–धीरे वह भी इस रिश्ते को मान लेगी। इस बात की आप चिन्ता न करें।"

इन्दिरा ने सीधे विष्णु से ही सवाल किया–"बेटा, आप हमें बताओ, आपकी क्या मर्जी है?" विष्णु पिता के सामने थोड़ा सकुचाया, फिर बोला–"आन्टी जी, आप बबली से पूछ लीजिए। मैंने उसे सब बता दिया है।" यह सुनकर इन्दिरा हँसकर बोली–"बबली तो बता ही देगी, अभी आप सबके सामने बताइए बेटा।"

पिता ने बेटे को प्रोत्साहित करते हुए कहा–"हाँ, कहो बेटा, जो आपने सोचा है, वह बताओ।" विष्णु ने निर्भीकता के साथ कमलकिशोर और इन्दिरा से कहा–"अंकल जी, आण्टी जी, मेरे पापा आपके घर आपकी

बेटी से, मेरे रिश्ते की बात करने आये हैं। उन्हें यह रिश्ता मंजूर है। आप भी इस रिश्ते को मंजूर कीजिए।''

इतने स्पष्ट शब्दों में विष्णु और उसके पिता के प्रस्ताव को सुनकर भी कमलकिशोर को इस बात का विश्वास नहीं हुआ। अपने मन की शंका दूर करने के लिए कमलकिशोर ने गुप्ता जी से सहज ही कहा–''क्या आप हमारे घर अपने बेटे की बारात लेकर आयेगें?''

कमलकिशोर जानते हैं, यह बात आसान नहीं है। मगर गुप्ता जी ने तपाक से कहा–''बारात लेकर आने में कोई हर्ज नहीं है। हमारे अधिकांश रिश्तेदार शादी में आयेगें। मगर मैं चाहता हूँ कि शादी कोर्ट मेरिज के रूप में कानूनी रूप से की जाये। इसके बाद एक बड़ा रिसेप्शन दिया जाये। इस रिसेप्शन में आपके और हमारे सभी रिश्तेदार आयेगें। दोनों ही तरफ के लोग एक–दूसरे से मिलेगें। आपसी प्रेमभाव और सम्मान भाव बढ़ेगा। रिसेप्शन का खर्च हम उठायेगें। हमें बस आपकी बेटी चाहिए।''

गुप्ता जी की बातों ने बबली के मम्मी–पापा को बहुत प्रभावित किया। उन्हें उम्मीद नहीं थी कि बात इतनी आसानी से इतने सहज रूप में हो सकेगी। कमलकिशोर ने सोचा–''गुप्ता जी स्वयं हमारे घर आकर यह प्रस्ताव रख रहे हैं, तब हमें मानने में क्या एतराज हो सकता है?'' वे बोले–''गुप्ता जी, ठीक है कि आप बड़े बिजनेस मेन हो, बड़े बाजार में आपकी बड़ी दुकाने हैं। हम गरीब हैं मगर बेटी के पिता हैं। हमसे जो बनेगा, हम अपनी बेटी को गहने कपड़े जरूर देगें। आप इससे मना मत करिएगा।''

यह सुनकर गुप्ता जी ने तुरन्त इन्कार करते हुए कहा–''भाईसाहब, पहली बात तो यह है कि बड़े बाजार में, गुप्ता परिवार की दुकाने मेरी नहीं हैं, मेरे चचेरे भाईयों की हैं। मैं तो ज्यूनियर कॉलेज में साधारण प्राध्यापक हूँ। हमारी आर्थिक स्थिति भी साधारण है। एक बेटी है, उसकी शादी हो गयी है। हम भी बेटी के पिता हैं। आपकी बेटी हमारी बहू बेटी बनेगी। भाई साहब, अब यह सब हमारी जिम्मेदारी है। आप कोई तकलीफ न उठायें।''

तभी विष्णु ने कहा–''मैं नौकरी करता हूँ, बबली भी नौकरी करती है। अपनी घर गृहस्थी का सामान हम स्वयं खरीदेगें। हम आपसे कोई दहेज नहीं लेंगें। बबली के गहने कपड़ों की जिम्मेदारी भी अब हमारी है।''

विष्णु और उसके पिता की बातें सुनकर इन्दिरा और कमलकिशोर को बहुत खुशी हुई। उन्होंने कहा–''आप हमें इतना कमजोर मत समझिए, हम भी अपनी बेटी को शान के साथ ससुराल भेजेगें।''

सभी बातें खुशी–खुशी तय होते देख, गुप्ता जी खुशी से भर उठे। उन्होंने कमलकिशोर को गले लगा लिया–"भाई, आपकी जो मर्जी हो करो, मगर अधिक खर्च मत करो। हम भी कम खर्च में ही सारी खुशियाँ बटोरना चाहते हैं।" सबकी बातें सुनते हुए बबली किचन में दरवाजे के पीछे खड़ी मुस्करा दी। वह तुरन्त डिब्बा खोलकर मिठाई प्लेट में सजाने लगी। इन्दिरा के इशारे से बबली के दोनों भाई मिठाई और नाश्ता बाजार से ले आये थे।

बबली मिठाई की थाली ले आयी। उसने गुप्ता जी के पैर छुये। गुप्ता जी ने तुरन्त 500 रुपये बबली के हाथ में रख दिये और आशीर्वाद दिया। गुप्ता जी और कमलकिशोर ने एक–दूसरे को मिठाई खिलाकर मुँह मीठा किया। बबली के भाईयों ने विष्णु को मिठाई खिलाई। नाश्ते के बाद शादी की तैयारी की बातें होती रहीं। एक माह के अन्दर, जल्दी ही शादी की तारीख तय करने की बात कहकर, विष्णु और उसके पिता लौट गये।

उनके जाते ही सबने बबली को घेर लिया। बबली हँस रही थी साथ ही शरमा भी रही थी। इन्दिरा बोली–"बबली, तूने ऐसा क्या जादू कर दिया कि अब हमारे रिश्ते गुप्ता परिवार के साथ जुड़ रहे हैं?" कमलकिशोर भावविभोर होकर बोले–"बबली बेटी, सभी जानते हैं, मैं रेलवे में फोर्थ क्लास की नौकरी करता हूँ, फिर भी मेरी बेटी बनिया समाज के परिवार की बहू बनने जा रही है। बेटी, तुम इस योग्य हो, तुम हमें सामाजिक सम्मान दे रही हो।"

बबली ने निर्भीक होकर कहा–"पापा, अभी यह समझदारी सवर्ण समाज के समझदार एक दो लोगों में ही आयी है। इसे कैसे बढ़ाया जाय? हमारे लोगों को भी यह समझदारी रखना होगा कि वे भी उच्च शिक्षा पायें और द्वितीय, प्रथम श्रेणी के अधिकारी बनें। फिर वह दिन दूर नहीं होगा, जब ऐसे रिश्ते होना आम बात हो जायेगी।" पिता ने बेटी को आर्शीवाद देते हुए कहा–"अब यह बात तुम ही अपने जाति–समाज को समझाओगी।"

बबली के भाई रामकिशोर और कृष्णकिशोर ने कहा–"मम्मी–पापा, अब आप भी तैयार रहो, हमारे घर में भी अब ब्राह्मण बनिया परिवार की बेटियाँ बहुएँ बनकर आयेगीं।" यह सुनकर सब हँस पड़े। इन्दिरा ने कहा–"बेटे, इसके लिए अच्छी पढ़ाई और अच्छी नौकरी करना जरूरी होता है, तभी ऐसे रिश्ते खुशी के साथ बनते हैं।"

बबली ने मुस्कराते हुए कहा–"मैंने अपने जीवन में यही तय किया था, मैं शादी करूँगी, तो इन्टरकास्ट शादी ही करूँगी। वह भी कोर्ट मैरिज। आज मेरा यह स्वप्न पूरा हुआ है।" कमलकिशोर ने बबली बेटी के सिर पर हाथ रखकर कहा–"हाँ बेटी, तुम्हारा यह स्वप्न अच्छा है। ऐसे ही सपने हर बेटी ने देखना चाहिए, जिससे समाज में जात–पात भेदभाव की पुरानी परम्परा को खत्म किया जा सके। आज हमारी बेटी इस बड़े सपने को पूरा करने में मददगार बनी है।"

एक माह के बाद बबली की शादी हुई। रिसेप्शन में शैला, नमिता, ममता भी अपने परिवार के साथ बरहानपुर गयीं। बबली की शादी गुप्ता परिवार में हुई है, इस बात से शैला और निशा बहुत खुश हुईं, जैसे बबली ने उनके सपनों को साकार रूप दे दिया है।

प्रिया

नमिता की शादी को दो साल हो रहे थे, वैसे तो नमिता अपनी चतुराई और साहस के साथ, विशेष नाटकीय तरीके से सास–ससुर और पति को सही रास्ते पर ले आयी थी, मगर साल पर साल बीतते देखकर, राजेश्वरी का धीरज जबाब देने लगा। वह दबी जवान की अपेक्षा ऊँचे स्वर में बड़बड़ाने लगी–"बेटा की शादी किसलिए करते हैं? उसके बाल बच्चों को देखे, खिलायें। और नहीं तो क्या बहू का अचार डालें? जब बच्चे ही न हों तो बहू किस काम की।"

सास की ऐसी बातें नमिता प्रतिदिन सुनने लगी। इसी बीच एक दिन सुबह उसे उल्टियाँ होने लगीं। राजेश्वरी को लगा–"जरूर इसमें बहू की कुछ चाल है, बहू नाटक कर रही है।" वह चुपचाप उसे देखती रही। दो माह तक जब बहू को लगातार उल्टियाँ और चक्कर आते रहे, तब वह उसे अस्पताल ले गयी। डॉक्टर और नर्स से 'खुश खबर' सुनने के बाद, उसने पूरे मोहल्ले में पेड़े बँटवाये। उस दिन से नमिता अपनी सास की राजदुलारी बहू बन गयी।

मगर यह खुशी अधिक दिन तक नहीं चली। राजेश्वरी का अरमान था, नमिता को बेटा ही होना चाहिए। कहीं बेटी न आ जाये, इस डर से वह नमिता को अपनी पहचान के डॉक्टर के पास 'गर्भजल परीक्षण' के

लिए ले गयी। जब उसे रिपोर्ट मिली कि गर्भ में लड़की है, तब वह नमिता को गर्भपात करने के लिए प्रोत्साहित करने लगी–''लड़की तो पराया धन है। क्या करेगी लड़की को जन्म देकर। इसे निकाल कर फेंक दें।''

यह सुनते ही नमिता को बहुत गुस्सा आया–''माँ जी, मेरी बेटी के लिए आप ऐसा नहीं कहना। आप मेरी बेटी को नुकसान नहीं पहुँचा सकतीं। मैं पुलिस थाने में आपकी रिपोर्ट करूँगी।'' यह सुनते ही राजेश्वरी डर कर चुप हो गयी।

शादी के तीन साल बाद नमिता को पहली सन्तान प्रिया बेटी हुई। राजेश्वरी फिर से कठोर सास बन गयी। मगर नमिता और नवीन को अपनी फूल जैसी सुन्दर बच्ची प्रिया जान से भी ज्यादा प्यारी थी, इसलिए नमिता ने सास की कठोर बातों पर ध्यान देना छोड़ दिया। प्रिया तीन साल की हुई, तब तक नमिता की गोद में बेटा भी आ गया। प्रियांश को देखते ही राजेश्वरी बदल गयी, फिर भी कभी नवीन और कभी सास की नाराजी चलती ही रहती।

नमिता के जीवन में बदलाव आया है। शक्की और अत्याचारी पति नवीन पहले झगड़ा और मारपीट करता था, मगर वह अब पहले जैसा नहीं है। नमिता की बेटी और बेटा बड़े हो गये हैं। वे अपनी माँ का ख्याल रखते हैं। नमिता भी साहस के साथ अन्याय अत्याचार की बातों का जबाब देती है। नमिता अब नौकरी करने लगी है। सुबह 11.00 बजे से शाम 6.00 बजे तक वह मेडीकल अस्पताल में आया का काम करती है। बच्चे स्कूल जाते हैं। सास और देवरानी उन्हें सँभाल लेती हैं। देवरानी की भी दो बेटियाँ है। सभी बच्चे एक साथ स्कूल जाते और साथ ही लौटते। दिन–महीने बीतते रहे। बच्चे प्रतिवर्ष पास होते रहे।

शैला नमिता से मिली, तब नमिता ने कहा–''दीदी, मेरा बड़ा अरमान है, मेरे बेटी–बेटा भी डॉक्टर बनें। इसके लिए मैं शाम को बच्चों की पढ़ाई पर बहुत ध्यान देती हूँ। साथ ही बच्चों की ऊँची शिक्षा के लिए, लगने वाली बड़ी फीस के रुपये मैं अभी से जोड़ने लगी हूँ। इंग्लिस कॉन्हवेन्ट स्कूल में पढ़ने वाले अपने बच्चों के लिए मैंने ट्यूशन भी लगा दी है।''

यह सुनकर शैला ने कहा–''वाह नमिता, तुम तो बड़ी होशियार हो। ऐसी सूझबूझ वाली होशियार माँ के बच्चे जरूर डॉक्टर बनेगें। तुम इसी तरह बच्चों की पढ़ाई पर ध्यान देती रहो। नवीन भी बच्चों की पढ़ाई, खर्च और उनके अच्छे भविष्य के लिए ध्यान देता रहे, ऐसा प्रयत्न करती रहो।''

नमिता गर्व के साथ मुस्कराती रही। साथ ही उसने अपने इस सपने को स्वयं साकार करने का दृढ़ निश्चय कर लिया।

प्रियांश ने 'धरमपेठ हाईस्कूल' से दसवीं पास की, तब प्रिया एल.ए.डी. कॉलेज से विज्ञान में प्रथम श्रेणी के अंक लेकर 12वीं कक्षा पास हो गयी। साथ ही उसके एम.बी.बी.एस. की तैयारी शुरू हो गयी। घर में इस बात की सबको खुशी थी कि अब इस परिवार की बेटी डॉक्टर बनेगी।

प्रियांश को 10वीं कक्षा में द्वितीय श्रेणी के अंक मिले। विज्ञान और गणित के नम्बर कम हैं। ऐसी स्थिति में प्रियांश को, कामर्स के विषय लेकर, 11वीं कक्षा में एडमीशन करवाया गया। इस बात से राजेश्वरी बड़ी उदास हो गयी कि उनका प्रियांश डॉक्टर नहीं बनेगा। नमिता और नवीन को भी बड़ा अफसोस था, मगर वे क्या करते? कुछ दिन दुखी रहने के बाद परिवार में सब सामान्य हो गया। नमिता और नवीन ने भी यह समझ लिया–"पढ़ाई में बच्चों से उनकी इच्छा और पसन्द के विपरीत, जोर जबरदस्ती करना ठीक नहीं है।"

दादा–दादी के लिए प्रियांश ही सबसे उत्तम और महत्त्वपूर्ण था, चाहे वह पढ़े या न पढ़े। मगर अब वे प्रिया को भी उतना ही महत्त्व देने लगे। वे प्रिया की सुख–सुविधा और पढ़ाई का पूरा ध्यान रखते। प्रियांश भी अपनी पढ़ाई पर ध्यान देने लगा, यह देखकर नमिता ने सोचा–"बेटा डॉक्टर न सही, प्रोफेसर जरूर बनेगा।"

नमिता इस बात का ताना अपनी सास को बार–बार देती है–'देख लिया माँ जी, मेरी बेटी डॉक्टर बनेगी। आप तो इस दुनिया में उसे आने ही नहीं दे रही थीं। लड़कियाँ बोझ नहीं होती हैं। आप भी लड़की हो, मैं भी लड़की हूँ, हमारे बिना दुनिया कैसे चलेगी?" राजेश्वरी ने भी अपनी इस गलती को मान लिया–"लड़कों की तरह लड़कियाँ भी जरूरी हैं।"

❑

बहुत दिनों के बाद एक रविवार को सुबह 10:00 बजे शैला नमिता के घर आयी। शैला को देखते ही प्रिया दौड़कर आयी–"मौसी जी नमस्ते, आप कैसी हो?" कहते हुए वह शैला के गले लग गयी। छुटटी का दिन था, नमिता और नवीन घर में थे। वे भी बैठक में आकर बैठ गये। शैला को देखकर वे बहुत खुश हुए। प्रिया चाय नाश्ता ले आयी। राजेश्वरी नहीं दिखी। शैला ने पूछा–"दीदी कहाँ गयी हैं?" नवीन ने जबाव दिया–

"आजकल माँ की तबीयत ठीक नहीं है, बहुत कमजोर हो गयी है। मम्मी–पापा कुछ दिनों के लिए विनय के घर रहने गये हैं।"

नमिता के देवर ने सुभाष नगर में अलग प्लाट लेकर अपना अलग घर बना लिया है। इस घर में अब नवीन और नमिता ही रहते हैं। नवीन के माता–पिता कभी विनय के घर रहते हैं, कभी नवीन के घर। शैला को याद आया, वह जब भी नमिता से मिलने आती थी, तब राजेश्वरी ही पहले मिलती थी। आज राजेश्वरी के लिए उसे भी चिन्ता हुई। उसने नमिता को समझाया–"अपने सास–ससुर की तबीयत का पूरा ध्यान रखा करो। हमारा फर्ज है उनकी सेवा सँभाल करना।" नवीन ने तब विस्तार के साथ सब बातें बतायीं–"माँ को इन दिनों शुगर बहुत बढ़ गया है। ब्लडप्रेशर भी रहता है। हार्ट भी कमजोर हो गया है। डॉक्टर ने आराम करने के लिए बताया है।"

शैला, नमिता और नवीन से बातें करते हुए राजेश्वरी की तबीयत की चिन्ता करती रही। इसके साथ वह बच्चों की पढ़ाई और उनके भविष्य के इरादों के बारे में पूछती रही। इस बीच प्रिया ने खाना बना लिया। उसने सबको खाना खाने के लिए कहा। यह देखकर शैला को आश्चर्य हुआ –"यह लड़की, जो डॉक्टर बनने जा रही है, क्या इतनी जल्दी और इतना अच्छा खाना भी बना लेती है? वाह नमिता, तेरी बेटी तो बहुत समझदार है।"

प्रिया को शाबाशी देते हुए शैला ने प्यार के साथ उसकी पीठ थपथपायी। प्रिया ने मुस्कराते हुए पापा मम्मी प्रियांश शैला मौसी और अपने लिए खाना परोसा, दाल भात बैगन की तरकारी और चपाती। सब खाने लगे।

नमिता खाना खाते हुए बोली–"देखते हैं, आगे यह क्या करती है?" प्रिया ने तुरन्त कहा–"माँ, मैं वही काम करूँगी, जो शैला मौसी करती है।"

"कौन–सा काम करोगी?" नमिता ने तुरन्त पूछा। प्रिया ने गर्व के साथ कहा–"मैं शैला मौसी की तरह समाजसेवा का काम करूँगी। डॉक्टर बनकर गरीबों और दुखी महिलाओं की सेवा और मदद करूँगी।"

यह सुनकर शैला बहुत खुश हुई। उसे सन्तोष हुआ–"अब लड़कियाँ पहले जैसी नहीं हैं। वे चाहें तो नारी शोषण उत्पीड़न का प्रतिकार स्वयं कर सकती हैं।"

ममता की स्थिति बदल रही है। उसकी बेटियाँ बड़ी हो रही हैं। शैला ममता की नौकरी के लिए लगातार प्रयत्न करती रही थी। ममता सिर्फ 10वीं पास थी। कम्प्यूटर टाईपिंग कुछ नहीं जानती। किसी तरह उसे घर के करीब 'इन्दिरा गाँधी प्रायमरी स्कूल' में चपरासी की नौकरी मिल सकी थी। घर में उसके वेतन के 5000/– रुपये प्रति माह आने लगे, जिससे बच्चों के पढ़ाई के खर्च में और घर खर्च में सहयोग मिलने लगा। शैला देख रही है, नौकरी लगने के बाद ममता का जीवन बदला है। अब वह डरी सहमी नहीं रहती। हर बात में वह भी सबसे सवाल जबाब करती है, न्याय और अधिकार की बातें करती है।

ममता की ननदें काजल और किरण की शादी हो गयी है। वे अपनी ससुराल में रहती हैं। वे अपनी भाभी के साथ अब दुष्टता का व्यवहार नहीं करतीं। लेकिन अब वह समय भी बीत गया है, जिसका लाभ अपने लिए और अपने परिवार के लिए ममता ले सकती थी। अब तो चार बेटियों की जिम्मेदारियों को उन्हें ही उठाना है।

राजेश परेशान था, उसका वेतन पहले से ही सिर्फ पाँच हजार रुपये था। चार बेटियों को, पालन पोषण के साथ, पढ़ाना लिखाना उसके लिए कठिन हो गया था। ममता नौकरी करके घर में आर्थिक सहयोग देने लगी, इससे राजेश उसके महत्त्व को समझने लगा। घर खर्च के साथ बेटियों के विवाह की जिम्मेदारी भी उठाना है। बेटियों की उम्र बढ़ती देखकर, ममता और राजेश एक–दूसरे की ग़ैरजिम्मेदारी की बात कहते हुए, आपस में लड़ते रहते हैं। मगर समय बीतने के बाद पछताने से क्या हो सकता है? राजेश इस बात पर पछताता है–"काश, मैंने ममता की अधूरी पढ़ाई को पूरी करवाने में सहयोग दिया होता और उसे भी कोई अच्छी नौकरी करने दिया होता, तो आज हमारी ऐसी मजबूरी नहीं रहती।"

विवाह के बाद लम्बे समय तक मारपीट, ताड़ना, प्रताड़ना, कुपोषण और सदा भयभीत रखे जाने से ममता का शरीर क़मजोर हो गया है। खाँसी बुखार दमा जैसी बीमारियों ने उसे घेर लिया। सास–ननद और पति के जुल्मों से जूझने वाली ममता अब इन बीमारियों से लड़ते हुए, अपने आप से जूझ रही है और नौकरी भी कर रही है। माता–पिता और घर

की स्थिति को समझते हुए, उनकी बेटियाँ कहतीं–"हम भी मैट्रिक करने के बाद, नौकरी करके, मम्मी–पापा को सहयोग देगीं।"

ममता की बेटियाँ निम्मी कम्मो पम्मी और नैना कमजोर लड़की नहीं हैं। वे अपने निर्णय स्वयं लेकर, अपने काम खुद करती हैं। मैट्रिक तक पढ़ी बेटियों की नौकरी साधारण और उनका वेतन भी साधारण, फिर भी वे अपनी जिम्मेदारी निभा रही हैं। नैना पढ़ रही है, सबको उम्मीद है, वह उच्च शिक्षा पाकर अच्छी नौकरी पा सकेगी, तब माता–पिता और बड़ी बहनों को उनकी जिम्मेदारियों में मदद कर सकेगी।

इसी बीच निम्मी की शादी के लिए कामठी से रिश्ता आया। दादी को निम्मी की शादी की बड़ी खुशी थी। दामाद करतार सिंह की कमाई कम थी मगर वह देखने में बहुत सुन्दर था इसलिए दादी खुश थी। कामठी नागपुर के नजदीक है, बेटी बार–बार आती जाती रहेगी, इस बात की भी उन्हें खुशी थी। दादी ने खुशी–खुशी रिश्ता मंजूर कर लिया। धूमधाम से निम्मी की शादी हो गयी।

निम्मी अपने पिता राजेश की तरह गुस्सेल और तुनक मिजाज है। इसके साथ अपने दादा–दादी की लाडली रहने से नाजुक मिजाज भी है। 'दुबले पर दो अषाढ़' जैसी कहावत यह हो गयी कि ऐसी नखरे वाली निम्मी को कठोर व्यवहार वाले ससुराल के लोग मिले। पति भी कठोर और सास–ससुर भी। कमला दादी का यह विचार था कि बेटी को धन दहेज देकर ससुराल भेजो, तो ससुराल के लोग बेटी को हाथों–हाथ रखते हैं। उनके परिवार में निम्मी की शादी पहला कारज था। राजेश और कमला ने रिश्तेदारों के घर शादी में जो दहेज और नगद राशि रुपये दिये थे, वे निम्मी की शादी में वापस किये गये। कमला ने भी निम्मी के लिए पूरे गहने बनवाये थे। बिन्दिया, नथनी, झुमकी, हार, कंगन, अँगूठी, चेन, पायजेब सब कुछ दिया। मगर शादी के 6 माह बाद से ही निम्मी पर कठोर शासन किया जाने लगा। हर बात में रोक टोक शुरू हो गयी–"यह क्यों किया? वह काम क्यों नहीं किया?"

बेचारी निम्मी मायके आती तब दादी से उन सभी की शिकायत करती। कमला अन्त में यही कहती–"बेटी अब रहना तो तुम्हें वहीं है। यहाँ तुम्हारी तीन बहनें और भी हैं। उनकी भी सोचो।"

निम्मी बहुत दुखी थी। इसी तरह दो साल निकल गये। इस बीच कम्मो और पम्मी का रिश्ता एक साथ आया। अच्छा घर वर देखकर राजेश,

ममता और कमला ने दोनों बेटी के रिश्ते मंजूर कर लिए और 4 माह के अन्दर दोनों की शादी कर दी। दोनों दामाद सगे भाई हैं, ग्रेजुएट हैं। उनके मम्मी–पापा भी नौकरी करते हैं। घर में किसी चीज की कमी नहीं है। कम्मो और पम्मी अपनी ससुराल में सुख से रहने लगीं।

अब निम्मी को अपनी पीड़ा असहनीय लगने लगी। कमला ने निम्मी के साथ हमेशा रुपए और मँहगे सामान भेजकर, ससुराल वालों की आदत भी बिगाड़ दी। अब वे स्वयं ही बार–बार दहेज की माँग करने लगे। कम्मो और पम्मी की शादी के बाद ममता और राजेश के हाथ तंग हो गये। साथ ही नये रिश्तेदारों की समझदारी ने कमला की आँखे खोल दी थीं। कम्मो पम्मी के सास–ससुर कमला से हमेशा यही कहते–

"बहन जी, हमारा रिश्ता बच्चों से है। वे खुश रहें। हमारे घर में सब कुछ है।" पम्मी और कम्मो के ससुराल वालों से ममता भी बहुत खुश थी। कमला को भी सही बात समझ में आने लगी थी। निम्मी की चिन्ता के कारण अब वह गुमसुम रहने लगी, अधिक चिन्ता से वह बीमार हो जाती, कभी छाती में दर्द होने की बात भी बताती। पहले की दबंग कमला अब कमजोर हो गयी थी।

❏

इस बार तो करतार सिंह ने हद ही पार कर दी। पम्मी और कम्मो की शादी के बाद, निम्मी और करतार के बीच वाद विवाद बढ़ता ही जा रहा था। तंग आकर निम्मी ने पूछा–"आखिर तुम चाहते क्या हो?" यह कहते समय निम्मी की बड़ी–बड़ी आँखों में आँसू भर आये।

निम्मी की निर्बलता को समझकर करतार ने सही समय पर अपने मन की बात बता दी–"निम्मी, अब तो मेरा मन चाहता है, हम अपनी कार में घूमें। तुम अपने पापा और दादी से कहो, हमें बढ़िया कार खरीद कर दें।"

"कार?" निम्मी आश्चर्य में पड़ गयी। तभी निम्मी की सास ने कुटिलता के साथ हँसकर, अपनी बात कही–"अरे, आजकल कार कौन–सी बड़ी बात है? नागपुर की न जाने कितनी लड़कियों को मायके वालों ने कार खरीद कर दी है।"

सास की बात सुनकर निम्मी चुप रह गयी–"यह सच भी है कि आजकल कई लोग अपनी बेटियों को कार देने लगे हैं।" उसे शैला मौसी

की बातें याद आयीं–"दहेज प्रथा का विरोध करना चाहिए, दहेज माँगने वालों को मुँहतोड़ जवाब देना चाहिए।"

शैला कई महीनों से सुन रही थी कि निम्मी का पति करतार सिंह और सास–ससुर निम्मी से दहेज की डिमाण्ड करते रहते हैं। पम्मी कम्मो की शादी में निम्मी मिली, तब शैला ने उसे अच्छी तरह समझाया था–"देखो निम्मी, तुम इस घर की बड़ी बेटी हो। तुम अपनी माँ और पापा की आर्थिक स्थिति जानती हो। याद रखो, अब आगे यदि ससुराल से कोई भी, कुछ भी वस्तु या रुपयों की माँग करें, तुम उसे रिकार्ड कर लो या उनसे लिखवाकर उनके हस्ताक्षर करवा लो। या इन बातों का कोई गवाह तैयार कर लो। ताकि कानूनी रूप से उन लालची लोगों पर कार्यवाही की जा सके।"

शैला की यह बात याद करके निम्मी मन ही मन अपनी योजना बनाने लगी। वह जानबूझ कर सास और पति के साथ अच्छा व्यवहार करने लगी। ऐसे मधुर क्षणों में जब करतार सिंह ने उसे मायके से कार माँगने की बात कही, तब निम्मी बड़े प्यार और मनुहार के साथ बोली–"सुनो जी, मैं मायके जाऊँगी, तब उनसे यह बात कहूँगी, मगर वे मेरी इस बात पर विश्वास नहीं करेंगे। आप अपनी बात और सासू माँ जी की बात एक पत्र में अच्छे से लिख दीजिए न। और साथ में आपके हस्ताक्षर भी कर दीजिए। तब मेरे पापा और दादी जरूर हमें कार दे देंगें।" निम्मी यह कहने के साथ, करतार को प्यार से देखते हुए मुस्कराती रही।

करतार को थोड़ा आश्चर्य हुआ था–"इतनी बड़ी बात के लिए निम्मी इतनी आसानी से कैसे मान गयी?" उसने तुरन्त विस्तार के साथ, अपनी इच्छा और अपनी माँ की इच्छा बताते हुए पत्र लिखा। साथ ही यह भी लिखा–"वे इसके बाद निम्मी का पूरा ध्यान रखेगें। आपकी ही बेटी कार में घूमेगी फिरेगी।" अन्त में यह भी लिख दिया–"यदि आपने कार नहीं दी, तो निम्मी के साथ ठीक नहीं होगा। इसकी जिम्मेदारी आप पर होगी।"

कम्मो और पम्मी नागपुर से दूर बल्लारपुर में ब्याही हैं। वहाँ ट्रेन से जाने में 3–4 घण्टे लगते हैं। निम्मी नागपुर के पास कामठी में है। वह कभी भी मायके आती जाती रहती है। कार की 'डिमाण्ड' के लम्बे पत्र के साथ निम्मी को करतारसिंह ने उसके मायके में लाकर छोड़ दिया। साथ ही निम्मी के कान में यह भी कह दिया–"कार लेकर आओगी तभी कामठी आना। बिना कार के आओगी, तो मुझसे बुरा कोई न होगा।"

निम्मी तब मन ही मन मुस्कराई। दूसरे ही दिन वह नागपुर आयी और शैला से मिली। शैला के मार्गदर्शन में निम्मी ने ससुराल वालों की शिकायत के साथ, लम्बा आवेदन पत्र तैयार किया। करतार सिंह के हस्ताक्षर वाला पत्र साथ में जोड़कर, उसने अपने पति की कम्पलेन्ट पुलिस थाने में कर दी। साथ ही करतार सिंह की मौखिक धमकी को भी लिखकर दे दिया।

करतार सिंह को सारी बात समझ में आयी, तब तक देर हो चुकी थी। कोर्ट कचहरी के चक्कर शुरू होने के बाद करतार ने माफी माँगी। मगर निम्मी ने उसके साथ रहने से साफ इन्कार कर दिया। उसने कोर्ट के मार्फत अपनी शादी में दिया गया और बाद में दिया पूरा सामान, नगद राशी और हर्जाना रूप में शादी का पूरा खर्च सब ले लिया।

❑

निम्मी अब मम्मी पापा के साथ ही रहती है। निम्मी की छोटी बहन नैना बचपन से ही थोड़ी कमजोर है। एक पैर में पोलियो होने से वह लचककर चलती है। ऐसी स्थिति में अब निम्मी ही अपने मम्मी और पापा के साथ रहकर उनकी मदद करना चाहती है। निम्मी ने उनको बता दिया–''मम्मी जी, पापा जी, अब मैं कभी ससुराल नहीं जाऊँगी। ऐसे लालची लोग मुझे कभी भी जान से मार सकते हैं। मुझे दूसरी शादी नहीं करना है। मैं अब जीवन भर ऐसे ही आपका और नैना का सहारा बनकर रहना चाहती हूँ।''

निम्मी की ऐसी बातें सुनकर ममता ने शैला से कहा–''देखो न दीदी, यह क्या कह रही है? क्या बेटियों का जीवन ऐसा होना चाहिए? कामठी की ससुराल से अब उसका कोई रिश्ता नहीं रहा। हम उसके लिए दूसरा अच्छा घर और वर ढूँढ़ कर, उसके जीवन को फिर से सँवार देना चाहते हैं।'' मगर शैला चुप रही।

निम्मी के जिद्दी स्वभाव के सामने ममता की एक नहीं चल पायी।

राजेश यही चाहते थे कि निम्मी उनके साथ रहे। शैला ने भी ममता को समझा दिया–''ममता, चिन्ता क्यों करती हो? अब बेटियाँ भी बेटों की तरह नौकरी करके, अपने माता–पिता को सँभाल सकती हैं। उसकी शादी की चिन्ता भी तुम मत करो। जब निम्मी की इच्छा होगी, वह अपनी पसन्द के लड़के के साथ विवाह करना भी मंजूर कर लेगी। निम्मी को अपने पास रहने दो। नैना को भी बहन की मदद मिलेगी। अब तुम यही समझो, निम्मी और नैना तुम्हारे दो बेटे हैं।''

यह बात ममता के गले से नीचे नहीं उतर रही थी, फिर भी वह चुप रही। निम्मी को अब अपने कर्तव्य पूरे करने के अवसर मिल रहे हैं। राजेश और ममता निम्मी से खुश है, फिर भी वे चाहते है–"निम्मी का अपना गृहस्थ जीवन बसे और निम्मी अपने घर परिवार के साथ खुश रहे।"

राजेश समझदार हो गया है, शैला के आने पर वह उसका मान सम्मान करता है। शैला की कही बातों को वह ध्यान से सुनता है। अपनी पत्नी ममता के दुख–दर्द और स्वास्थ्य का ख्याल रखता है। राजेश देख रहा है, उसका छोटा भाई अपनी पत्नी और दो बच्चों के साथ सुखी है। वह समझदार है, पति–पत्नी नौकरी करते हैं। उनकी दोनों बेटियाँ उच्च शिक्षा पा रही हैं। राजेश अपने भाई के परिवार से अपने परिवार की तुलना करता है और अपनी गलती को महसूस करता है–"काश! उसने एक या दो बेटी के बाद ही फैमिली प्लानिंग कर ली होती, तो आज उसका परिवार भी छोटा रहने से सुखी रहता।"

राजेश के पछतावे की बातें सुनकर, शैला को उस पर गुस्सा आता है– "समय पर सही बात क्यों नहीं समझे?" शैला को उनकी बेटियों के भविष्य की चिन्ता थी। वे सही दिशा में आगे बढ़ रही हैं, यह देखकर वह खुश है।

शैला याद करती है, राजेश की माँ कमला की वे बातें, बार–बार घर आने पर भी वह ममता को उससे मिलने नहीं देती थी। ममता के लिए वह समय कितना कष्टदायक था? चौथी बेटी के समय आप्रेशन के बाद ही, कमला का व्यवहार उनके प्रति बदल पाया था। मगर तब तक देर हो चुकी थी। वह समझ गयी थी–"काश! उसने शैला की बात मानकर समझदारी से काम लिया होता, तो आज उसके बेटा बहू भी सुखी रहते।" कमला अपनी बहू ममता के साथ अच्छा व्यवहार करने लगी। उसे अपनी बेटी जैसी ही मानने लगी। ममता भी कष्ट बीमारी के समय उसकी सेवा सँभाल करती थी।

फिर ऐसा समय आया कि कमला ने किसी को भी कुछ समझने का, सेवा करने का समय नहीं दिया। 25 दिसम्बर को शीत लहर के प्रकोप से मौसम बहुत ठण्डा था। घर के सब लोग घर में थे। चहल–पहल के साथ खाना–पीना चल रहा था, ऊँची आवाज में टी.वी. भी चल रहा था। सुबह के 10 बजे के बाद का समय था, अचानक कमला की छाती में जोर से दर्द उठा।

उसने कराहते हुए राजेश को पुकारा, उसके बाद ममता को। इसके साथ ही जैसे सब कुछ खत्म। ह्रदयगति रुकने से अचानक ही कमला चल बसी।

अपने अन्तिम दिनों में वह भी अपने बेटा बहू और उनकी बेटियों के लिए चिन्तित रहती थी। अपने कष्ट के दिनों में वह समझ गयी थी–"बेटे की राह देखते हुए परिवार को बड़ा बनाना समझदारी नहीं। बेटी भी बेटे की तरह माँ–बाप को सुख देती हैं।"

❐

शैला को नागपुर के पास गोरेगाँव निवासी एक ऐसा परिवार मिला है, जिसका बड़ा बेटा राज चौहान मिलेट्री में और छोटा बेटा दीपक नागपुर की दूध डेयरी में नौकरी करता है। राज की शादी हो चुकी है, मगर नौकरी के कारण लम्बे समय तक घर न आने से, उसकी पत्नी ने उससे तलाक ले लिया है। राज चौहान 21 वर्ष की उम्र में मिलेट्री में भर्ती होकर, देश की बार्डर पर बटाला चला गया था। 15 वर्ष पूरे होने पर सेवामुक्त होकर, वह 36 वर्ष की उम्र में अपने घर वापस आया है। अब वह 'भारतीय सुरक्षा बल विभाग नागपुर' में सैनिकों को ट्रेनिंग देने की नौकरी कर रहा है। उससे 7 साल छोटा भाई दीपक चौहान है।

शैला बहुत दिनों से ममता को याद कर रही है। उसे निम्मी और नैना से भी मिलना है मगर अपने कार्यों में व्यस्त रहने के कारण वह समय ही नहीं निकाल पा रही है। वैसे निम्मी और नैना से मिलना भी रविवार के दिन ही सम्भव है। निम्मी अब नागपुर महानगर पालिका के ऑफिस में क्लर्क की नौकरी कर रही है। नैना भी शंकरनगर में प्रायवेट रूप से चल रहे कम्प्यूटर संस्थान में कोचिंग लेने के बाद, वहीं नौकरी करने लगी है।

रविवार को घर में बहुत काम रहते हैं, फिर भी समय निकालकर शैला ममता के घर गयी। उसके साथ राज चौहान और दीपक चौहान भी थे। राज के माता–पिता गुजर गये हैं। राज की शादीशुदा बड़ी बहन माया और बहनोई भी उनके साथ गये।

शैला के साथ मेहमानों को देखकर राजेश और ममता बहुत खुश हुए। शैला ने प्यार के साथ निम्मी को समझाया और राज चौहान के विषय में पूरी जानकारी दी। राजेश और ममता भी निम्मी के भविष्य की बहुत चिन्ता करने लगे थे। ऐसे समय में शैला का संहयोग उन्हें अच्छा लगा। ममता और राजेश ने सबका स्वागत–सम्मान किया। राज को निम्मी बहुत

पसन्द आयी। निम्मी ने भी उसे पसन्द किया। दोनों भाई का रिश्ता एक ही घर में करना है, इस दृष्टि से राज के छोटे भाई का रिश्ता नैना के साथ तय माना गया।

निम्मी की दादी नहीं है। अब निम्मी बहुत समझदार हो गयी है। वह अपने मम्मी–पापा और छोटी बहन की चिन्ता करते हुए, उनका बहुत ख्याल रखने लगी है। वह सोचती है, मैं और नैना शादी के बाद ससुराल चली जायेगीं, तब मम्मी–पापा की देखभाल कौन करेगा? इस बात को समझकर, शादी की इन बातों के बीच निम्मी ने अपनी एक शर्त रख दी।

उसने दृढ़ शब्दों में सबके सामने कहा–"शादी के बाद लड़कियाँ ससुराल में जाकर रहती हैं। मगर मैं शादी के बाद भी अपने माता–पिता के साथ रहना चाहती हूँ। हमारे साथ नैना भी यहीं रहेगी। यदि मेरी यह बात आप मंजूर करेंगें, तभी ये दोनों शादियाँ हो सकेगीं।"

निम्मी की बात सुनकर राज की बहन ने खुश होकर कहा–"हम 'जानकी नगर' में हमारे घर में रहते हैं। ये दोनों भाई गोरेवाड़ा में रहते हैं। वे चाहे यहाँ रहें, चाहे वहाँ रहें, एक ही बात है।" माया बहन की बात सुनकर, राज ने भी अपनी सहमति देते हुए ममता और राजेश से कहा–"आपकी सहमति है, तब शादी के बाद हम यहीं रहेगें। हमें यह बात मंजूर है।" यह सुनकर निम्मी को बहुत खुशी हुई। राजेश और ममता को पहली बार अपनी बेटियों पर गर्व महसूस हुआ। राजेश ने राज को "बेटा" कहकर गले से लगा लिया।

नैना को देखकर दीपक अपना दिल उसे दे बैठा था। ये दोनों शादी तय हुईं, इसके साथ ही निम्मी ने यह नयी पद्धति शुरू की। इस बात से राजेश और ममता बहुत खुश हैं। ममता ने ऊँची आवाज में राजेश से कहा–"कौन कहता है, बेटियाँ पराया धन हैं? समझदार लड़कियाँ लड़को से कम नहीं होती हैं।" शैला भी इस बात से प्रसन्नता और समाधान का अनुभव कर रही थी।

वह लड़की

शैला मोनी के विषय में सोचती रही–मोनी ने प्रथम श्रेणी में बी.ई. किया है। इसके बाद वह नागपुर के 'महिला इंजीनिरिंग कॉलेज' में पार्ट टाईम

नौकरी करने लगी। मोनी नौकरी करते हुए 'दलित महिला मुक्ति' का काम करती है। बचपन से मिली शिक्षा–दीक्षा का प्रभाव था, मोनी समय मिलते ही अपना कर्तव्य मानकर, समाजसेवा का कार्य करने लगी।

मोनी 'दलित आन्दोलन' और 'महिला मुक्ति आन्दोलन' से जुड़ी है। उनके साथ अरविन्द भी दलित आन्दोलन के कार्यकर्ता के रूप में काम करता है। ओ.बी.सी. मराठा जाति का अरविन्द जगताप हिन्दी साहित्य में एम.ए., बी.एड. है। अधिकतर मोनी और अरविन्द साथ–साथ फील्ड में जाकर काम करते हैं। दलित मोहल्लों का सर्वे करना, शोषित पीड़ित लोगों से मिलना, उनकी समस्याएँ सुनना और उनकी समस्याओं को अपनी संस्था के मार्फत सुलझाने का प्रयत्न करना–प्रतिदिन उनके यही कार्य रहते। वे कभी इमामवाड़ा की दलित बस्ती में जाते, कभी सुरेंद्रगढ़ की दलित बस्ती में। कभी सोनेगाँव की झोपड़पट्टी में, कभी खलासी लाइन के पीछे की झोपड़पट्टी में। उनके ये काम लगातार चलते रहते हैं। मोनी और अरविन्द के कार्यो और उनकी सफलता को शैला लगातार देख रही है।

मोनी और अरविन्द पथनाट्य भी तैयार करते हैं। समाज की बुराईयाँ, जैसे नशाखोरी, बालविवाह, बडा परिवार, स्त्री शोषण आदि मुद्दों को लेकर इनके विरोध में वे पथनाट्य तैयार करते हैं। सरल सहज और सटीक डॉयलॉग लिखकर, समाज को अच्छा सन्देश देने वाले नुक्कड़ नाटक बनाकर, वे दलित बस्तियों में सबके सामने प्ले करते हैं। जिसे देखकर और उन संवादों को सुनकर, दलित बस्ती के लोग अपनी स्थिति और बुराईयों पर विचार करने लगते हैं। मोनी और अरविन्द दलित बस्ती में वहीं के लड़के और लड़कियों को पथनाट्य के संवाद सिखाकर, अभिनय कला सिखाते हैं। ये पात्र अपने मोहल्ले में जहाँ जो बुराई देखते, वहाँ नियोजित डॉयलाग बोलने लगते, जिससे लोग उनकी बात जल्दी समझ जाते।

मोनी और अरविन्द के ये काम लम्बे समय से चल रहे हैं। इस बीच अरविन्द भी 'नेताजी सुभाषचन्द्र बोस चौक' के पास, 'आदर्श ज्यूनियर कॉलेज' में हिन्दी के प्राध्यापक की नौकरी करने लगा। अब वे छुट्टी के दिन और प्रतिदिन शाम के समय अपना काम करते हैं। उनके एक जैसे विचार हैं, एक जैसे काम हैं और समाज सेवा का एक जैसा उद्देश्य है।

समाज से जातिभेद को मिटाने के लिए अन्तरजातीय विवाह जरूरी है, अरविन्द जगताप यह बात जानता है। वह यह भी जानता है, मोनी

वाल्मीकी जाति की दलित लड़की है, फिर भी वह उसे अपनी जीवन संगनी के रूप में पसन्द करने लगा है। लगातार साथ रहने से, उनके बीच प्रेम सम्बन्ध बढ़ते गये।

शैला उनके बीच बढ़ते प्रेम को देख रही है। उसे खुशी हुई कि मोनी ने सही जीवन साथी का चुनाव किया है। एक साथ रहने के विचार से मोनी और अरविन्द ने 'कोर्ट मैरिज' करनी चाही, तब शैला के सहयोग से यह विवाह जल्दी ही सम्पन्न हो गया। श्यामलाल बहुत दिन तक शैला और मोनी से नाराज रहे। मोनी माँ के परामर्श से पिता से मिलती रही। धीरे–धीरे उनका गुस्सा शान्त हुआ। पिन्टू और अरविन्द के बीच पहले से ही दोस्ती थी। विवाह के बाद मोनी पति के साथ रहने लगी।

शैला ने देखा, शादी के बाद भी वे मित्र की तरह साथ रहकर काम करते हैं। दोनों एक–दूसरे के सुख–दुख का ख्याल रखते हैं। शादी होने के बाद उनके बीच आपस की लड़ाईयाँ कभी नहीं हुईं। पति का तानाशाही का अधिकार, पत्नी की दोहरी तिहरी जिम्मेदारी का सन्ताप यहाँ नहीं है। वे एक होकर अधिक सबलता से काम करने लगे। मोनी सीताबर्डी के पास आनन्द नगर में अपनी ससुराल में रहती है। अरविन्द के माता–पिता और छोटा भाई उनके साथ रहते हैं।

❐

शैला और मोनी की मुलाकातें सामाजिक जागृति के कार्यक्रमों में होती हैं। 20 नवम्बर को, दीक्षाभूमि में 'भारत रत्न बाबासाहब डॉ. भीमराव अम्बेडकर परिनिर्वाण दिन' 6 दिसम्बर के कार्यक्रम के सम्बन्ध में दलित महिला कार्यकर्ताओं की मीटिंग थी। मीटिंग के बाद, घर लौटते समय शैला ने मोनी से पूछा–"मोनी बेटी, तुम्हारी ससुराल में सब लोग कैसे हैं? अरविन्द का भाई अभी कहाँ और कैसे रहता है? क्या उसे आभा ने तलाक दे दिया है? क्या देवर ने दूसरा विवाह..?"

मोनी के देवर पवन और देवरानी आभा के बीच कई दिनों से झगड़ा चल रहा है, इससे मोनी परेशान है। मोनी आभा से कहती है–"माँ पिता पर बोझ बनने के बदले, लड़कियों ने अपना जीवन अपने ढ़ंग से जीना चाहिए।" मगर आभा अधिकतर मायके में रहती है।

शैला आभा की समस्याओं को जानती है और पवन की ग़ैरजिम्मेदारी को भी।

मोनी ने माँ से कहा–"मम्मी, वह कुछ भी करे।"

"फिर भी पता तो होगा..."

"हाँ, सब पता है। ऐसे भिनकू, चिड़चिड़े, परम्परावादी पुरुष को कौन अपनी बेटी देगा? पत्नी क्या नौकरानी के रूप में यूँ ही मिल जाती है? पत्नी नौकरी भी करे, घर का खर्च भी चलाये और पति की हुकूमत भी सहे, ऐसा कौन लड़की सहेगी?"

"हाँ, मगर समाज के लोग पुरुषों के दुर्गुण नहीं देखते हैं बेटी।"

"सब देखते हैं। आजकल सब समझदार हो गये हैं। परम्परावादी संस्कारों में जकड़ी लड़कियों का जमाना भी बीत रहा है। लड़कियाँ जागृत और होशियार बनती जा रही हैं। ऐसी जागरूक लड़की से वह शादी करेगा? 'आ गाय मुझे सींग मार' कहेगा?" मोनी अपने नये मुहावरे पर स्वयं हँसती रही। शैला बेटी को हँसते देखकर चुप रही।

आभा नागपुर की 'एम्प्रेस 'कपड़ा मिल' में नौकरी करती है। पहले पवन की नौकरी भी आभा के ऑफिस में थी। दोनों प्रतिदिन मिलते थे, हँसते बोलते थे। दोस्ती बढ़ने पर साथ–साथ घूमते फिरते भी थे। इस तरह मराठा जाति के पवन को जाटव जाति की आभा से प्रेम हो गया। पवन आभा की सुन्दरता पर मुग्ध हो गया था। तब दोनो ने ही अपनी मर्जी से 'कोर्ट मैरिज' कर ली थी। शादी के दो साल तक सब ठीक चलता रहा। इसके बाद पवन ने नौकरी छोड़ दी। वह शराब पीने लगा और आभा को तकलीफ देने लगा। पवन के ऐसे व्यवहार से सभी उससे नाराज हैं। आभा भी पति की मारपीट और गाली–गलौच से तंग आकर, उससे अलग होना चाहती है। नयी नौकरी में पवन की कमाई कम है, और उसके खर्च बहुत बढ़ गये हैं।

मोनी कुछ देर के बाद बोली–"इस बार आभा के साथ देवर ने बहुत झगड़ा किया, तब हमने उसे घर से अलग कर दिया। आभा हमारे साथ है। पवन ने दो रूम का एक फ्लैट खरीदा है, अकेला ही रहता है। अपने हाथ से खाना बनाकर खाता है। कभी–कभी हम लोगों से मिलने भी आता है। कहता है–झगड़े की बातें भूलकर हम फिर से एक साथ रहें।"

शैला ने जिज्ञासा से पूछा–"फिर आभा ने क्या सोचा है बेटी?"

"क्या सोचे? पागल है वह? जो ऊखल में सिर देगी, मूसल की मार खाने के लिए? जानती नहीं हो? फिर से वह पत्नी के साथ रहेगा, फिर से उनके वही लड़ाई–झगड़े होंगे, घर में अशान्ती रहेगी। वह उसे फिर से

अपने पैरों की जूती मानने लगेगा।" गुस्से से मोनी का मुँह तमतमा गया। उसके क्रोध के आवेग को देखकर शैला चुप हो गयी, साथ ही आभा के भविष्य के बारे में सोचने लगी।

शैला स्वयं पति की प्रताड़ना से पीड़ित रही है, मगर वह अपने पति से तलाक लेने की बात नहीं सोच सकी। मोनी की देवरानी आभा ने यह फैसला जल्दी ही ले लिया–"क्यों सहे वह पति की प्रताड़ना? जब वर्षों बाद भी यही होते रहना है, तब क्यों न आज ही ऐसे सम्बन्ध को तोड़ दिया जाये?" आभा की इस बात को सुनकर, शैला भी उससे सहमत है।

शैला जानती है, यह आज की लड़कियों का अपना फैसला है। वह लड़कियों को परम्परावादी बन्धनों में बँधने की बात नहीं कहना चाहती उसका मन चाहता है कि उन सभी लड़कियों के सूने उदास जीवन में परिवर्तन हो। उसने मोनी से कहा–"उन्हें अवसर जरूर देना चाहिए।"

"मम्मी, आभा के जीवन में पुराने इतने घाव हैं कि उन्हें भूलने में एक उम्र बीत जायेगी। आभा के कष्टों को याद करके, मैं आभा से प्रेरणा लेती हूँ और शोषित पीड़ित महिलाओं को अन्यायी अत्याचारी पति से मुक्त होने की राह बताती हूँ।"

शैला सोचने लगी–"मैं स्वयं अन्यायी पति को सबक सिखाने की बात कहती हूँ।" वह मोनी को पहचानने की कोशिश करती है–'एक बेटी के रूप में' और एक 'महिलावादी कार्यकर्ता के रूप में।' मोनी को माँ का मार्गदर्शन मिला है। माँ के 'नारी जागृति उद्देश्य को लेकर वह अपने कार्य कर रही है। मोनी माँ के सपनों का भविष्य है। दृढ़ता में वह माँ से भी आगे है।

शैला को आभा के पक्ष में मोनी का स्पष्ट और निर्विकार स्वर सुनायी दिया–"जिस दुष्ट पति को छोड़कर एक साल हो गया। यह साल, जिसकी कड़वी यादों में बीता, तब अपनाने के लिए क्या कोई अन्य नहीं है? यदि आभा पुनर्विवाह करना चाहे, तो क्या उसे अपनी पसन्द का 'जीवन साथी' नहीं मिल सकता? पवन को अपनी गलती महसूस होती है, वह मिन्नते करता है। आभा उसकी बात क्यों सुने? क्यों उसकी बात माने? वह स्वतन्त्र है। अपना निर्णय वह स्वयं लेगी, अपनी मर्जी से लेगी और सोच समझकर अच्छा निर्णय लेगी।"

शैला ने सोचा–"अपनी ही देवरानी का, देवर से तलाक करवाना और फिर देवरानी का किसी अन्य से पुनर्विवाह करवाना, सामाजिक दृष्टि से

बहुत बड़ा कदम होगा। लेकिन इसमें गलत क्या है? 'महिला मुक्ति' की दृष्टि से जो हम सबके लिए सोचते हैं, वह अधिकार हमारे घर की स्त्री को भी मिलना चाहिए। यदि हमारे सामाजिक मूल्य ही गलत हैं, तो उन मूल्यों को ही बदल देना चाहिए। इसी का नाम है–सामाजिक क्रान्ति।''

शैला को मोनी के विचारों पर गर्व का अनुभव हुआ–''गलती करने वालों को ही सजा मिलना चाहिए, न कि बेगुनाह को। पवन की गल्तियों की सजा आभा को नहीं मिलनी चाहिए।''

शैला के मन में यह आशा है कि मोनी आभा का घर फिर से बसा देगी। वह जानती है, मोनी अरविन्द के साथ मिलकर कठिन काम भी कर सकती है। अरविन्द बहुत अच्छा 'जीवन साथी' है। उसको मोनी ने पसन्द किया है, वह अरविन्द से बहुत गहरा प्यार करती है। उसके साथ रहकर वह कभी किसी काम में हार नहीं मानेगी। अब मोनी सबल और स्वतन्त्र मानसिकता की मालिक है। उसका निर्णय सही है।

आभा और पवन के बीच मोनी ने समझौते भी कई बार करवाये हैं, मगर पवन अपने अहं भाव को छोड़ नहीं सका। ओ.बी.सी. कास्ट का बड़प्पन उसके मन में हमेशा रहा। इस दृष्टि से भी वह आभा का अपमान करता है, क्योंकि आभा दलित जाति की लड़की है। इस बात पर मोनी पवन से बहुत नाराज है। यदि अरविन्द उसे दलित वाल्मीकि होने के कारण अपमानित करता, तो वह अरविन्द से तलाक ले लेती। अरविन्द समझदार है, उसने ऐसा कभी नहीं किया। ''क्या दलित लड़की का अपना आत्मसम्मान नहीं होता? ऐसे जातिवादियों को दण्ड मिलना ही चाहिए।'' यह शैला का विचार है, जिसे मोनी कार्यरूप में ला रही है।

शैला ने कहा–''मोनी, अब तुम कमजोर नहीं, सबल हो। तुम्हारे निर्णय गलत नहीं हो सकते। अरविन्द और तुम दोनों मिलकर हर काम कर सकते हो।'' मोनी मुस्कराई। मोनी को देखकर शैला ने कहा–''तुम्हारा कहना बिल्कुल ठीक है। 'नारी मुक्ति संग्राम' की कार्यकर्ता, क्या कभी हार मान सकती है?'' शैला के स्वर में मोनी के लिए प्यार भी है और गर्व भी है।

❑

शैला और मोनी बहुत दिन के बाद महिला जागृति के एक कार्यक्रम में, सीता बर्डी के मोरभवन सभागृह में मिलीं। मोनी को कार्यक्रम के बाद अपने घर लौटना है। शैला ने कहा–''तुम व्यस्त हो, मेरे घर नहीं आ रही हो।

चलो, कहीं बैठकर, साथ में चाय पियेंगें। 'विश्रान्ति' में बैठते हैं। तुमसे कुछ बातें भी करनी हैं।''

'विश्रान्ति' रेस्टोरन्ट में शैला ने दोसा और चाय का आर्डर दिया। मोनी को माँ से मिलना और बातें करना अच्छा लग रहा है। मोनी बोली–''मम्मी, आप अपनी बात बताओ, पापाजी के क्या हालचाल हैं?'' शैला ने कहा–''तुम्हारे पापा ठीक हैं।'' फिर मोनी की बात टालते हुए विषय बदलकर कहा–''मोनी मैडम, वह राधा थी न? आपकी सहेली, उसके केस का क्या हुआ?''

मोनी माँ की होशियारी को समझकर मुस्कराई, फिर बोली–''उसका केस मैंने ही हल करवाया है। पति की प्रापर्टी से उसका हिस्सा उसको दिलवा दिया। वह बहुत एहसान मानती है। मैं उससे यही कहती हूँ, जैसे मैंने तुम्हारे लिए निस्वार्थ भाव से काम किया, अब तुम भी अपने कर्तव्य निभाओ। वह अपने रुपयों से 'सिलाई सेन्टर' चलाती है, पापड़ और बड़ी बनाने का लघु उद्योग भी चलाती है। जो पहले निर्बल असहाय थी, अब वह निराश्रित दूसरी महिलाओं को रोजगार देने का काम कर रही है। इसी में हमारी सफलता है।''

मोनी की बात सुनकर शैला को बहुत खुशी हुई। अपने बोये हुए बीज के अंकुर को पल्लवित होते देख, उसे सन्तोष का अनुभव हुआ। मोनी अपनी सफलताओं पर मुस्कराती रही, फिर बोली–''मम्मी जी, जिन्दगी उसी का नाम है, जो किसी के काम आये। खुद के लिए तो सभी जीते हैं। जीना उसी का सफल है, जो दूसरों के लिए जिएँ।''

शैला बोली–''हाँ मोनी, हमेशा यही सिद्धान्त होना चाहिए। यही मानवता का सन्देश है। व्यक्तिगत दुख–सुख से ऊपर उठकर देखना ही, व्यक्ति को बड़ा बनाता है।'' मोनी गर्व के साथ मुस्कराई।

आज शैला को मोनी से एक महत्त्वपूर्ण बात भी करना है। मोनी अपने घर जल्दी जाने के लिए कहने लगी, तब शैला ने मोनी का हाथ पकड़कर कहा–''मोनी थोड़ी देर और रूको, तुमसे कुछ बातें भी करना है।'' मोनी जानती है, माँ उससे क्या कहेगी।

मोनी ने दो कप चाय और ली। चाय पीते हुए शैला गम्भीर होकर बोली–''यह सब तो ठीक है मोनी, मगर जीवन की संध्या क्या ऐसे बिता पाओगी?'' शैला जानती है, मोनी ने यह दृढ़निश्चय किया है, वह स्वयं माँ नहीं बनेगी, बल्कि किसी दुखी गरीब माँ की बेटी को दत्तक लेकर, उसकी माँ बनकर उसे योग्य लड़की बनायेगी।

मोनी की सन्तान नहीं है, शैला को मोनी की चिन्ता रहती है। कभी यह भी संशय होता है कि मोनी के निर्णय से दुखी अरविन्द, कभी दूसरे विवाह की बात न सोचे? शैला सन्तान न होने के अकेलेपन का दुख जानती है। वह चाहती है, मोनी और अरविन्द जल्दी ही एक बच्ची दत्तक लें।

"अकेली कहाँ हूँ मैं?" अचानक मोनी भड़क उठी। आपको क्या लगता है, पति और बच्चे ही सब कुछ होते हैं? आपके पति ने आपको क्या साथ दिया? बस अड़चने ही डाली हैं आपके सामने। बच्चे भी क्या करते हैं? औरत को जीने के लिए किसी सहारे की जरूरत नहीं होना चाहिए। वह स्वयं अपना सहारा बन सकती है?"

"हाँ बेटी, यह बात सच है। औरत कभी कमजोर नहीं होती, वह कमजोर बनायी जाती है।" मोनी का गुस्सा देखकर शैला ने अपनी बात स्पष्ट की–"मोनी, तुम तो नाराज हो गयीं। मैं तुम्हारे निर्णय को गलत नहीं मानती हूँ। यह स्त्री का अपना अधिकार है कि वह 'गर्भ धारण' करे या न करे। 'गर्भ धारण' के लिए उसका पति उसे विवश नहीं कर सकता। मैं तुमसे सहमत हूँ। मैं भी अपने अधिकार लेने में कमजोर नहीं हूँ। तुम्हें क्या लगता है, क्या मैंने अपने जीवन में कुछ नहीं किया?"

अपनी उम्र के इस पड़ाव पर शैला अपनी 'संघर्ष यात्रा' का निरीक्षण स्वयं करने लगी। मोनी ने भी इसका अनुभव किया। मोनी ने तुरन्त माँ का हाथ थाम लिया। उसे अफसोस हुआ–'जिस माँ से वह इस शक्ति की प्रेरणा लेती रही, आज उसी पर अपना गुस्सा दिखा रही है।' वह नम्रता से बोली–

"मम्मीजी, मैं नाराज नहीं हूँ और मैं जानती हूँ आपने भी बहुत कुछ पाया है। जहाँ आप पैदा हुईं, जिस माहौल में पली बढ़ीं, वहाँ से निकलकर यहाँ तक पहुँच पाना आसान बात नहीं है।"

बेटी माँ के संघर्ष और तकलीफों को जानती है, मोनी की बात सुनकर शैला को अपने जीवन की वे सभी घटनाएँ याद आने लगीं, गरीबी अभाव अपमान–जिनसे जूझकर ही वह आगे बढ़ सकी है। शोषण अन्याय अत्याचार की घटनाएँ अभी भी जीवन में घट रही हैं। वह कभी यह भी सोचती है–"विरोध, विद्रोह और क्रान्ति के अन्य तरीके भी हैं, जिन्हें मैंने अपनाया है। यही क्या कम है कि मैं सबल स्वावलम्बी स्त्री बन सकी और अपने सामाजिक कार्य, अपनी खुशी और अपनी मर्जी से कर रही हूँ।"

शैला को चुप देखकर मोनी कहने लगी–"मम्मी, आपके साथ जो

बीता है, इसका बदलाव यही होगा कि आने वाली पीढ़ी को, हमारी बेटियों को ऐसी स्थिति का सामना न करना पड़े।" इसलिए मैं चाहती हूँ, ऐसी ही कठिन परिस्थिति में पलने वाली किसी लड़की को गोद ले लूँ, ताकि उसे अच्छा भविष्य दे सकूँ। वह लड़की सही मायने में मेरी उत्तराधिकारी बने और मेरे अधूरे सपनों को पूरा करे।"

अपनी बात आगे बढ़ाते हुए मोनी ने कहा–"मम्मी जी, मैंने तय कर लिया है, मैं किसी स्लम बस्ती की, गरीब अभावग्रस्त परिवार की लड़की को दत्तक लेकर, उसे अपनी बेटी की तरह पालूँगी। उसे उच्च शिक्षा दूँगी और समाज की जागरूक सबल नेता कार्यकर्ता बनाऊँगी।"

शैला समझ गयी, मोनी की सोच और समझ उससे बहुत आगे की है। स्वयं के बच्चे की माँ बनना और अपने बच्चे को योग्य बनाने का काम तो सभी करते हैं। यह अपने सुख के लिए और अपने स्वार्थ के लिए होता है। मगर किसी ग़ैर और जरूरतमन्द बच्चे की माँ बनना और उसके माध्यम से अपने सपनों को साकार करने की बात सोचना, सचमुच बड़ी बात है।

शैला के सामने मोनी बेटी का बचपन का चेहरा घूमने लगा–"कितनी होशियार है मेरी बेटी। कितनी कठिन पढ़ाई की है उसने? भैया से ज्यादा पढ़ाई करती रही और अपने भविष्य की चिन्ता भी करती रही। मैं उसे जो दे सकती थी, वह दिया–शिक्षा, सुविधा, खर्च की व्यवस्था, सुरक्षा और भविष्य के प्रति निश्चिन्ता। तब मेरी बेटी पीछे कैसे रह सकती है? वह भी हिम्मत के साथ समाज को सन्देश देने के काम कर रही है।"

शैला को मोनी में वह लड़की दिखायी दे रही है–'जो बहुत जिद्दी है, जो अपनी मंजिल पाकर ही रहेगी।' मोनी ने कहा–"हमें जीवन व्यवहार में अपने सपनों को पूरा करना है।" शैला हंस दी। वह इन बातों की समर्थक है। शैला ने इन्हीं बातों की शिक्षा बचपन से मोनी को दी है। मोनी की बातें सुनकर शैला ने अनुभव किया, उसका श्रम और सपना सार्थक हो गया है। उस समय दोनों की आँखों में 'नारी मुक्ति' के सफल भविष्य के सपने तैर रहे थे।

❐

मोनी कई स्लम बस्तियों में जाकर भेट–मुलाकात करती रही। मोनी के साथ अरविन्द भी लगातार तीन महीने तक स्लम बस्तियों में घूमते रहे। अनेक बस्तियों में उन्होंने कई बच्चे देखे। बच्चों के माता–पिता उन्हें अपना

बच्चा सहर्ष देने को तैयार थे। मगर उन बच्चों में उन्हें वह नहीं दिखा, जिस बच्चे की उन्हें तलाश थी।

तीन माह बाद की बात है, एक दिन उन्होंने नागपुर के 'सोनेगाँव तालाब' के पास की झोपड़पट्टी के एक झोपड़े के सामने, तीन साल की एक लड़की को रोते हुए देखा। मोनी ने उससे पूछा–''बेटी, क्यों रो रही हो? तुम्हारी माँ कहाँ है?'' लड़की कुछ जबाब नहीं दे सकी। मोनी समझ गयी, वह भूख और अकेली होने के कारण रो रही है।

उसने पड़ोस के झोपड़े के दरवाजे के पास जाकर पूछा–''इस लड़की की माँ कहाँ है?'' पड़ोस की बूढ़ी माँ ने जो बताया, वह सुनकर मोनी आश्चर्यचकित रह गयी। बूढ़ी माँ ने बताया–''इसकी माँ को पहले ही दो लड़कियाँ थीं। उसके पति को उम्मीद थी कि तीसरा बच्चा बेटा होगा, मगर यह आ गयी। इसे देखकर इसका बाप इन्हें और इसकी माँ को छोड़कर चला गया। इसकी माँ घरों में बर्तन माँझने का काम करती है। 5 और 7 साल की बड़ी बेटियों को वह अपने साथ ले जाती है, मगर इसे अकेली यहीं छोड़ जाती है। रोज यह इसी तरह रोती रहती है।''

यह सुनकर मोनी को बहुत बुरा लगा। उसे लड़की के बाप पर भी बहुत गुस्सा आया और माँ पर भी। मोनी बोली–''इसकी माँ ने ऐसा नहीं करना चाहिए।''

''माँ भी क्या करे बेचारी, यह है ही ऐसी कुलछनी।'' बूढी से यह सुनकर मोनी को सब बात समझ में आ गयी। बच्ची के लिए उसका ह्रदय द्रवित हो गया–''कितनी उपेक्षा अपमान, पीड़ा और अभावों का जीवन जी रही है यह नन्हीं बच्ची!''

उसने तभी तय कर लिया, वह इसी लड़की को दत्तक लेगी। अरविन्द ने भी रानी को ही दत्तक लेना तय किया। सोनेगाँव पुलिस थाने में और 'समाज कल्याण' के दफ्तर में लिखा पढ़ी करने के बाद, मोनी और अरविन्द ने उस गरीब महिला देवकी की तीन साल की तीसरी बेटी, रानी को दत्तक ले लिया।

4 मार्च को मोनी ने रानी को दत्तक लिया था, '8 मार्च विश्व महिला दिन' पर उन्होंने 'महिला जागृति और महिला सम्मान' का बड़ा आयोजन किया। इस कार्यक्रम में सामाजिक रूप से सबके सामने, उन्होंने रानी को अपनी बेटी के रूप में स्वीकार करते हुए सम्मानित किया।

अरविन्द रानी के पिता बनकर बहुत खुश हैं। अरविन्द ने रानी

के स्वास्थ्य और शिक्षा की पूरी जिम्मेदारी ले ली। उन्होंने जून माह में 'लिटिल रोज' इंग्लिश कॉन्वेन्ट में रानी के एडमीशन की तैयारी भी शुरू कर दी। यह देखकर शैला बहुत खुश है। वह रानी को प्यार करते हुए कहती है–"रानी बेटी, मैं तुम्हारी नानी हूँ। तुमने मुझे नानी बना दिया है।"

मोनी और अरविन्द के साथ रानी खुश है। वह मोनी को मम्मी, अरविन्द को पापा और पुनीत को मामा कहती है। धीरे–धीरे वह अपने नाना की भी लाड़ली बन गयी। रानी को देखकर सब हैरत करते हैं–"किसने कहा कि प्रतिभा सिर्फ महलों में या सुविधा सम्पन्न लोगों के घर ही पैदा होती है? प्रतिभा तो प्रतिभा है, जो थोड़ा अवसर मिलते ही निखरने लगती है।" रानी अब उपेक्षित अपमानित नहीं, वह अब होनहार लड़की है।

मोनी के विचार और दृढ़ निश्चय देखकर शैला को सन्तोष है। अपने इरादे पूरे करने और अधिकार पाने के लिए, कुछ कुर्बानी भी देनी पड़ती है। मोनी ने भी अपने जीवन में कुछ खुशियों की कुर्बानी दी है। उसका यह त्याग बलिदान व्यर्थ नहीं होगा।

"माँ का मार्गदर्शन, आशीर्वाद और सहयोग यदि बेटी के साथ हो, तो वह लड़की कभी कमजोर नहीं हो सकती!" यह बात मोनी अपनी बेटी रानी के लिए भी सोचने लगी है।

❐

शैला की आँखों में शम्मा, नमिता, ममता, रेणुका का कष्ट और दुखों से भरा जीवन तैरने लगा–"समाज व्यवस्था में स्त्री मनुवादी लिंगभेद से पीड़ित है। पुरुष शोषित पीड़ित रहकर भी, अपनी स्त्रियों को अन्याय और शोषण का शिकार बनाते हैं। शम्मा! क्या क्या नहीं सहा उसने? और ममता? वह भी सहती रही। मृत्यु ही कष्टों से मुक्ति का साधन क्यों बने? इस समाज व्यवस्था को बदलने के लिए लड़कियों को बदलना है। वे ही बदलेगीं, समाज की मानसिकता। लड़कियाँ अपने पूरे अधिकार लेकर रहेंगीं।" शैला अपने विचारों में डूबकर भविष्य के सपने देखती है। वह देख रही है निशा का जीवन, बबली प्रिया निम्मी और मोनी का जीवन। उसे अपने सपने साकार होते नजर आ रहे हैं।

दिल्ली से निशा का फोन आया–"हैलो शैला, कैसी हो? कई दिनों से तुमसे बात नहीं हुई। क्या तुम्हें खुशखबर मालूम है? रेणुका के केस का रिजल्ट आ गया है। रेणुका और उसके बेटे को, उसके दादा से

मिले पिता के हिस्से की जायदाद मिल गयी है। रेणुका बहुत खुश है। कहती है–'दीदी, अब मैं आपकी संस्था के साथ मिलकर दुखी महिलाओं के लिए काम करूँगी।' मैंने कहा, अच्छी बात है। हर स्त्री ने इसी तरह सोचना चाहिए।''

शैला ने कहा–''अरे वाह, यह तो बड़ी खुशी की बात है।''

निशा ने तुरन्त अपनी बात बतायी–''और शैला, एक खुशखबर मेरी भी है। कई वर्षो से मेरा तलाक का केस चल रहा था, उसका फाइनल रिजल्ट आ गया है। मैंने तलाक के साथ 20 लाख रुपयों का दावा किया था, वह भी मंजूर हुआ। मुझे बीस लाख रुपये मिल गये हैं। सच कहती हूँ शैला, अब मैं बहुत खुश हूँ। ऐसा लगता है, मैंने शारीरिक, मानसिक कष्टों से मुक्ति पा ली है।''

फिर वह थोड़ा ठहर कर बोली–''शैला, तुम जानती हो, ऐसा नहीं है कि मैं अकेली रहना चाहती थी। ऐसे दुख भरे जीवन से तो अकेले रहना ही भला लगता है। फिर भी, जब मैं चाहूँगी अपनी पसन्द से अपना घर फिर से बसा लूँगी। ठीक है न शैला? और सुनाओ, आपका क्या हालचाल है? वहाँ क्या चल रहा है? तेरी बेटी तो ठीक है? उसका काम कैसा चल रहा है?''

शैला कुछ क्षणों तक निशा के तलाक के विषय में सोचते हुए चुप रही। फिर उसने सहज ही हँसकर कहा–''हाँ, यहाँ भी सब ठीक है।'' रेणुका की सफलता की बात और निशा, के केस के विषय में सुनकर शैला को खुशी हुई। उसने कहा–''निशा यह किसी एक स्त्री की नहीं, बल्कि सम्पूर्ण नारी जाति की सफलता है।''

निशा ने हँसते हुए कहा–''हाँ शैला, अब तुम अपनी बातें बताओ।''

शैला ने अपने कार्यक्रमों की जानकारी दी। निशा फोन पर देर तक बातें करती रही। साथ ही शैला से दिल्ली आने का आग्रह करती रही। शैला ने आश्वासन देते हुए कहा–''हाँ निशा, मैं दिल्ली जल्दी ही आऊँगी।''

पिछले दिनों डॉ. सतवीर का फोन भी आया था। कह रहे थे–''बेटे की शादी है। आपने जरूर आना है जी। आपके आने से ही जश्न में रौनक आनी है।'' डॉ. सतवीर की यह बात सुनकर शैला हँसी थी। इतने बरसों के बाद भी उनकी वही आदत है। हँसी–मजाक के साथ लेखन और आन्दोलन की जानकारी भी जरूर देते हुए बातें करते हैं। उन्होंने कहा है –''हमारे यहाँ शादी का जश्न तो बस बहाना है। अपने लोगों को

बुलाकर जश्न मनाना है। आप आयेगें, तो बहुत लोगों से भेट मुलाकात होगी, विचार विमर्श होगा।''

शैला ने डॉ. सतवीर के बेटे की शादी की तारीख याद की, 20 मई की शादी है। आज 17 मार्च है। दो माह बाद दिल्ली जाना है। उसने तुरन्त 17 मई का रिजर्वेशन कर लिया। इस बार शैला और श्यामलाल दोनों साथ में दिल्ली जा रहे हैं। शादी में भी साथ जायेंगें।

श्यामलाल को अपने व्यवहार और विचारों पर संकोच होता है, मगर यह बात भी तय है, वे कभी किसी के सामने अपनी गलती स्वीकार नहीं करते। इन दिनों वे अपने अध्ययन और सामाजिक कार्यो में व्यस्त रहते हैं। बेटा बिजनेस के काम कर रहा है। शैला दलित और महिला मूवमेन्ट से जुड़ी है, उसकी संस्था शिक्षा और जागृति का माध्यम बन गयी है। शैला अब अपना अधिक समय अपनी संस्था 'जागृति' के कार्यो और कार्यक्रमों में लगाने लगी है। समय अपनी गति से आगे बढ़ रहा है।

❐

कई दिनों की व्यस्तता के बाद, आज शैला निश्चिन्तता के साथ अकेली बैठी है। बीते दिनों की कई बातें मन मस्तिष्क में कौंध रही हैं। साथ ही वह आने वाले दिनों के विषय में भी सोच रही है। जब से उसे डॉ. सतवीर सिंह के बेटे की शादी का निमन्त्रण मिला है, तभी से वह अपने बेटे के विषय में भी सोचने लगी–''अब तक पिन्टू की शादी हो जानी चाहिए थी। अब और अधिक देर नहीं होनी चाहिए। पिन्टू तीस वर्ष का हो गया है। ाकितनी बार उसे कहा है, यदि तुम्हारी पसन्द की कोई लड़की हो, तो बताओ बेटा। कम से कम लड़की ढूँढ़ने का मेरा काम कम करो। शादी तुम्हें करनी है, जिन्दगी तुम्हें निभानी है, तुम्हें ही लड़की पसन्द करना है। मगर नहीं, हर बार वह यही कहता है–अभी शादी नहीं करना है। अभी बिजनेस को बढ़ने दो। बाद में शादी करूँगा।''

शैला पुनीत की इन बातों से परेशान हो चुकी है। कई बार शैला ने श्यामलाल से कहा है–''जरा इसे समझाइए। शादी की उम्र निकलने के बाद, कौन इससे अपनी बेटी की शादी करेगा?''

ऐसे समय श्यामलाल बेटे को समझाने के बदले, शैला को ही समझा देते हैं–''क्यों उसकी शादी की चिन्ता करती हो? ऐसी कौन–सी बड़ी कमाई कर रहा है वह? अभी शादी करके क्या करना है? उसका काम

धन्धा जमने दो। तुम क्यों उसकी चिन्ता करती हो? उसकी शादी कर दोगी, तो उसके साथ उसकी पत्नी की चिन्ता भी तुम्हें ही करनी पड़ेगी। रहने दो उसे ऐसे ही।''

लेकिन शैला ऐसा नहीं सोच सकती। वह जानती है–'शादी के बाद जिम्मेदारी आने से, पिन्टू अपना काम धन्धा चिन्ता के साथ करने लगेगा। उसका अपना गृहस्थ जीवन शुरू होगा। उसके बच्चे होंगे, तब वह अपने बच्चों के लिए सब कुछ करेगा।' शैला के मन में बहू के लिए बहुत सपने हैं।

शैला अपने कार्यक्रमों की योजना के अन्तर्गत, कई बार अनाथालयों में भी गयी है। एक बार ऐसे ही एक 'अनाथ आश्रम' में उसने 20–22 साल की लड़कियों को देखा था। उसे वे लड़कियाँ बहुत ही सुन्दर, भली और संस्कारी लगी थीं। 'अनाथ आश्रम' के अपने नियम होते हैं। हर काम समय पर पूरे करने का प्रशिक्षण दिया जाता है।

एक साल पहले महाराष्ट्र के 'चान्दूर बाजार' गाँव के 'अनाथ आश्रम' में भी उसे जाने का अवसर मिला था। वहाँ भी उसने सुन्दर और सुशील लड़कियाँ देखी थीं। अपनी साथी महिलाओं के साथ उसने वहाँ की छोटी और बड़ी सभी लड़कियों के स्वभाव व्यवहार को जाँचा परखा था। तब उसे ऐसा लगा था कि–''परिवार में रहने वाली लड़कियों की तरह, यदि 'अनाथालय' की लड़कियों को भी सहयोग दिया जाये, तो वे अपने जीवन में बहुत कुछ कर सकती हैं।''

शैला ने नागपुर के 'श्रद्धानन्द अनाथ आश्रम' में 25 वर्ष की अनुराधा को देखा, तब उसके मन में यही विचार आया–''पुनीत की शादी अनुराधा के साथ हो, तो कितना अच्छा होगा? एक अनाथ लड़की को विश्वास के साथ घर परिवार मिल जायेगा, हमें भी अनुराधा जैसी सुन्दर सुशील लड़की मिल जायेगी।'' तब से उसके मन में यही विचार घर कर गया।

इस बार दिल्ली जाने के पहले, वह पुनीत की शादी कर देना चाहती है। वह उसी दिन पुनीत के साथ, नागपुर के 'अनाथ आश्रम' में जाकर, वहाँ के व्यवस्थापकों से मिली। शैला यहाँ महिला जागृति और समाजसेवा के कार्यक्रमों के आयोजन के तहत भेट मुलाकात कर चुकी है। इसलिए यहाँ के सभी लोग उसे अच्छी तरह जानते और मानते हैं। शैला अपने बेटे की शादी अनाथ अनुराधा से करना चाहती है–यह सुनकर वहाँ सभी को बहुत खुशी हुई। सबने शैला का बहुत मान सम्मान किया। अनुराधा तो जैसे शैला की इस सहृदयता के आगे नतमस्तक हो गयी।

जब यह बात फोन द्वारा 'अनाथ आश्रम' के प्रमुख प्रबन्धक देशपाण्डे जी तक पहुँची, तब उन्होंने पहला सवाल यही किया–"वर पक्ष की जाति और धर्म क्या है?" शैला यह सुनकर दंग रह गयी–"जब किसी को भी अनाथ अनुराधा की जाति और धर्म की जानकारी नहीं है, तब उसके होने वाले पति की जाति और धर्म क्यों पूछे जा रहे हैं?"

उस दिन समाचार मिलने के बाद, देशपाण्डे जी स्वयं 'अनाथ आश्रम' में पधारे। शैला और पुनीत के विषय में उन्होंने जानकारी ली। घर, परिवार, आर्थिक स्थिति, पुनीत की पढ़ाई, नौकरी, व्यवसाय, पिता, बहन, भाई सभी के सम्बन्ध में पूछा। मगर जब उन्हें मालूम हुआ कि वे दलित जाति के हैं और अम्बेडकरवादी हैं, तब उन्होंने अनुराधा के विवाह की अनुमति देने से इन्कार कर दिया।

उन्होंने कहा–"अनुराधा की जाति और धर्म हम नहीं जानते। मगर अनुराधा हमारे आश्रम में हमारी बेटी की तरह पली है। इस तरह वह भी हिन्दू है, सवर्ण जाति की है। यह रिश्ता नहीं हो सकता।"

'अनाथ आश्रम' की वार्डन यशोदा यादव है। उसने भी विरोध किया। अनुराधा को जब यह बात मालूम हुई कि महिला जागृति और महिला सबलता का सन्देश देने वाली सामाजिक कार्यकर्ता शैला जी दलित हैं, तब वह भी सोच में पड़ गयी। क्योंकि अनाथाश्रम में रहते हुए, उसे ईश्वरवाद, भाग्यवाद और हिन्दू देवी देवताओं की पूजा अर्चना की शिक्षा ही मिलती रही थी। वह जानती है–"अम्बेडकरवादी दलित अनीश्वरवादी हैं, तब उसके धर्म और संस्कारों का क्या होगा?" वहाँ के अन्य लोग भी जाति के कारण विवाह की इस बात का विरोध कर रहे थे। यह देखकर अनुराधा अपने भविष्य के प्रति गहरी चिन्ता में डूब गयी। वह 'अनाथ' होने की अपनी स्थिति पर भी गइराई के साथ विचार करती रही।

शैला को यहाँ अपनी हार दिखायी दी। इस बात ने उसके मन में दबे आक्रोश को भड़का दिया–"सरकारी मदद से चलने वाले अनाथालयों में भी 'जातिवाद' और 'हिन्दूवाद' को प्रोत्साहन कैसे दिया जा सकता है? मैं इस व्यवस्था को तोड़ दूँगी।"

उसने एक सप्ताह में ही श्रद्धानन्द पेठ में, एक खुली 'आम सभा' का आयोजन किया। मुम्बई, औरंगाबाद, नागपुर, दिल्ली, कलकत्ता, हैदराबाद, चैन्नई –कई शहरों की दलित महिला कार्यकर्ताओं ने इस कार्यक्रम में भाग लिया। 'अनाथ आश्रम' की मेनेजमेन्ट कमेटी के लोग भी यहाँ आमन्त्रित थे।

सभी आन्दोलनकारी कार्यकर्ता महिलाओं ने अपने जोरदार भाषण में सामाजिक एकता, स्त्री पुरुष समानता, अन्तरजातीय विवाह के अनेक मुद्दों पर सटीक बातें कही। दिल्ली की निशा और पुष्पा जी भी यहाँ उपस्थित थीं। उन्होंने भी तर्क के साथ जातिभेद का विरोध करते हुए, सामाजिक एकता के महत्त्व को बताया।

शैला ने अपने भाषण में अनेक बातें कहने के साथ, एक महत्त्वपूर्ण बात कही–'अनाथ आश्रम' की अनुराधा 25 वर्ष की वयस्क लड़की है। वह अपना निर्णय लेने के लिए स्वतन्त्र है। एक लड़की को इस तरह दबाव में नहीं रखा जा सकता कि वह अपने मन की बात भी न बता सके। मैं सिर्फ अनुराधा के मुँह से सुनना चाहती हूँ कि 'विवाह के सम्बन्ध में' उसकी क्या मरजी है?''

मोनी ने शैला की इस बात का समर्थन किया।

इसके बाद अनुराधा को मंच पर बुलाया गया। अनुराधा माईक के सामने कुछ देर चुपचाप खड़ी रही। फिर उसने अपना फैसला सुनाते हुए अपनी बात कही–

''माननीय सभापति देशपाण्डे जी, आश्रम के सभी मेरे आश्रयदाता, मेरे पालनहार, मैं आप सभी को प्रणाम करती हूँ। मैं इस आश्रम में 20 वर्ष से रह रही हूँ। मैंने यहाँ बी.ए. तक शिक्षा पायी है। इसके साथ सिलाई बुनाई पाककला, चित्रकला सभी में मैंने निपुणता पायी है। यह सब मुझे इस आश्रम में रहकर ही मिल सका है। मेरे जन्म के विषय में बूढ़ी सेविका माँ ने यह बताया था कि नागपुर की 'मातृसेवा संघ' अस्पताल में मुझे जन्म देने के बाद, मेरी माँ मुझे वहीं छोड़कर चली गयी थी। अस्पताल में बच्चों के वार्ड में मैं पाँच वर्ष तक रही। इसके बाद मुझे यहाँ भेज दिया गया था। मैं नहीं जानती, मेरी माँ ने मुझे किस मजबूरी में अकेला छोड़ा था? वह कौन थी? क्या थी? मेरे माता–पिता की जाति और धर्म क्या थे? मैं नहीं जानती। मगर मैं यह जानती हूँ, यदि शैला जी जैसी समाज सेविका का संरक्षण और मार्गदर्शन मुझे मिल जाये, तो मैं भी पूरे देश के और पूरे विश्व के शोषित पीड़ित दलित और अनाथ बच्चों के हित में काम कर सकूँगी।''

अनुराधा के यह कहने के साथ ही जोरदार तालियाँ बजीं। तालियों की आवाज के बीच अनुराधा कहती रही–''किसी सामान्य घर में जाकर, मुझे सामान्य गृहिणी नहीं बनना है। किसी अमीर के घर जाकर, मुझे उनके

चरणों की दासी भी नहीं बनना है। किसी उच्च कुलीन परिवार में जाकर, अनाथ होने के कारण उपेक्षा और अपमान भी नहीं सहना है। मैं अपना सार्थक वर्तमान और उज्जवल भविष्य शैला जी के परिवार से जुड़कर ही पा सकती हूँ। अपने अभिभावकों से मैं यह प्रार्थना करती हूँ कि मुझे शैला जी के परिवार से जुड़ने की अनुमति दी जाये।''

इतना कहकर अनुराधा ने सबके सामने हाथ जोड़कर सिर झुका लिया। कार्यक्रम के अध्यक्ष देशपाण्डे जी अपनी कुरसी से उठकर अनुराधा के पास आये। अभी तक वे अपने उच्च वर्ण, उच्च जाति और पुरुष होने के कारण स्वयं को सर्वश्रेष्ठ मानते थे, मगर आज यहाँ कई प्रान्तों की, कई शहरों से आयी, महिला आन्दोलन से जुड़ी सबल बुद्धिवादी और तर्कशील महिलाओं के भाषण सुनकर, उन्हें अपने संकीर्ण विचारों का आभास हो गया था। वे समझ गये थे, यह समय जाति और धर्म को महत्त्व देने का नहीं, बल्कि समता और मानवतावाद को महत्त्व देने का है। देशपाण्डे जी समझ गये कि अब उन्हें क्या करना चाहिए।

उन्होंने अनुराधा के सिर पर हाथ रखकर आशीर्वाद दिया। साथ ही माईक में कहा–''यह सत्य है, हमारी हिन्दूवादी विचारधारा ने महिलाओं को वह समता सम्मान नहीं दिया, जो उन्हें अम्बेडकरवादी विचारधारा ने दिया है। इस विचारधारा के लोगों से जुड़कर यह हमारी बेटी, अपने जैसी सभी अनाथ लड़कियों के हित में काम करे, यही उसकी 'ऋण मुक्ति' होगी। हम जानते हैं, जागरूक नारी ही, नारी का कल्याण सफल रूप में कर सकती है।''

अनुराधा ने झुककर देशपाण्डे जी के पैर छुए और वह मंच पर, शैला के पास की कुर्सी पर बैठ गयी। शैला ने तुरन्त उसके माथे को चूम लिया। शैला को बहुत खुशी हुई कि उसे अपनी बहू, उत्तराधिकारी के रूप में मिली है।

मंच पर देशपाण्डे जी का अध्यक्षीय भाषण चलता रहा। उन्होंने इस बात की खुशी जाहिर की–''हमारी संस्था की एक बेटी का जीवन, आज से 'समाज सेवा' के क्षेत्र में समर्पित हो गया है। वह वर्तमान में सबसे महत्त्वपूर्ण कार्यों–दलित, आदिवासी, अल्पसंख्यक, अनाथ और महिलाओं के उत्थान के लिए श्रम संघर्ष और सफलताओं की राह पर चलने के लिए तैयार है। वह सामाजिक कार्यकर्ता शैला जी के परिवार से जुड़कर, इसी राह पर चल पड़ेगी। हम अनुराधा के भविष्य के प्रति निश्चिन्त हो गये हैं।''

उस दिन यह कार्यक्रम सफलता के साथ पूरा हुआ। सभी अखबारों में यह खबर छपी, लोगों ने आश्चर्य के साथ यह समाचार पढ़ा। कई दिनों तक इस विषय पर चर्चा होती रही–'एक अनाथ लड़की को अपनी बहू बनाने के लिए 'आम सभा' का आयोजन।' 'दलित महिला मुक्ति आन्दोलन अनाथालयों तक पहुँचा', 'एक अनाथ लड़की का अनाथों की मुक्तिदाता बनने का संकल्प', 'देश ही नहीं, विश्व स्तर तक होगा भारतीय दलित महिला शक्ति का विस्तार', 'दलितों ने तोड़ी है, सदियों की जाति धर्म की दीवारें', 'महिला शक्ति जिन्दाबाद'।

शैला और पुनीत ने 'अनाथालय' के कार्यालय की सभी आवश्यक शर्तों को लिखित रूप में पूरा किया, सभी अनुबन्धों को स्वीकार करते हुए विश्वासपूर्ण आश्वासन दिया। सभी कार्यवाही पूर्ण होने के बाद, कोर्ट में जाकर 'कोर्ट मैरिज' के लिए आवेदन पत्र भरकर दे दिया गया। एक माह के बाद पुनीत और अनुराधा, दोनों पक्ष के लोग, कोर्ट में सही करके, मैरिज सर्टिफिकेट लेगें।

❐

पुनीत बहुत खुश है। वह अपने जीवन में अपनी माँ के प्रति पहली बार कृतज्ञ हुआ है। अभी तक वह माँ को अपने पिता की आँखों से और उनके विचारों के अनुरूप देखता और समझता था। मगर आज वह माँ के मानवतावादी उच्च विचारों से और उनकी सफलता से भावविभोर हो गया। अनुराधा के प्रति उसके मन में प्रेम पल्लवित होने लगा, साथ ही भविष्य के सपने भी सजने लगे।

जिन दिनों शैला ने 'अनाथालय' जाकर वहाँ के अधिकारियों से पुनीत के साथ अनुराधा के विवाह की बात की थी, उन्हीं दिनों श्यामलाल जी अपने सामाजिक कार्यक्रम बनाकर, लम्बे दौरे पर चले गये थे। दिल्ली में कुछ दिन रहकर वे जयपुर जोधपुर में वाल्मीकि समाज की मीटिंग में उपस्थित रहे। पुनः दिल्ली में कुछ दिन रहकर वे 15 दिन बाद नागपुर लौटेंगे, यह उनका निश्चित प्लान था।

शैला चाहती है, डॉ. सतवीर सिंह के बेटे की शादी में जाने के पहले, पुनीत की शादी हो। बौद्ध रीति से शादी करना है, शुभ घड़ी और मुहूर्त देखने की कोई जरूरत नहीं। शनिवार को श्यामलाल वापस घर लौटेंगे, तब विवाह के लिए अगला रविवार का दिन निश्चित कर लिया गया।

शैला को इन दिनो शम्मा की बहुत याद आयी। शैला ने नमिता, ममता, निशा रेणुका–सभी बहनों और बबली, निम्मी, नैना, प्रिया, मोनी सभी बेटियों के परिवार को निमन्त्रण पत्र भेजकर पुनीत की 'शादी समारोह' में आमन्त्रित किया। बहुत दिनों के बाद इन सबसे मिलने की शैला को बहुत खुशी है। शैला को निम्मी बबली और प्रिया से उम्मीद है कि वे भी उनके साथ 'नारी जागृति' और 'नारी उत्थान' का काम करेंगीं। शैला और मोनी ने उन सबका स्वागत सत्कार करने की तैयारी की। पुनीत और अनुराधा पहली भेंट के समय से ही एक–दूसरे को पसन्द करने लगे थे। पुनीत स्वस्थ और सुन्दर है। साँवली–सलौनी अनुराधा भी सुन्दर और हँसमुख है। वे अवसर देखकर मिलने लगे थे। फोन पर भी बातें करने लगे थे।

रविवार को 'दीक्षा भूमि' के पास 'करूणा भवन' में पुनीत और अनुराधा की शादी का आयोजन बौद्ध रीति से सम्पन्न हुआ। 'वर माला' पहनाकर अनुराधा ने पुनीत को पति के रूप में और पुनीत ने अनुराधा को पत्नी रूप में स्वीकार किया। इसके साथ ही पुनीत ने अनुराधा को वचन दिया–''तुम अपने सामाजिक कार्य, महिला और अनाथों के कल्याण के कार्य करने के लिए पूर्ण स्वतन्त्र हो। मैं यथासम्भव तुम्हें सहयोग देता रहूँगा।'' यह सुनकर अनुराधा खुश हो गयी।

पुनीत की यह बात सुनकर शैला मुस्कराई। श्यामलाल भी वहाँ उपस्थित थे। शैला ने उनसे कहा–''देखिए, आपका बेटा कितना समझदार बन गया है।''

यह बात सुनते ही श्यामलाल भड़क उठे–''सब कुछ तुम्हारी मर्जी से हो रहा है। सब कुछ तुम अपनी खुशी के लिए कर रही हो। तुमने किसी भी बात में मेरी मर्जी नहीं पूछी, न ही मुझे महत्त्व दिया है। मैं तुमसे बहुत नाराज हूँ। एक अनाथ लड़की को हमारे घर की बहू बना दिया और अब उसे भी अपने जैसी स्वतन्त्रता दे दी है। एक दिन तुम पछताओगी। समझी, बेवकूफ।''

श्यामलाल की ऊँची, कठोर आवाज सुनकर अनुराधा थोड़ी भयभीत हो गयी। कम समय में आयोजित, बिना तामझाम के इस विवाह समारोह में परिचित और नजदीक के रिश्तेदार ही आये थे। वहाँ उपस्थित लोग और शैला के बेटी दामाद पूछने लगे–''क्या हुआ? क्या हुआ?''

उस समय शैला चुप रही, मगर आज उसके सब्र का बाँध टूट गया। बेटे की शादी होने के बाद उसने पारिवारिक जिम्मेदारियों की पूर्णता को

महसूस किया है। अब उसे घरेलू हिंसा के सामने मजबूरी में सिर झुकाने की आवश्यकता नहीं है। उसने कल का इन्तजार किया।

❐

दूसरे दिन घर में शैला, श्यामलाल, मोनी, अरविन्द, पुनीत और अनुराधा थे। शैला के मन में, श्यामलाल के कटु व्यवहार से क्रोध उबल रहा था। अन्तिम निर्णय लेते हुए उसने पुनीत से कहा–"पुनीत बेटा, मैं अकेली दिल्ली जाऊँगी। पापा का टिकिट कैंसिल कर दो।"

पुनीत ने मम्मी से कहा–"टिकिट बना है, आप साथ चले जाओ। चार दिन के बाद वापस आना है। वैसे भी दिल्ली जाने में अभी समय है, तब तक आप और विचार कर लो।"

शैला ने दृढ़ता से कहा–"बिल्कुल नहीं।"

श्यामलाल अपना अपमान होते देखकर गुस्से से बोले–'हाँ, अकेली जाओ। तुम तो मुक्त स्वच्छन्द हो, जो मरजी हो करो। छुट्टा बैल की तरह चाहे जिधर जाओ।"

"छुट्टा बैल?" सुनकर शैला हँसी, फिर गुस्से से बोली–"आदमी ही छुट्टा बैल की तरह घूम सकता है, औरत नहीं?" फिर वह 'छुट्टा बैल' होने के अर्थ पर विचार करके, गुस्से से बोली–"छुट्टा बैल याने क्या? क्या मैं छुट्टा बैल की तरह घूमती हूँ?"

उस समय गुस्से से शैला का मुँह तमतमा गया। आज वह भी जैसे अपने फैसले के लिए अड़ गयी। वह श्यामलाल से बोली–"आज से मैं स्वतन्त्र हूँ। तुमसे मेरा कोई सम्बन्ध नहीं है। मैं तुमसे तलाक लूँगी। तुम्हारा मुझ पर कोई अधिकार नहीं है। मैं क्यों सुनूँ तुम्हारी ऐसी बातें? क्यों सहूँ तुम्हारा आतंक? अब मुझे तुम्हारे साथ नहीं रहना है। आज ही सब बात का फैसला होगा।"

श्यामलाल ने पहले कभी शैला को इतने गुस्से में नहीं देखा था। पलभर में वे भी चकरा गये। पुनीत चुप था, माँ के प्रति पिता के कठोर व्यवहार को वह भी अन्याय मानने लगा था। मोनी बेटी भी चुपचाप बैठी थी। आज उसने भी तय कर लिया था–"माँ जो चाहती है, आज वह होना ही चाहिए। आखिर कब तक सहें हम पुरुष का ऐसा आतंक? क्यों सहें शारीरिक मानसिक पीड़ा?"

मोनी अपनी बेटी को गोद में लिए, चुपचाप बैठी रही। आज मोनी

को ऐसा लगा–'जैसे मम्मी के भीतर की वह लड़की जाग उठी है, जो बरसों से गुमशुम उदास और चुपचाप थी। जो सब कुछ सहन करते हुए, चुपचाप अपना काम किये जा रही थी। मगर आज देखना है, यह लड़की अपना क्या निर्णय लेती है?'

श्यामलाल समझ नहीं पाये कि अब वे क्या करें? शैला अपनी बात पर अड़ी है–''मुझे अभी तलाक लेना है, अभी तलाक चाहिए मुझे।''

मई माह के ये अधिक गरमी के दिन हैं। तापमान 40–45 तक पहुँच रहा है। ऐसे में शैला का गुस्सा? उफ! आज तो वह किसी भी पैमाने से ऊँचा है।

तभी अनुराधा पाँच गिलास ठण्डा शरबत बनाकर ले आयी। सबसे पहले उसने शरबत के गिलास की ट्रे श्यामलाल के सामने रखी। श्यामलाल ने सबको एक नजर देखा, फिर हँसकर बोले–''बेटी, आपने ठण्डा शरबत लाकर मेरा गुस्सा ठण्डा कर दिया है। अब मैं कभी झगड़ा नहीं करूँगा।''

उन्होंने गिलास उठाकर एक घूँट शरबत पिया, फिर पुनीत से बोले–''पिन्टू बेटा, मेरा टिकिट कॅंसिल कर दो। जैसा तुम्हारी मम्मी कहती है, वैसा ही करो। मुझे भी यहाँ बहुत काम हैं। मैं यहाँ रहकर अपने काम करूँगा।''

यह सुनकर पुनीत मुस्कराया। वह जानता है, यह पापा जी का पुराना पैतरा है। इसके बाद मम्मी का गुस्सा भी शान्त हो जायेगा। पुनीत ने शरबत का गिलास ले लिया। अनुराधा ने मोनी और अरविन्द को शरबत दिया।

मोनी ने कहा–''भाभी, आप भी यहीं अपना शरबत का गिलास ले आओ। सब मिलकर एक साथ 'चिअर्स' करेगें।'' यह सुनकर शैला मुस्करा दी। वह अनुराधा से बोली–''बेटी, मैं ठण्डा शरबत नहीं लूँगी। तुम इसे ले लो।''

तभी पिन्टू ने कहा–''हाँ मम्मी जी, आप बोलो, क्या करना है?''

''क्या करना है?'' कुछ न समझते हुए शैला ने पिन्टू से पूछा।

पिन्टू हँसकर बोला–''टिकिट कॅंसिल करूँ या तलाक का आवेदन फार्म ले आऊँ?'' मम्मी के गुस्से के डर से वह अपनी हँसी छिपा रहा है, फिर भी उसकी मुस्कान व्यक्त हो रही है। मोनी और अरविन्द भी मुस्करा रहे हैं।

शैला ने एक नजर श्यामलाल की तरफ देखा, वे सिर खुजाते हुए मुस्करा रहे हैं। यह देखकर शैला को बहुत गुस्सा आया। वह जानती है, इसी चालाकी के साथ पति अपनी पत्नी पर अत्याचार करते हैं। जब

पत्नी का गुस्सा बढ़ जाता है, तब होशियारी के साथ हँसकर वे ऐसे प्रसंग को टालने का प्रयत्न करते हैं। शैला ने सोचा–'इस बार वह उन्हें माफ नहीं करेगी।'

तभी अरविन्द ने कहा–"मम्मी जी, आप बड़े बड़े काम करती हैं, छोटी–छोटी बातों पर आप क्यों ध्यान देती हैं?" अरविन्द की बात सुनकर शैला हँस पड़ी। उसने कहा–"हाँ बेटा, आप ठीक कहते हो।"

श्यामलाल मुस्कराते हुए अरविन्द से बोले–"बहुत दिनों से मैं भी सोच रहा हूँ कि–'महिला मुक्ति आन्दोलन से जुड़ी महिलाओं के पति'–ऐसा एक संगठन बनाया जाये। कई बार वे पुरुष भी शोषित पीड़ित बनाये जाते हैं। क्यों, ठीक है न बेटा?" यह सुनकर अरविन्द हँस दिये। फिर उन्होंने गम्भीरता के साथ कहा–

"पापा जी, सदियों से हम पुरुषों ने ही अपनी सत्ता, अपना शासन चलाया है। अब हम स्वयं महिलाओं को ऐसे अवसर दें, इसी में हमारा बड़प्पन है।" यह सुनकर मोनी ने अरविन्द को गर्व के साथ देखा और पापा से कहा–"हमें समता और सम्मान चाहिए, बराबरी का अधिकार चाहिए। आप यह कबूल क्यों नहीं करते?"

बेटी की यह बात सुनकर श्यामलाल हंस कर बोले–"बेटी, इस घर में तुम्हारी मम्मी का ही शासन चलता है।" शैला ने श्यामलाल को तीखी नजर से देखा, तभी पुनीत ने पूछा–"हाँ मम्मी जी, बताओ क्या करना है?"

शैला चुप रही, फिर गम्भीरता के साथ कहा–"ठीक है, अगली बार देखती हूँ। मगर दिल्ली तो मैं अकेली ही जाऊँगी।"

मोनी मुस्कराकर बोली–"मम्मी, अब आप अकेली कहीं नहीं जाओगी।"

"क्यों?" शैला मोनी की बात पर चौंकी।

"क्योंकि हम भी आपके साथ हैं।"

मोनी और अनुराधा भी दिल्ली जाने की तैयारी कर रही हैं, यह देखकर शैला ने कहा–"केवल लड़कियाँ ही क्यों? समाज परिवर्तन के इस आन्दोलन में पुरुषों ने भी अपना सहयोग देना चाहिए। इसलिए अब हम सब मिलकर जायेगें।"

शैला की बात सुनकर सबने अपनी खुशी जाहिर की। पुनीत रहस्य बताते हुए बोला–"मैंने पहले से ही सबकी टिकिट एक साथ बना ली है। मोनी, अनुराधा, पापा, अरविन्द और मैं भी आपके साथ चल रहे हैं।" यह सुनकर शैला मुस्कराई।

तभी ताली बजाते हुए मोनी की बेटी रानी बोल उठी–"हम सब साथ–साथ हैं।" यह सुनकर सब हँसने लगे।

अनुराधा ने तुरन्त रानी को गोद में लेकर, उसे अपने सिर से भी ऊँचा उठाते हुए कहा–"सब लोग इस लड़की की बात सुनो।"

अनुराधा के इस व्यवहार को देखकर और रानी की बात सुनकर शैला खुशी से भाव विभोर हो गयी। वह तुरन्त किचन से पीतल की बड़ी थाली और चम्मच उठा लायी। शैला और मोनी ने जोर से थाली बजाई, जैसे वे नयी पीढ़ी का स्वागत और आह्वान कर रही हों!'

❑❑